在夏夜的晚风中，
落日奔向地平线
晚霞诡丽如梦
暮色将尽，春色中将卷起长尾
夜空中将升上明月
他决定让风吹散它
自此复还

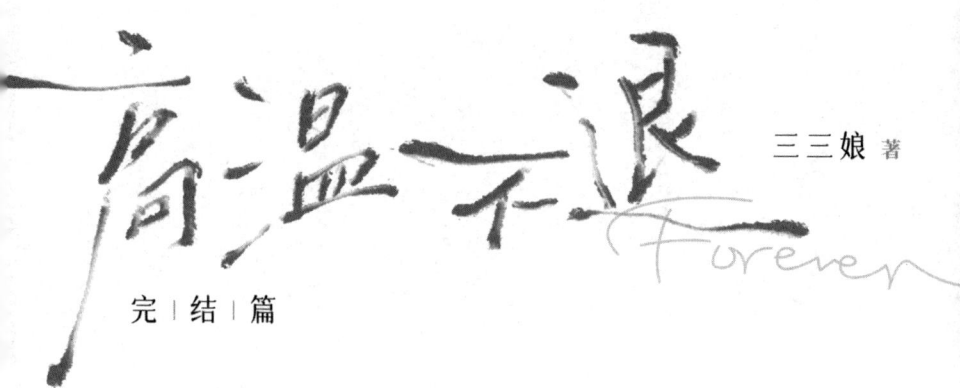

高温不退

三三娘 著

Forever

完|结|篇

长江出版社
CHANGJIANG PRESS

目录
CONTENTS

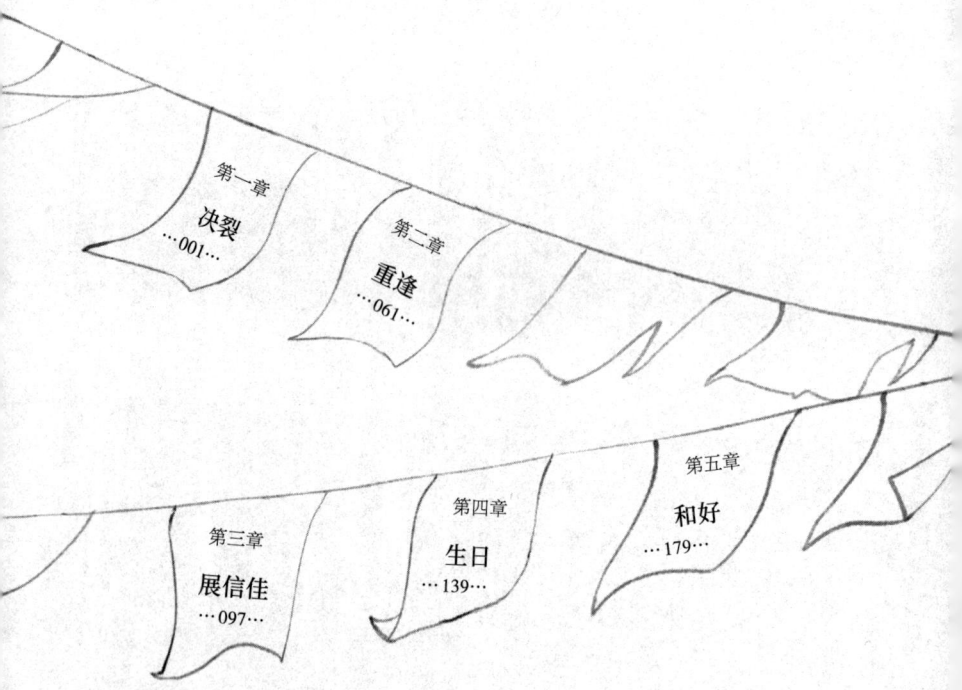

第一章
决裂
...001...

第二章
重逢
...061...

第三章
展信佳
...097...

第四章
生日
...139...

第五章
和好
...179...

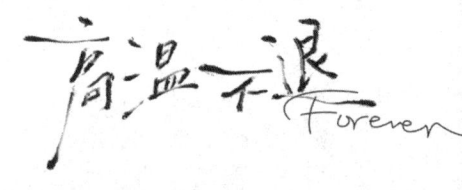

第六章
合同
···220···

第七章
复还
···255···

番外一
blue
···293···

番外二
探望
···306···

番外三
毕业
···314···

第一章 决裂

八月份的宁市能把人热化，蝉鸣在沉闷的空中鼓噪。叶开收拾好遗漏在陈又涵家的作业，取走盖了公章的漂亮的实习报告，中午就回了家。

花园里的月季都被晒蔫了，叶瑾和园艺师戴着斗笠在太阳底下为此痛心疾首。

两个人听到跑车引擎声由远及近，随即就见一辆车子穿过雕花铁艺大门，慢慢驶过草坪中庭车道，在主宅门口停下。

叶瑾摘下斗笠拿在手里摇晃送风，见叶开躬身从车里下来，眼睛在太阳底下眯了眯。陈又涵降下车窗，半举起烟跟她致意："靓女，妆都被晒花了。"

叶瑾笑了一声，把斗笠随手丢给园艺师，穿过花圃内的小径向他走去："你每天当司机挺来劲啊。"

叶开单肩挂着书包站在廊下，屋内有隐约的凉意吹到他的背上。但外面白光一片，热浪轰人，他没什么耐心地看着他们用成年人半熟不熟的那种腔调寒暄。

"进去喝杯茶？"叶瑾躬下腰，把手搭在车窗上。就这么一分钟的工夫她就被晒得脸色潮红，鬓角流下汗来。

"放心，我妈不在。"她微微笑道。

陈又涵忍不住笑了一声："能别说得我跟你有一腿一样吗？"他掐灭烟，懒得客套了，冷淡而倦怠地摆手，"忙着赚钱养家呢，回见。"

家里长辈都不在，只有一屋子用人和他们姐弟俩。姐弟俩一个住三楼，一个住四楼。

叶开随他姐一同进电梯，抬手按楼层时，叶瑾正巧瞥了他的手腕一眼，笑道："陈又涵把这块宝玑手表送给你了？"

叶瑾上次看舞剧时就见叶开戴过一次，那时候叶开只说这表是陈又涵的，她当时只以为叶开是借来玩玩。

叶开不自觉地握了下表带，轻描淡写地说："我问他要的。"

"虽说是八十多万，不过毕竟是二手的。"叶瑾揪住T恤领口透气。

电梯门开了，叶开先出去。

他暑假作业没写完，瞿嘉又给他安排了一对一的辅导课程——他已经提前进入了高三的节奏。他趴在桌子上没写两道题的工夫，洗完澡的叶瑾敷着面膜进来了。

她穿着一件宝石蓝真丝睡裙，外面套着系带长袍，不等叶开表示便直接在沙发上跷起二郎腿坐下，纤细的小腿在裙子下若隐若现。她姿态闲适，动作慵懒，只是懒懒一坐便有大小姐做派。

"昨天陈又涵生日，你送了他什么礼物？"

"一枚古董胸针，上次在温哥华买的。"叶开握着笔分神回答她，目光没离开过草稿纸。

"送他礼物很难吧，他这人又有钱又挑。"

"用心就好。"

叶瑾用手指将鼻翼两侧的面膜纸按压下去，揶揄道："不知道你是给他挑礼物更用心呢，还是备考更用心？"

第一章　决裂

叶开停下列公式的笔："你就这么喜欢跟我聊他？"

"这也生气哦？"

叶开放下笔，半转过身，一只手搭着椅背看她："我知道，爷爷一直想让你们联姻。直说吧，上次大剧院的后文，我们一直没机会聊透。"

屋子里瞬间很安静——虽说原本就很安静，只有花圃里的蝉鸣声不老实，但这一瞬间的安静鲜明而深刻地闯入了意识领地。姐姐和弟弟同时注意到了这一瞬间的静，两个人都没有轻易开口。

过了两秒，叶瑾抬手，懒懒地扶了下乱七八糟的丸子头，开口道："我欣赏他，从女人审视男人的角度，我承认他很有魅力，也很有吸引力。但是，他也没有那么好。"

"你喜欢他。"叶开淡淡地说。

"可能，曾经有一点儿。"叶瑾很直爽，"我欣赏的不仅仅是他在爱情和气质上表现的那一面，更是他作为一个男人在家族、企业和责任上表现出来的成熟。你能理解我的意思吗？因为我看到的是他的全部，所以我知道，爱情对他来说也不过是无足轻重的。我不会出于爱情靠近他，不过如果到了需要联姻的那天，我倒也不会拒绝。"

叶开蹙了蹙眉心："别这样，这对你对他都不公平。"

叶瑾牵动嘴角笑了笑，怕长纹，用手指按住法令纹两侧，说："宝宝，这是大人的事，不是你该操心的。还是聊聊你。你的 offer[①] 怎么样？"

叶开转过身，不得不从头开始做被打断了的物理题："我不准备出国。"

叶瑾动作僵了僵，难以置信地问："什么？"

"我不准备出国，考上'清大'，就一定去'清大'。"他口吻寻常地说，黑发软软地贴在后脑，从肩背到舒展开的双臂都瘦削而挺直。

[①] 录取通知书。

"为什么?"叶瑾盯着他的背影。

"没为什么。"

"你说明白。"

"没什么可说的。"

"因为你任性,你不想一走就是好几年,所以放弃国外的高校。"叶瑾将这句话说完整,感到不可思议。

叶开没回头,轻笑一声:"姐姐,你好幽默。"

叶瑾揭开面膜,皱起眉心:"小开,你还小,也许觉得六年本硕的时间很长,其实等你到我这个岁数,就会发现这没什么大不了的。这件事……你跟妈妈和爷爷提过吗?"

"提过,还没深聊。"

"他们不会同意。"

叶开的笔尖停了停:"我会让他们同意的。"

他想到什么,微微偏过脸,拜托道:"你先别说,一切等我出了分数后再说。'清大'不好吗?"他松弛地笑了笑。

"'清大'很好,前提是你手上没有顶级名校的 offer。"叶瑾冷冷地说,将面膜丢进垃圾桶,"小开,你是如入宝山空手回。"

"我有我的决定,有我喜欢的专业、我喜欢的导师。"叶开垂着眼眸,"你回去吧,我还要写题。"

开学后,日子一下子就快了起来,生活的节奏、学习的节奏、吃饭的节奏、刷卷子的节奏……所有都好像被按了快进键。

这一次轮到叶开搬寝室了,施译特意陪他一起搬。高三寝室楼更旧一点儿,墙面刷着半人高的绿漆,地砖的花纹还是马赛克的,听说过了这届学校就会翻新。

不知道为什么,不论是几年级的学生,只要一进到这里就会开始紧张。氛围算不上压抑,但每个楼层转角的红色标语、不自觉匆忙的脚步、不苟言笑的巡寝老师也实在让人嬉笑不起来。

"你为什么不走读啊?"施译实在想不通。天翼中学的走读生其实不少,如果学生有足够的自律性——或者管得足够严的爸妈,其实走读优势更大。

"家远。"

"这也算理由?"施译帮他把书插上书架,絮絮叨叨,"校外那么多房子可以租,直接请人照顾,还可以随时开小灶。"他反应过来了,"叶开,我觉得你对自己是不是过于严格?"

叶开就是时时刻刻都有瞿嘉的儿子的自觉,可以走的捷径全部舍弃,连分毫特殊化的地带都不愿意接近。

叶开笑了笑:"你知道我周末的辅导老师多少钱一节课吗?"

施译茫然地看着他。然后叶开用手比了个"八"。

"八百?"

"再猜。"

施译:"……"算了,他操心谁都不用操心这种家财万贯、往上数四五代都是富豪的家伙。

叶开忙,陈又涵比他更忙。陈又涵这段时间一直在忙于帕岛度假村的收购谈判。他接洽的几家资本都很熟,有的甚至是老"朋友"了,都知道 GC 集团这段日子不好过,也都知道帕岛是块肥肉,一个个闻着肉味就爬了过来。

项目进行到一半,跟帕岛政府签订的开发协议不能停摆,陈又涵几乎每个月都要飞一次帕岛,有时候过一晚就回国,有时候干脆被绊在那里一个多星期,都是紧急的事。

流花湖一期开盘如他预料的那样,卖得不尽如人意。这不仅是市场紧缩的问题,也是上次公关战的确伤了元气。

　　GC集团这样的公司资产确实牛,但预售、加杠杆买地、预售、重复加杠杆买地——一百亿本金加杠杆二百亿买地,预售收回三百亿,加杠杆六百亿买地,预售收回九百亿,好,那就敢将杠杆加到一千五百亿买地——这就是楼村。负债和资产像两个互嵌的雪球般越滚越大。

　　三块地算算似乎有两千四百亿资产,但负债也已经高达一千亿,高杠杆、高负债的模式让GC集团的资金链容不得任何差错。

　　一辆时速高达三百迈的跑车哪怕是擦到了一颗小螺丝钉都有翻车的可能。流花湖的楼盘销售不佳和债券到期,导致现金流瞬间吃紧,GC集团哪怕手握几千亿的优质资产,也只能选择贱卖——这就是陈又涵一定要用楼村打脱身伏的原因。

　　外人或许不清楚,但美晖的这一手操作,的确震到了GC集团的脉门。

　　好在还有楼村,只要楼村没有问题,那么GC集团就可以安然转型。

　　十一月底,旷日持久的谈判终于结束,帕岛项目终于顺利脱手,二百一十亿,包括地、航线和所有有形资产。GC集团血亏,但只有这样才能继续拿到银行授信,才可以为楼村的开发运转提供高额的资金。

　　这年的宁通商行年会仍在瑞吉酒店举办,陈飞一没有出现,陈又涵独当一面,成为向市场释放的一个信号——从今以后,他便是GC集团当之无愧的真正掌舵者。

　　酒会上众人都向他祝贺,或者说半是祝贺,半是打听。他着手的几场谈判非常漂亮,已经成为圈内年末的谈资。有人语带轻视,说GC集团的继承者年轻气盛,在会议室直接和收购方掀桌子;有人说他手腕了得,斡旋于三家资本之间谈笑风生,把一个小小的帕岛炒成天价,香岛的直航承包商甚至都按捺不住来打听。

然而美晖虎视眈眈，明年大区建设是重中之重，楼村有没有可能一帆风顺？商界毕竟仰人鼻息，生死只在覆手之间。

陈又涵身着高级无尾礼服，十分优雅，嘴角始终挂着云淡风轻的笑意，让人猜不透这个年轻的掌舵人背后究竟留了多少张底牌。

第二十三层空中花园。

冬夜的夜空像深蓝色天鹅绒，缀着几颗冷星。远处海岸线漆黑一片，只有遥远的海浪声循环往复。

门口两名安保人员恪尽职守，不允许任何人进入。陈又涵趴在栏杆上抽烟，在昏暗的灯光下，面容虽然模糊，但仍然英俊。

这是宁市最冷的一周，也是欧洲月季难得不开的时候，但难不倒这样的奢华酒店。朱丽叶月季仍然开得浓烈，在夜色下像一首神秘的歌谣。

叶开推开玻璃门，想起什么，又扭头对两个安保人员叮嘱了几句，走了进来。

陈又涵转了个身，倚着栏杆。

叶开仍然穿着黑色的礼服，很简单，气质也很冷冽。他笑着走向陈又涵，半抬手转了转左手腕上的宝玑，姿态从容。

陈又涵说："长高了。"

很奇妙。叶开还能想起十六岁的那个下午，他和陈又涵在这个花园里聊天的情形。那时候的阳光、香烟的烟雾，聊了什么，全部都历历在目。

叶开说："陈先生，这几个月辛苦了。"

他一心扑在学业上，虽然知道陈又涵公司事务繁忙，但直到这晚才隐约听到一些说法。

陈又涵慵懒地笑道："没你备考辛苦。"

年会结束时,海滩上放了将近十五分钟的烟花,用的是环保烟花,市里批了许可。是火树银花,是流星扫过天际,是最华丽的梦在夜空中绽放陨落,天空被照得如同白昼。

"怎么突然放烟花?"这是新的环节,从前都没有。

二十三楼的空中花园和三十楼的行政走廊已经被喧哗声占满。衣香鬓影,华服美貌,那些见惯了大场面的男女也不能免俗,优雅地惊呼,香槟杯轻碰,欢声笑语,淡金色的气泡上升,纤细的腰肢被人绅士地搂在怀里。黑夜的落地玻璃幕前,是一双双被烟花照耀得熠熠生辉的眼。

禁烟花这么多年,这样盛大的华丽场景竟成了遥远的记忆。

叶开注视着烟花,答道:"那天我和爷爷说,好久没见过烟花了。"

"小时候我带你在海边放过。"

"嗯。"叶开勾了勾唇,"我记得。我还被吓哭了。"

叶开想起了那天反复的浪潮、海风中的硝烟味、空中金色的花朵、自己很响亮的哭声和陈又涵无可奈何地忍着笑的低哄声。

"爷爷说他也很久没见过烟花了。他记得最好的一次烟花是他小时候,那年春节很冷,太爷爷抱着他在陈家祖宅堂屋前看的。那是我们叶家最落魄的年代,但他反倒很怀念,觉得那时候的烟花真是隆重又漂亮。"

"上次在书房里他也提到了这些。"

"他快八十岁了,没有哪个老人家这个岁数还没有退休的。"

陈又涵说:"爷爷八十岁了?他老当益壮,你不说我以为没到七十岁。"

金色的麦穗像水滴从空中坠下,像彗星长长的尾巴。

不知道为什么,很多美丽的事物在记忆里都会渐渐染上哀伤。又或者人总是更容易记住那些美丽而哀愁的事物。在顶点绚烂,然后迅速陨落,烟花这样的东西究竟有什么魔力,竟能让站在金钱巅峰的人都忍不住回忆?

一月上旬,有关方面的会议正在紧张筹备。大区建设的内容是这年会议的重中之重,产权保护、政务服务、市场准入标准、航运贸易枢纽的建设、三地合作如何深化、税收优惠、示范区的建设也陆续被提出。

会议开始前,圈内对楼村的关注已经达到了前所未有的高度。从先期曝光的规划野心看,这里无疑是三地的核心都市圈,GC集团拿的地块是核心中的核心,规划报告早就获得审批通过,商场和内嵌海洋馆已经进入收尾工程,写字楼、酒店和配合市政地铁的下沉广场也在推进。陈飞一是春风满面地进入会场的。

会议结束,流言陆续传出,最夸张的一条是陈飞一在散会时第一个离场,仪态纵然从容,但下阶梯时竟绊了一跤。好在身边某位代表手疾眼快地扶了他一把,他才免于沦为笑谈。

陈飞一的车还未到公司,陈又涵已经收到了风声。

"更改用地规划?"办公桌被人狠狠拍响,水杯"咚"地被摔在地上,发出一声闷响,"欺人太甚!"

顾岫撑着桌角,面色凝重:"只是风声,未必属实。"

"只是风声就够了。"陈又涵眼底一片阴鸷之色。消息一旦传入市场,楼村任何一个角落都别想卖出去。

七百亿预售资金未结,这是要把GC集团往死里逼。

"新的授信马上下来。"

陈又涵摇摇头,手抵在桌面上缓缓握成拳,声音低沉地说:"顾岫,你太天真了。"

陈飞一破天荒地走进了GC商业集团办公室,步履平缓,面容肃杀。赵丛海紧张地陪在身侧。如果谁仔细观察他,便会发现他做好了随时搀董事长一把的准备。

总裁办公室的门被拧开，陈又涵的声音静了一瞬，随即门被关上。GC 商业集团的员工尚不知道发生了什么事，仍在期待即将到来的下班时间。

"爸。"喉结上下滚了滚，陈又涵什么都没说，只简短地叫了陈飞一一声。

陈飞一在沙发上坐下。身体被真皮海绵垫托住的刹那，他浑身的力气都瞬间被卸下。

"出清所有海外资产。"陈飞一只说了这一句话。

顾岫和赵丛海都变了脸色。

陈又涵却仿若早已料到了这一招儿，或者说，他心里的应对之策和陈飞一是一样的。他脸色平静，但深沉，点了点头，不耐烦地弹出一支烟。低头点烟的瞬间，他心里掠过一个模糊的念头：是真改，还是悬置？

市场看风声，这个时候释放出这种信息，未必真的会更改规划性质，但只要一天不确定，GC 集团的楼就得晚一天卖，开发也必须按合同继续推进。陈又涵狠狠地抽了一口烟，眯眼讽刺地笑了一声："果然是不费吹灰之力。"

每天都面对增加的利息，公司只有出项，进项缓慢，赌的就是谁能扛。

陈飞一闭了闭眼，松弛了的上眼睑覆盖着底下微微颤动的眼珠。

陈家从几百年前就是名门望族，时代更迭，多少曾经的老友和竞争者都覆灭在战火之中。近几百年下来，是每一任当家人凭着敏锐的嗅觉和自觉的社会道义才让陈家始终兴盛至今。

"扛得住。"陈又涵掐灭没抽几口的烟，强势而简短地吩咐，"赵叔，带我爸回去休息。"

"你打算怎么办?"陈飞一睁开眼睛,向来精神矍铄的双眼仅仅一个下午便混浊苍老了下去。

陈又涵笑了一声:"能怎么办?凉拌吧。"他拍了拍陈飞一的肩膀,语气里竟还存着戏谑之意,"早点儿休息,还有两天的会要开。"

陈飞一走后,偌大的办公室瞬间陷入寂静。天黑沉下去,一墙之隔的地方传来员工打卡下班的说笑声。陈又涵陷在宽大的真皮座椅中,没有开灯,任办公室里渐渐弥漫上一层黑灰色的阴影。窗外,楼体灯光渐次亮起,红色的霓虹灯灯光在陈又涵英俊的面容上一闪而过。

顾岫带着笔记本推开门,门内是令他猝不及防的黑暗。他眼里无所不能的男人此刻坐在办公桌后,深沉而沉默。

"开灯。"陈又涵说。

大灯亮起,陈又涵缓缓站起身:"财务部全员留下,尽快清算所有海外资产,准备好各项目资料和财务情况,做出至少五种打包方案。把市面上有实力收购的公司整理好列清单,明天下班前我要看到他们公开的资产情况。商业集团的资产情况,给我列一张总表,你去约银行,未来三天内安排好所有会面。楼村的账目单独列一份报告,我要知道各分体的本息分布。"

顾岫仍觉得难以置信。瞬息之间天翻地覆,集团从巅峰到摇摇欲坠,不过一阵风的力量。

"真会改?"

陈又涵冷笑一声,冷冰冰地骂了句脏话。

世上没有不透风的墙,尤其是资本市场。第二天参会,陈飞一已然察觉到了风向的转变。楼村项目已建和在建的,保持不变,按计划推进;规划中未行建设的,暂且搁置开发,容后再议。

"好一个容后再议。"陈又涵讽刺地笑着点起烟。他这两天烟不离手,一天就能抽完一包。

"容后再议"对"GC"这样高周转重资产的集团来说,是可以致命的。

"拖到下半年,拖到明年,拖到'GC'扛不住,到时候再启动新规划,'GC'没钱开发,只能打包贱卖。你猜到时候这项目会是谁接手?"

"美晖?"

陈又涵以指骨抵了抵眉心:"银行回信了吗?"

顾岫顿了一下,尽量平静地复述:"项目停摆,公司未来违约风险上升,他们拒绝提供授信。"

陈又涵安静地走到落地窗前,烟灰从他的指间跌落。半晌,他点了点头:"好,知道了。"

"海外资产……"

"把消息放出去吧。"陈又涵平静地说,"尽快脱手。"

这年过年晚,到二月中下旬才是除夕夜。叶开在暖洋洋的春风中完成了高三上学期的期末考试。他的考场在二楼。

这一次仍然是全市联考,排名可以看作高考的风向标。题出得不难,可能老师们还是仁慈地想让学生们过个好年。

高一和高二的学生都是考完直接放学,只有高三的老师硬是上了两节晚自习后才放人。叶开出了校门,意外地看到了陈又涵的车。陈又涵却没在车里等,反而手里夹着烟在夜色中站着。路灯在他身上洒下光斑,他单手插兜,只是半仰着头静静地抽着烟,不知道在看什么,可能是夜空、是星星、月亮,抑或是某棵凤凰木平展出来的枝丫。

叶开收拾了会儿课桌,出来时走读生已经散了大半。他背着一个书包,怀里还抱着一摞很重的教材。

"又涵哥哥。"

陈又涵应声转过头,看见他,很短促地笑了一下。

第一章 决裂　013

叶开直到走近了,才发现他的下巴上冒出了青楂儿,脸色也有些憔悴。因为彼此都忙,他们现在几乎大半个月才见一面。

"你怎么来了?"陈又涵没有提前和他打招呼,不知道在这里等了多久,想到此,叶开问,"你不会从下午一直等到现在吧?"

"没有。"陈又涵很快地否认,为他打开车门,"上车。"

陈又涵的脸上有点儿胡楂儿。他从前从不会放任自己出现这样的仪容。叶开拉过安全带,问:"发生什么事了吗?"

"没事。工作上的麻烦而已。"陈又涵语焉不详,脸上带着他一贯散漫的笑意。叶开只有从他疲惫的眼里望进去,才能望到他的心不在焉。

他送叶开回家,三十分钟的路程,他开得比往常慢。车厢里很安静,只有冷气的声音。

陈又涵冷不丁地问:"学校里有什么开心的事情吗?"

叶开半合着眼:"Nothing special[①]。"

"随便说说,好不好?"

叶开便提起精神,挑了两件事:"今天英语阅读的那篇我在《经济学人》上读过。"

"真棒。"

这是什么幼儿园哄小朋友的语气?叶开没忍住笑了一声:"玉兰花开了,梨花也开了。"

陈又涵说:"是吗?我天天在办公室里,都没有注意。"

"我又收到了两所大学的 offer。"

陈又涵握了握方向盘,接着笑了起来:"一定是很好的学校。"

"是名校,还不错,但我不会去。"

---

① 没什么特别的。

叶开把手肘支在窗沿上,单手托着脑袋,在漫长而千篇一律的夜景中犯了困,掩着嘴打了个哈欠。

陈又涵问:"在学校里开心吗?"

"又涵哥哥,你今天好奇怪,"叶开笑了笑,"我都来不及开心,每天就是不停地上课、做试卷。"

"还是要开心一点儿。"

"嗯,还是开心的。"叶开顺着他的话说。

"那就好。"

即使是这样平淡如水的只言片语,叶开终于还是察觉到了一丝不同。

"又涵哥哥,公司是不是出什么事了?"他缓缓地坐直身体,倦意也不见了。

车子正驶过沿海公路,两个月前他们在这里看了一场烟花。

"没有,只是事情比较多。"陈又涵回道,瞥他一眼,笑道,"什么眼神?不相信我?"

"没有,只是觉得你有点儿……消沉。"

陈又涵很努力才控制住自己不显得狼狈,轻描淡写地说:"只是最近工作有点儿忙。你呢?有没有乖乖备考?要是考砸了瞿嘉可是会找我的碴儿的。"

叶开听到他玩世不恭的语调,笑了一声:"我又不是不懂事。"

"你连在我面前都需要懂事,那我这个哥哥是不是太差劲了?"陈又涵语气里有一股温和的倦意,"任性一点儿也没关系。"

叶开心想:我的确在筹谋一件特别任性的事情,等拿到"清大"的通知书,你才知道我究竟有多么任性。

车子在叶家的铁艺大门前停下。叶开没有着急下车,轻声说:"又涵哥哥,我的成绩可好了。"

"嗯，发个红包给你。"

"谁要这个？"叶开的嘴角翘了起来，"算了，反正你迟早会知道的。"

路灯橙色的灯辉洒在车顶上，也染亮了高中生澄澈的双眼。

"小朋友，"陈又涵眼底有淡淡的疲倦的阴影，沙哑的声音带着笑意，"你怎么有这么多秘密？"

"我特别努力。"说这句话的时候，叶开的眼睛很亮，在路灯下，他年轻的脸庞几乎像是在无畏地闪着光，"高考成绩肯定特别好。"

陈又涵读不懂他天真的暗语，也不知道他一个人正在筹谋的一往无前的未来。

从资产的复杂和庞大程度来说，GC集团旗下几个海外项目的抛售几乎可以用迅雷之势来形容。形势容不得陈又涵精挑细选、仔细斡旋。帕岛项目他手段玩得漂亮，而这几个项目算得上狼狈仓促。两百亿，放在快消品界，差不多相当于季末清仓的体量。然而对近千亿的负债来说，这只是杯水车薪。

消息一天一变，到这天，事态终于渐渐明朗，所有人都意识到GC集团掉了队。没有人敢轻易施以援手，幸而陈家深耕多年，在业内口碑良好，别人纵然不雪中送炭，倒也不至于来落井下石。只是GC集团手握多块优质资产，众人都在等，看他还能捂着藏着多久，或者——在暗处，也有不少人冷冷地垂涎：是不是可以等到GC集团被并购、重组的那一天？

叶家。

刚用完晚餐，用人收拾了小客厅，泡了茶，叶通在茶几上摆着棋局，与他对弈的是叶征。

两个人下着棋，心思却不在棋面上。

"'GC'很难了，"叶通落下一子，"你怎么看？"

"不是我怎么看，我反倒觉得很奇怪，"叶征斟酌着回答，"又涵为什么到现在都没有来找过我们？"

叶通微微一笑："陈家对叶家有大恩，他不愿现在用掉。"

"还等什么时候？"叶征难以理解，"还有什么时候比现在的'GC'更难？他毕竟年轻，一个人负担两千多号人的工资，还要负责项目运转，每天一睁眼得面对多少利息？"他想起一些传言，叹了一声，"听说一车库的豪车卖了近半。"

私人飞机清了，别墅清了，豪车清了，到这种地步，陈又涵竟然还不来找他们？

"谁都知道，这桩事情多复杂。于情来说，我想飞一也是不愿意来麻烦我们的。"

"这或许是资产并购的好机会，又涵很有战略眼光，他当初拍下的资产让多少人眼红？"叶征落下一子，随即便知道自己下错了。他想悔棋，看了一眼自己父亲的脸，一时噤了声。

叶通沉吟不语，半晌，把黑子扔回了棋罐："三代未过，这就是你报答恩情的方式？"

叶征不再说话。

尴尬的沉默气氛中，叶瑾端着托盘进来了，里面是切好的甜橙。

她微微一笑："爷爷，我们可以主动帮陈家。"

叶通瞥她一眼，冰冷的脸上浮现起一点儿笑意："你这么认为？"

"'GC'是一家很好的企业，陈家是一个有社会担当的家族，有能力救，有理由救，有情分救，为什么不救？"叶瑾拣起一块橙子吮着汁液，漫谈道，"叶家何苦并购'GC'？如果贪婪到这个程度，于银行家来说可不是一个好名声啊，你说对吧，爸爸？"

叶征瞪她一眼，倒没有真的生气或觉得下不来台。他只是逞口舌之快，纵然动了贪念，也不过是一息之间，并不会细想的。

叶通被哄得开怀，脸色彻底和缓，很赞赏地看着叶瑾："那你说，怎么帮？"

叶瑾笑了笑："自然是有条件地帮。"

"怎么有条件地帮？"叶通靠在铺了软垫的圈椅中，干瘦的十指搭在膝头交叉，饶有兴致地看着叶瑾。

他到这个岁数还没有退休，是儿子叶征始终没有达到他心目中的期望。时局以及早年的溺爱造就了叶征相对保守的个性和处事风格。相对而言，叶瑾便非常优秀。她继承了叶通的手腕和魄力，又有瞿嘉的雷厉风行——叶通几次暗示这个孙女回宁通商行打理家业，但她似乎有自己的主意。

"爷爷信我的话，我就去和又涵谈一谈。"叶瑾若有所思地绕了绕头发，嗲嗲地问道，"他同意的话，我们可以提供多少的授信额度呢？"

叶通沉思片刻，比了个"二"。

"两百亿？"叶瑾眨了眨眼，"您考虑好了？"

叶通的脸上是松弛的笑意，他却未言语。他两鬓斑白，皱纹的走向令他苍老的脸颊有一种慈祥温和的威严。这是老人过去几十年人品和作风的积淀。不是每个老人都能慈祥地老去的。

叶瑾逐渐恍然大悟："'GC'是宁市的纳税大户，将其置于死地得不偿失。"

第二天上午十点，GC商业集团总裁办公室的门被敲响。

叶瑾长相明艳，气势迫人，穿着一双裸色高跟鞋，步步生风。顾岫与她在门外初次照面，她画着上翘黑色眼线，似笑非笑地将目光从他脸上瞥过："顾总，幸会。"

顾岫绅士地为她推开了门，从那种气质和五官中隐约猜到了她的身份。

陈又涵终日处理公务，已经近三个月没有睡过一个整觉，眼底下难消的青色眼圈，让他看上去有一股病态的英俊气质。叶瑾挑眉道："怎么，都焦头烂额到这个地步了？"

"见笑了。"他的语气仍然是那股漫不经心的调子。

两个人在落地窗前的会客区坐下，过了一会儿，柏仲端着咖啡和茶点进来。陈又涵给她递了根烟："说吧，什么事？"

叶瑾接过烟，很熟练地点起，保养良好的纤细双手上涂着酒红色指甲油。

"你希望我是有什么事？"她跷着二郎腿反问，艳丽的五官在似笑非笑的神情下有了一丝妩媚感。

"给我发喜帖。"陈又涵咬着烟笑了一声。

叶瑾冲他吐出一口烟："两百亿授信，要不要？"

陈又涵睨她一眼："你什么时候接手宁通商行的业务了？"

"如果是公事，当然不会是我来。不过既然是我坐在这里，你就该知道是私事。"

陈又涵没说话，不动声色地等待着她的下文。

"最近跟小开有没有联系？"叶瑾还是那副慵懒的模样。

"偶尔，怎么？"

"小开不想去国外求学，有没有你的一份功劳？"叶瑾用指尖点了点烟身，抬起的眼眸里目光十分锐利，"我的意思是，你有没有怂恿他别去国外？"

陈又涵心里一沉，那副心不在焉的神情在听到第一句话时便倏然变了。

叶瑾从他的表情里已经知道了全部的答案。

"如果你能让小开心无旁骛地去留学,"她很快地说,"两百亿授信三天内就会安排好。"

"别开玩笑。"陈又涵短促地笑了下,"这是小开的人生,你有什么资格站在这里,拿他的人生在我们之间谈判?他已经十八岁了,知道自己想要什么。"

"我不认为他知道。我和他聊过这个问题,不止一次。你了解小开的,他很听话,也信任我,但一谈到这件事,我能感到他把我排斥在了很远的地方。"

陈又涵沉默地听完,牵动嘴角:"这是家事,你应该交给瞿老师,交给你父亲,交给你爷爷。"

"如果我说,我今天来,也是爷爷的意思呢?"叶瑾的音量蓦地提高,又回落下去,"两百亿授信,救'GC'于水火之间,只要求你做到这件事。你有什么好不答应的?"

"因为叶开是一个有独立人格和自由意志,既明白自己要什么,也能为自己的选择付诸行动和负责的成年人,而不是你们安排来安排去的傀儡!"陈又涵忍住脏话,将没抽两口的烟粗暴地摁灭,"我有什么资格答应你,跟你一起去安排他的人生?就凭他信任我?"他逐字逐句地问。

叶瑾被他逼视着,一时之间动弹不得。但她是深谙谈判技巧的女人,越是心惊肉跳,就越是表现出不在乎的样子。她笑了笑:"你问得好振聋发聩啊。怎么,这么冠冕堂皇,你敢说不是因为你也很享受身边有他崇拜的视线?宁通商行继承人对你的钦慕,你也不舍得视而不见吧?他要是去国外,一去六七年,见识到更广的天地、更丰富的世界、更优秀的人,回国后,还怎么崇拜你?还怎么带着宁通商行对你言听计从?是吗,陈总?到底是谁把他当傀儡,又是谁绑着他不让他看世界?"

陈又涵冷冷地提了提嘴角:"激将法对我没用。"

"好啊,那我们就来算算账。"叶瑾跷起二郎腿,目光不避不闪,"'GC'还有几块优质地块供你贱卖?楼村的项目一半停摆,一半推进,你哪里来的钱去开发?不开发,超过五十亿的赔偿款等着你,瞬间吃掉你所有赖以支撑的现金流。每天一睁眼要还几千万的利息,想必你比我更清楚。'GC'两千多名员工的生计在你身上,陈家几代人的心血也在你身上,你没资格对小开的人生指手画脚,就有资格丢下这一切?别太自私了,陈总。"

她说完这些话,偌大的办公室变得死寂。

陈又涵自嘲地抬了抬嘴角:"你不觉得你很多此一举?你跟瞿嘉要是想,明明能有一百种方式送小开出国。"

叶瑾讶然,继而笑了一声:"我不想当坏人啊。"她脸上是啼笑皆非的神情,仿佛在说陈又涵的这一问是多么多余。

"他视你为兄长,对你的信任甚至越过了我这个亲姐姐,可我才是他真正的家人啊。凭什么让我、让妈妈、让小开最亲近的家人去当坏人,跟他决裂、让他讨厌?这对他来说,太残忍了不是吗?你只是一个……世交家的哥哥而已。我们都是为了他好。"她抿动嘴角,露出一个冰冷又甜美的笑容。

陈又涵叉着腰转了半圈后,抬手狠狠扫落边柜上的东西。名贵的瓷瓶应声而碎,叶瑾连眼睛都没有眨一下。

叶瑾是什么时候走的,陈又涵并没有很鲜明的意识。他一直垂首坐着,十指插入发间,一动不动。他耳边却似乎还是萦绕着她的声音:"少年人总是孤注一掷,自认为对抗全世界的姿态清醒又勇敢。但事实真的如此吗?陈又涵,将来他长大了,成熟了,会感谢今天的你的。"

她几乎是软硬兼施,打光了手上所有的牌,张张锋利冷硬,那么恰好地戳中了陈又涵的一切软肋。

顾岫送报告进来时，终于惊动了屋子里的男人。

陈又涵从烟盒里抽出一支烟，按下打火机："把人事副总叫进来。"

"好，"仓促地将尾音吞下，顾岫难以置信地看着陈又涵，"什么意思？"

"裁员。"

顾岫下意识地吞咽口水，脸上挂不住表情，低声问："到这一步了吗？"他注意到陈又涵夹着烟的手指在控制不住地发抖。

"到这一步了。"陈又涵面无表情，盯着自己的右手古怪地看了两秒，怆然地冷笑了一声，在烟灰缸里摁灭烟。

人事副总进来，知道大事不妙，静静地等着陈又涵吩咐。

"已售、已停摆项目事业部全员解散，其他部门砍架构，职能部门硬指标裁员百分之三十。在'GC'五年以上的老人按停职处理，找得到新工作的按标准赔付，找不到的按基本工资养，如果未来还愿意回来的人，按原职原岗复工。剩下细节怎么做你看着办吧，明天下班前给我具体报告。"

高考倒计时的数字一天比一天减少，三模考完，所有学生心中都夹杂着"如释重负"和"天崩地裂"两种截然不同的心境。周末正常过，越到高考，毕胜越不再给他们上弦，反而鼓励他们回家多放松、多休息、多吃水果、多睡觉。然而大部分学生还是紧绷着神经起早贪黑地重复做题、背题。

叶开一模、二模成绩都稳在了年级第一的位置，按照历年录取分数线看，上"清大"很稳。但他不敢掉以轻心，回家的路上也在专注地翻错题集。

他到了家一切照旧，叶瑾又在侍弄欧洲月季，瞿嘉和叶征应酬未归，叶通在书房的露台上喝茶。不知为什么，他最近几周回家，总觉得众人在刻意地回避一些话题，但至于是什么方面的话题，他又想不起来。

叶开洗过澡，定了个闹钟，打算练一套数学模拟卷。他刚做到第四道选择题，手机振动起来。他放下笔接起电话："又涵哥哥。"

"下楼。"静谧夜色下，陈又涵的声音听着竟十分沙哑。

叶开跑到三楼朝向前庭的阳台上，看到陈又涵的车停在楼下。陈又涵倚着车门，长腿交叠，正低头点烟。似是心有灵犀，在他探头看的那一秒，陈又涵也抬头望向他，然后从嘴边取下烟，很轻很轻地冲他挥了挥手。

朱丽叶月季在花圃里开得真好啊，连绵的一片，在月光下也浓郁而灿烂。

叶开穿着家居服跑下楼，刚洗过的头发蓬松轻盈，在一层又一层的旋转楼梯间和水晶吊灯下扬起发梢。

叶瑾提着喷壶站在门口。

"小开。"她叫住叶开。

叶开放慢脚步，看向叶瑾。

"没什么，"叶瑾温柔地看着他，"可以不用那么着急回来。"

叶开抿着唇对她点点头，又一阵风似的跑了出去，穿过喷泉，跑向站在绿茵坪前的陈又涵。

他在车前停住脚步，气喘吁吁，又忍不住笑了起来。

指间的烟头像一颗红星，随着陈又涵的动作明灭。他弹了弹烟灰，柔声道："高考生，可以陪我看海吗？"

宁市的海不如温哥华，不如香岛，更不如斐济。车子穿过花朵掩映的盘山公路，驶下山崖，驶向海边，驶上坚实的沙滩。

晴朗的夜，月亮很亮，星星疏朗，几缕云如烟似雾，很淡地顺着海风飘散又聚拢。

叶开陪陈又涵在海边走着,海风吹乱了两个人的头发,也吹动了他过于宽松的家居服衣摆。他迟钝地察觉到有一些不同寻常:"又涵哥哥,你好像瘦了很多。"

陈又涵慢慢地说:"最近公司事情多。本来想等你考完试带你去帕岛玩。"

"开私人飞机的那种吗?"叶开故意问。

陈又涵静了静,"嗯"了一声,说:"帕岛是深潜天堂,你应该会喜欢。"

"现在去不了了?"

"太忙了,你知道楼村项目的体量。"

叶开想了想,很天真地说:"没关系,还有寒假。寒假我带你去温哥华滑雪好不好?我给你挑了两块雪板,不知道你会喜欢哪一块。"

"冬天滑雪,听着是不错。"陈又涵的嗓音低哑下去,"春天干什么呢?"

叶开顺着他的思绪说:"春天在外婆的花园里喝茶。她有一套特别漂亮的茶具,上次见你都没舍得拿出来。"

"好,那等春天的时候哄她拿出来。"

"你问她要,她一定给的。"叶开笑了笑,"秋天干什么呢?"

"秋天该念书了,准大学生。"

叶开笑起来,很用力地"嗯"了一声。

"国外大学的寒暑假应该不比国内,你到时候应该有很多课题要做。"陈又涵漫不经心地说,"忙不忙得过来?"

话题是那么水到渠成地转到了这儿,让叶开心里一点儿防备也生不出。可他有自己的秘密,便定了定神,用若无其事的语气试探着问:"会不会在国内念大学更好呢?橘生淮北则为枳,说不定我在国内会学得更好。"

陈又涵失笑:"小少爷,你什么时候这么不自信过了?"

"你……"叶开一句话说得艰难,"又涵哥哥,你希望我出国?"

"这个话题我们早就聊过,你答应过我的,你应该去看看更广阔的世界。"陈又涵转过脸,看着叶开天真的双眼,"我也答应过你,就算你出国六七年,我也会经常去看你。"

"多经常?"

"经常到让你厌烦。"

叶开沉默,呵着气笑了一下:"要是我不想出呢?"

"还是出国好。"陈又涵摸出一盒软壳烟。烟盒早就扁得不成模样,令他一支烟取得艰难。好不容易取出烟,他却一时没点燃。

"我有我自己的考虑。"

陈又涵掐住了烟。

"我的六年,和你的六年是不一样的。小孩子的六年,和成年人的六年是不一样的。也许你觉得眨眼就过,但在我心里,六年很漫长,足够我在路都走不稳时看着你脱下校服穿上西装打上领带,也足够你看着我从小学的毕业典礼到站到经济模拟赛的国际决赛场上。你陪我长大,我视你为亲兄长,一定要在这一年教会我别离是常态这种事情?我有底气不学的。"

明明还是伏案刷题的年纪,叶开却已经能用那么平静、温和的口吻,一字一句叙述清晰,彰显着他的深思熟虑。

"我不出国。"

他的意思,陈又涵怎么会不知道?

十八岁是一个分水岭。一个二十四岁的男人,和一个十八岁的男生,身高分毫不差,却已是两个人。纵使他们曾经再亲厚,他日叶开回国,自己是不是也只能寒暄一句"波士顿的冬天真的很冷,你的小孩儿还好吗?婚礼没能赶回来,真是抱歉"?

很奇怪,这样渐行渐远的情况,确实该是每个成年人都拿了满分的必修课了。可是因为叶开的一句"我有底气不学的",陈又涵就也真的想纵容,跟着他一起"不学"。

但是,陈又涵没有资格。

他不是冠冕堂皇的浑蛋,留学纵有千般万般好,但他说不出一句"这是为你好""请你帮帮我,就算是为了我出去留学"这种话——这只会更让叶开想打自己两拳。

"小开,别这么天真任性。"

可他明明说过:在又涵哥哥面前,你永远有任性地当小孩儿的资格。

绵延的海岸线上不见浪花,只有黑色的浪卷声循环往复。

宁通商行 VIP 室。

处理授信的流程复杂、流畅、静默,机器打印声偶尔响起,红白二联业务单在客户经理和陈又涵手中默契地来回,钢笔尖画过纸面,发出"沙沙"声。房间很冷,陈又涵握着笔的手被冻僵了,但签字时没有犹豫。

签完最后一张单子,客户经理的笑容和声音都甜美而训练有素:"好,这样就可以了,陈先生,合作愉快。"

接下来的事情与她无关,玻璃门被推开,无关人员离场,屋内只剩下四个人。

叶家的律师从公文包里掏出拟好的法律文件,叶瑾接过后亲自递给了陈又涵。陈又涵没有接,总集团的许律亲自跟随,见状很自然地接过了文书。只是薄薄几页纸,权责义务、甲乙双方都列得明晰。

从业超过三十年,许律第一次看到有关这方面的约定,脸色微变,扭头看了陈又涵一眼。

"没问题的话就出去吧。"陈又涵转开了钢笔笔帽。

没有纠纷的余地,所有条款一清二楚。

许律无声地放下合同,面色复杂地起身。

叶瑾对律师也略一点头,两个律师先后出去,静谧的空间里最终只剩下了陈又涵和叶瑾。

"小开很好,三模成绩仍然是年级第一,再过三周就是高考了,他的状态不错。"

陈又涵点了点头,钢笔笔尖停留在乙方签名栏处。

时针"嘀嗒"地转过两秒,笔被搁下,他推开椅子起身:"抱歉。"

叶瑾的目光跟着他的背影,看到他出门掏出烟和打火机,迫不及待地将烟咬进了嘴里。烟燃起的那一刻,他扶着墙,宽阔的脊背肌肉从紧绷中颤抖着舒缓下来。

这里是宁通商行总行办公大楼的大客户专用楼层,没有人会来告诉他此处禁烟。

缭绕的烟雾模糊了他僵硬紧绷如石刻的侧脸。

叶瑾收回了目光。

三分钟后,陈又涵推开门重新落座。叶瑾看到他的发梢被打湿了,眼里有红血丝。

笔尖画过,没出墨。原来是钢笔被晾干了。陈又涵甩了甩,从胸口闷出一声自嘲的笑,压着纸,重新描上刚才失败的第一笔。黑色的墨水浸染了A4纸,"陈又涵"三个字龙飞凤舞,和他在每一份文件上签的字别无二致。

合同在桌上被对调,叶瑾俯首写上自己的名字,没有情绪地说:"我还是那句话,小开将来会感谢你。就算知道真相,他也会感谢你代替我们当了一次逼他的坏人。"

"叶小姐高瞻远瞩,"陈又涵勾了勾唇,哑声道,"我甘拜下风。"

叶瑾无动于衷。

"小开不是叶家的完美继承人,你才是。"

按天翼中学的惯例,学生在高考前两周开始走读。毕胜再三强调让大家不要过度紧张,不要沉迷刷题,要放松心情,调整好状态。

叶开没有这个烦恼,他成长的过程中面对的重要场合太多,心态很稳。瞿嘉也没有过度管他,照样让他玩手机。

叶开偶尔打游戏,在翻完错题集的间隙给陈又涵发微信。

陈又涵或许是真的很忙,回信息的频率比以前低了许多。晚上叶开拨电话过去,他也总是挂断,稍后会发一条简短的信息解释,譬如在开会,在加班,在应酬,在聚餐。几次下来,叶开渐渐懂得不去打扰他。

他们只是微信还在聊。

叶开:"周末有空吗?我可以去见你吗?"

三个小时后,他才会等到陈又涵的回复:"要加班。你好好复习。"

名校的 offer 姗姗来迟,叶开截图分享:"我现在有二十个世界一流名校的 offer。"

这种时候陈又涵回得便快。他开玩笑:"你集邮吗?"

叶开趴在床上笑,拿网络上的热梗回他:"但我注定是它们得不到的男人。"

但这样的闲聊机会终究是越来越少。

考试前的最后一个下午,叶开从短暂、计时准确的午睡中醒来。一窗之隔,蝉鸣声吵得他的太阳穴一跳一跳地疼。

瞿嘉在楼下的小客厅里插花。听到楼梯上的动静,她握着剪子出来,见叶开换了衣服,手里捧着一沓卷子,正要往外走。

"去哪儿?"

"换个环境散散心。"叶开在玄关处换上了帆布鞋,白T恤下的身躯充满朝气。

"我送你?"瞿嘉把剪子递给花艺师,摘下了围裙。

"不用了,妈妈,我叫了专车。"叶开冲她挥了挥手,"一个小时就回来。"

他打车到了GC商业集团大楼,在前台用身份证登了记,换取临时门禁卡,乘电梯上了六十五层。这里一切照旧,只是看着比过去安静空旷了许多。

顾岫先撞见了他。

"小开?"顾岫很结实地吃了一惊,"你怎么在这里?"

叶开冲他做了个"嘘"的手势。

顾岫的神色一瞬间变得有些复杂,随即他收拾好情绪,语气寻常地说:"他在办公室里。"

叶开看到了,因为百叶窗帘没有卷,陈又涵在办公室里很慢地踱着步,一只手叉腰,另一只手拿着手机贴在耳边,脸色看着不太友善。

叶开很快地穿过大办公室,甚至没来得及注意那些成片空掉的工位。

办公室的门被推开,动静很轻。陈又涵没有回头,或许以为是顾岫。叶开轻手轻脚地走过去,按下百叶窗的总开关。叶面阖下,室内微暗,陈又涵迟钝地半转过身,看清了眼前的面孔。

他僵住,手机压得耳郭疼,听筒里传来对方诧异的询问声,而这里一片寂静。

叶开忍不住笑出声:"有这么吓人吗?"

陈又涵竭力维持平静:"我以为是在做梦。"

这不是做梦。

他问:"怎么来了?"问话的时候,他的目光深深地停在叶开天真、皎洁的脸庞上。

"是不是长肉了?"他笑了笑,是他一贯以来那种漫不经心的笑,让人辨不出情绪。

叶开眼神有些慌:"一点点,两斤……好吧三斤——我都没时间打网球!"

陈又涵还是维持着那样的站姿,那样的距离,温和地问:"明天考试,你怎么跑出来了?"

"你还没有祝福我,金榜题名什么的……"

他果然是小孩儿,会为这样的事特地跑一趟。

陈又涵失笑:"那你打个电话就好,思源路过来这里很远。"

"但是你最近这么忙,电话找不到你,微信也找不到你。"叶开歪了歪脑袋。

陈又涵又想抽烟,手在西装裤袋里摸了摸,却摸了个空。他的笑更像是叹息,他呵出一口气,接着勾了勾唇,温柔地说:"小开,祝你金榜题名。"

计程车载着少年驶上归程。他坐在后座上,嘴里哼着歌,笔在卷子上很畅快地列着解析公式。

陈又涵不仅祝他考试顺心,还祝他一切顺心,永永远远都顺心。

宁市的六月份总是下雨。

高考三天,暴雨把交警、家长和考生都打得措手不及。在初夏的闷雷声和充沛的雨水中,叶开完成了自己的最后一张卷子。他收拾好笔袋和准考证,穿过雨连成一线的走廊。下了雨也依然有人撕书、扔书,积了水的水泥地上,被撕碎的白色试卷被水浸透,顺着水流和落叶漂向了下水道。

对叶开来说，伍思久是一个已经淡忘了的名字。但他在这一天忽然想起了这个人。

他想到了伍思久毕业那年像甜橙的晚霞，想起了等在停车场的陈又涵，想起了伍思久跑向陈又涵的背影。

叶开对伍思久的种种敌对从来没有任何情绪，但在撑着伞走向校门口的这一段短短的路上，他忽然有了微妙的忌妒之心。

如果陈又涵的兰博基尼或者帕拉梅拉出现在雨里，他就不顾一切地跑过去。

但熙熙攘攘的停车场里，伞下攒动的人头以及雨中焦灼的一张张面孔里，都没有陈又涵。反倒是瞿嘉踩着昂贵的羊皮底的高跟鞋站在雨里，陆叔在一旁为她撑着伞。

叶开精神一振，眼睛很亮地跑向瞿嘉，溅起的雨水甩上校服的裤腿。

上了车，陆叔打高空调，叶开拨了拨有点儿湿的头发。

"怎么样？"瞿嘉温柔地问。

叶开自我感觉良好："保'滨大'争'清大'，可以吗？"

瞿嘉抱着他笑："可以，怎么都可以。"

世界排名前五十的名校，叶开收到了其中的二十所 offer，只要他高考别失常得太离谱，便不算砸天翼中学的招牌。

叶开敷衍两声，刚才无端的失落情绪一扫而空，摸出手机给陈又涵发微信。

叶开："我考完了！"

陈又涵："恭喜你。"

这么疏离的三个字当然不能让叶开满意，他故意问："恭喜我？你哪位？隔壁老陈吗？"

但陈又涵并没有顺着他的问题回，而是公事公办地关心："考得好吗?"

叶开:"还可以,基本可以当个优秀毕业生。"

陈又涵:"真谦虚。"

"又跟陈又涵聊天?"瞿嘉睨叶开一眼,说,"晚上回去收回行李,后天飞一趟 M 国。"

叶开震惊地抬起头:"啊?"

"国际经济模拟赛,你反正没事,跟着去看看。"

叶开当年参加这个比赛时,率队拿了银奖。但他现在已经毕业了,还去看什么?他脸上的表情过于复杂,瞿嘉只好主动解释:"有个带队老师有事退出,你刚好有时间、有经验,赛后安排了交流会,你代表天翼中学官方出席。"

"一定要去吗?"

"你有安排?"

"也没有。"

暴雨将风挡玻璃冲刷得弥漫起白雾。瞿嘉拍了拍叶开的手:"本来没想让你去,但姐姐说让你去历练历练,我觉得她说得没错。"

叶开猝不及防,但的确找不到理由拒绝。

到了家,瞿嘉马上命人给他收拾行李。赛程很长,要半个月,加上交流会和来回路程,差不多是二十天的时间。班级群里从考完一直热闹到了现在,大家都想出去疯,有约去酒吧的,有约去蹦迪的,也有约去网吧通宵"开黑"的。

杨卓宁问叶开:"同桌,你咋说?"

叶开面无表情地回:"后天去 M 国。"

杨卓宁发了个"点赞"的表情:"牛,不愧是豪门贵公子,玩得就是高级。"

群里的人齐刷刷地跟着排队刷屏。

叶开转发了一张经济模拟赛日程表:"这高级给你要不要?"

杨卓宁立刻转换风向:"牛,不愧是豪门贵公子,就是鞠躬尽瘁日理万机。"

刷屏消息再次占满了屏幕。

叶开心烦意乱,发了个"呵呵"的表情过去,退出了这场除他在外的狂欢。

吃过晚饭,将行李收拾妥当后,见雨势稍停,叶开存了偷跑出去的心思,没想到被叶瑾在前厅逮住。叶瑾好像知道他要去找陈又涵,提醒道:"我刚从翡玉楼出来,在那里碰到陈又涵了。"

翡玉楼是宁市赫赫有名的中餐馆,是商务接待宴请的首选场所。叶开果然停住脚步,狐疑地问:"你没看错?"

叶瑾很淡地笑了一下:"他那种人很难认错吧。"

叶开觉得她在夸陈又涵,抿了下嘴角,一副与有荣焉的样子,又"嗯"了一声,说:"好吧,那我不去找了。"

忽然没了事,他只好洗漱上床,却翻来覆去怎么都睡不着。他笃定这是完成高考后的过度兴奋,闭着眼努力了半个小时,心里却总是出现陈又涵近半个月反常的敷衍表现。从前他安慰自己,那是因为陈又涵怕干扰他备考,可现在考试结束六个小时了,除了那寥寥几行对话,陈又涵竟没有再找他。

亮着的手机屏幕照着叶开困倦的脸颊,过了会儿他的眼睛被刺痛得开始流眼泪,他才反应过来去开灯。他和陈又涵的聊天记录简短,三言两语,是过去从不曾出现过的生疏情景。

叶开"噌"地坐起,给陈又涵拨出了视频通话。

陈又涵接了。他在阳台上,灯光昏暗,指间夹着烟。

"怎么了?"陈又涵的语气稀松平常。

"我考完试了。"

"我知道，你说过了。"

叶开心里一慌，突然不知道该说什么，没头没尾地乱起话题："我后天去 M 国。国际经济挑战赛，你知道吗？是——"

"早点儿睡吧。"陈又涵打断他的话，很轻很轻地勾了下嘴角，笑容淡得几乎看不出来。

叶开静了两秒："你还是很忙啊？"

"嗯。"

"我明天……"

"明天要去香岛出差。"

叶开垂下眼眸，慢慢地"哦"了一声。

"还有事吗？"陈又涵弹了弹烟灰，"我还要加班。"

"又涵哥哥。"

"嗯。"

"你这么忙，以后没空去国外看我的吧。"叶开半开玩笑似的说，"飞一趟西半球十几个小时，你哪里来的空？"

陈又涵沉默了一会儿，生硬地说："没人有空骗你，这是你自己的事。"

叶开茫然地眨了眨眼，为他突如其来的不耐烦和严厉语气。

陈又涵深呼吸，目光从镜头上别开，和缓后的语气听着寂寥："小开，我今天很累了。"

叶开忽然自省自己的无理取闹，手足无措地道歉："对不起，我考完试太兴奋了睡不着……你去忙吧，又涵哥哥，早点儿休息。"

陈又涵点点头，俯身把烟掐灭在积得很满的烟灰缸里。

叶开掐着点，语速飞快地说："少抽点儿烟。"

陈又涵的手顿了顿，声音低沉而清晰："好。"

只有这声"好"是叶开熟悉的。

其他的每个字都不是以前的陈又涵会说的。

漫长的飞行后,飞机在洛杉矶降落。主办方已经安排好各国参赛队伍的住宿问题,酒店几乎被各种肤色的高中生承包了。

作为协理带队老师,叶开将衬衫收进西裤,衬出窄腰长腿,尽管胸前挂着工牌,黑发白肤的样貌依旧太过年轻。学弟、学妹都和他没有距离,一口一个学长叫得清脆,一会儿问有没有缓解紧张的经验,一会儿请他模拟辩论对手,一会儿又向他请教一段辩词更高级书面的表达方式。

众人叽叽喳喳的,倒让他没有时间胡思乱想。

赛制是抽签回合制,累积积分,赛后统一统分排出名次。

这种比赛对第一语言为英语的学校来说有天然的优势。客场作战,天翼中学第一场比赛就发挥得不好,几个队员下场后都垂头丧气的,有个女生直接哭了。叶开记得她,她是从外校考进来的,成绩非常优秀,拿的是天翼中学全额助学奖金。

几个月训练和比赛下来,学生们彼此感情都深厚,众人在房间里围着她安慰。

叶开走进去,脚步在厚重的地毯上没有声音,听到两个队员靠着门窃窃私语:"听说她爸爸上个月被裁员,如果比赛打不赢,以她的实践和竞赛经历她根本拿不到全奖吧。"

"那她岂不是出不了国?"

"对啊,M国学费一年最起码二十万,她家里怎么负担?"

叶开轻咳一声,往房间里被众人簇拥着安慰的女生身上瞥了一眼:"怎么了?"

两名队员立刻站直身体:"学长。"

"只是第一场没有发挥好,不需要这么沮丧。"叶开走进房间,安慰人的方式很直接,"我们上次比赛,前三场发挥得都不怎么样,最后还不是并列第二拿银奖?没关系的。"

"学长英语这么好,怎么会发挥失常?"

叶开笑了笑,眼里有些微促狭的笑意:"我说是我了吗?"

大家顿时都笑起来,就连哭着的女生也忍不住破涕为笑。

叶开收敛笑意,温和而认真地说:"不要因为一次失败就否定过去所有的努力和成绩。我看过你们的赛季,国内一路打过来都很漂亮,相信我,你们比上一届的学长、学姐都更优秀,没有什么不可以的。"

女生抹了抹眼泪:"我只是突然想到爸爸失业……"她撇了撇嘴,忍不住眼泪汹涌道,"我真的不敢让他失望。"

失业是每个中年男人的噩梦。年纪大了的人,同等职位和薪资已经竞争不过年轻人,屈尊降职被小年轻呼来喝去,心里又难免烦躁。但养家糊口的重担还肩负在身上,一人失业,全家都将陷入深渊。

叶开家世显赫,并没有立场安慰她。

其他队员借着话题聊起:"'GC'那么大的公司说裁员就裁员。琦琦的爸爸还是部门总监,好像发了两个月的基本工资。"

"陈家好像出事了吧,楼村项目也停了。"

"但他们家的楼真的不错,而且物业特别好。"

没有人注意到叶开茫然的眼神。他好像听不懂,温和的笑僵在嘴角:"你们在说什么?"

闲聊声停下,队员们都突兀而莫名其妙地看着他:"学长不知道吗?"

叶开张了张嘴,眼神聚焦在其中一名队员身上,勉强短促地笑了一下,声音飘忽地问:"'GC'怎么了?"

被他看着的队员瞬间觉得紧张,磕磕巴巴地打着手势:"'GC'……'GC'好像之前差点儿破产。"

"一直上新闻的,不过学长你那时候应该在准备高考。"其他人附和着。

众人都比他了解,顿时你一言我一语地补充。

"海外资产都打包贱卖了。"

"国内几个待开发的优质项目也转手了。"

"因为裁员太多,好像还上了社会新闻。"

"楼村现在是半开发半停摆状态,应该是没钱开发了。"

"真的!但是真的很奇怪,'GC'啊,宁市地产龙头,说不行就不行了。"

"可能公司的老板战略眼光不够吧,他们这种高负债企业一旦一个环节不对,后面就会连环崩盘。"

…………

他们"嗡嗡"地说了很多很多,没有注意到叶开自始至终都很安静。

良久,叶开退了一步,说:"不可能。"他的手紧紧扶住桌角,纵使眼神茫然,但他仍然艰难而坚定地说,"'GC'在陈又涵手上不可能出事。"

在场的都是学霸,瞬息之间就推断出这个陈又涵应该就是GC集团的老板。

有女生懵懂地问:"学长,你怎么了?你的脸色……"话还没说完,被身边的人重重拧了一把后,她立刻反应过来,紧紧闭上嘴,眼睛因为愧疚而只敢盯着地毯。

是啊,叶家和陈家都是宁市有名的豪门,想必彼此一定是认识的。

挤满了学生的房间一时间静谧非常。叶开的眼神难以聚焦,乱而茫然地从每个队员脸上扫过:"还有呢?"

"没……没有了……"

第一章　决裂

不知是谁答的话，因为众人都低垂着视线不敢看他。

过了好久，他才缓缓地说："知道了。"他一步一步地走出房间时，背影挺拔，脚步是一贯的从容步调，只是垂在身侧的手不停颤抖。众人都觉得紧张，不自觉地便想跟上他。

叶开握紧拳，哑声道："好好休息，好好备赛。"

他反复拨出的越洋电话无人呼应。

他在干什么？他在干什么啊？叶开没有方向感地沿着走廊不停地走，不停地走，不知道尽头。陈又涵家里出了这么大的事，他竟然从来不知道，也不关心，明明看出陈又涵连续几个月过度疲劳，却只是象征性地随口问一问，只要对方说一句"工作忙"就打住了。

自己就是这么关心他的吗？自诩为陈又涵的弟弟，是比有血缘关系的人更亲近的弟弟，但自己给过陈又涵什么？索求，添乱，自己真的关心过陈又涵一句吗？

灯影幢幢，叶开的脚步越走越凌乱，眼神越来越茫然，嘴角不停颤抖，眼泪砸下，一行，又一行。他抬手抹掉，发抖的嘴唇紧紧抿着，呜咽声从胸腔里溢出。

"Sir? Sir?①"

"Hey, everthing is ok?②"

"Do you need any help?③"

叶开推开侍应生，推开好心扶他的路人，一路跌跌撞撞地越过幢幢人影，终于推开应急通道，趴在阳台栏杆上崩溃地颤抖着呼吸。

---

① 先生？先生？
② 嘿，你还好吗？
③ 你需要一些帮助吗？

飞机冒雨降落在宁市机场，叶开从深重的噩梦中被惊醒。头等舱宽敞静谧，隔壁座的老人看了他一眼，放下报纸，从西装口袋里绅士地递给他一包湿巾。

叶开反应迟缓。

"擦一擦。"老人温和地说，"你梦里一直在哭。"

叶开这才摸了把脸，干的，黏的，眼角还残留着湿润痕迹。

"谢谢。"他接过。

只是无论如何他都撕不开，连一片湿纸巾都撕不开。

老人握住他的手，安抚地说："我来，我来，交给我。"

老人很轻易地撕开一个角，茉莉花香冒了出来。

叶开木讷地接过纸巾，头脑昏沉，过了三秒，才后知后觉地说："谢谢。"

老人重新举起报纸，顿了顿，温声说："没有什么大不了的，你还这么年轻。"

因为突发高烧，叶开没能尽到协理老师的职责。病到第三天，烧刚退，新的协理老师早就过来了，他便买了回国的机票。外面暴雨如注，他一下飞机就给陈又涵发了微信。

叶开："又涵哥哥，我知道发生什么事了，对不起。"

叶开："是我的错，是我自私，我没有关心你。"

叶开："又涵哥哥，你理一理我好不好？"

叶开："陈又涵，你理一理我。"

他坐地铁到繁宁空墅，没带门禁卡，现在没有人下楼接他了。他只能给陈又涵打电话，一遍一遍不停地打。最开始是超时自动挂断，后来是被切断，他第十次拨通，陈又涵接起了电话。

"又涵哥哥，我……"陈又涵接得那么突然，以致叶开甚至没想好自己该说什么，"我在——"

"你出国念书吧。"

"什么?"叶开僵住,眼睛空洞地睁着,仿佛一个一脚踏空的人。

"出国念书,小开,去过自己更好的人生。"陈又涵的声音平静、沉稳、低哑,仿佛他早就想这么说。

叶开神经质地攥紧书包带子,因为焦躁,他的话语变得磕巴:"我考得很好,我估过分数了,我可以去'清大'的……"

"你该长大了,学会当一个不这么给别人添麻烦的小孩儿。"

这一句话后,话筒里只剩忙音。

朱丽叶月季在暴雨中被打得七零八落。

叶瑾站在廊下观雨。夏季的暴雨让天地都变得白茫茫一片。雨水连绵地砸进草坪,在表面形成一片如烟般的水雾。她双手抱胸,靠着柱子看得出神。

这是台风的前奏,这年的台风来得尤其早。

慢慢地,铁艺大门向两侧移开,驶入一辆绿色的士。

叶瑾睁大眼睛,站直身体。

一个单薄的身影从车上下来。他浑身湿透,近乎病态地紧抱着书包。

"贾阿姨!"叶瑾变了脸色,高声喊道。贾阿姨应声出来,见状脸色更是惶恐,忙命人去准备毛巾和姜汤。

"怎么了?怎么搞成这样?"叶瑾把叶开拉进屋,接过用人递来的毛巾将他劈头盖脸地包住。

叶开无知无觉。

叶瑾帮他擦着头发、脸和手臂:"听妈咪说你在M国发烧了?怎么好好地跑出去淋雨?陆叔也真是的,怎么都没去接你?"

她慢慢察觉到叶开在颤抖。

手上的动作慢了下来,叶瑾递出一个眼神,用人自觉退开。她用毛巾搂着叶开,将他不动声色地带向电梯:"上去洗个热水澡好不好?"
　　叶开没有回应她,眼里也没有任何神采。
　　叶瑾捏住他冰冷修长的手掌,轻声呼喊:"宝宝?"
　　或许是叶瑾碰到了他手腕上的宝玑腕表,他眼神一动,好像从一片白茫茫的梦境中被利刃刺醒。他动了动苍白的嘴唇,喃喃地问:"什么叫'不这么给别人添麻烦的小孩儿'?"
　　电梯在三楼停下。
　　"姐姐,你告诉我,什么叫'不这么给别人添麻烦的小孩儿'?"
　　他像是呓语般地问着叶瑾,目光茫然地在叶瑾脸上扫过。眼前出现熟悉的玄关和走廊,像地震般在他眼前摇晃、出现重影。他精神一振,松开了叶瑾,跌跌撞撞、深一脚浅一脚地走向卧室。
　　玻璃门被推开,叶开踉跄一步,自己把自己绊倒。"咚"的一声,他整个人跪倒在了地上。
　　"小开!"叶瑾心中一凛,脚步凌乱地跑向他。
　　叶开跪在门边,膝盖被磨破了皮,他却好像无知无觉,只是跪着。"啪嗒"一声,实木地板上洇开一滴水渍,接着便无法收拾了。他的眼泪一颗一颗不停地砸下,整个三楼静得没有声音。他连抽泣都没有,只是睁大了眼睛不停地掉眼泪。
　　"小开,看着我,听我说——"叶瑾掰住他不断颤抖的双肩,强迫他抬起头,这才发现泪水已挂满了他削尖的下巴。她哽咽了一下,沉了沉气才继续说:"陈又涵跟你说的这些吗?如果是他说的,那是他的人品问题,不是你的错。"
　　"不是的,是我的错,都是我的错……你知不知道'GC'出事了?"叶开猛地握住她的手,激动地说,"你知道'GC'出事了吗?我从来没有关心过他,一句都没有关心过,我每天只会和他说我的事,我抱怨他不理我,我只会打扰他,当他的累赘——我是不是太小孩子气了?"

他振作起来,胡乱地抹掉眼泪:"又涵哥哥只是把话说得重了点儿,他只是希望我能成熟懂事,只要我改了,就没事了。我现在知道了,我马上就改——"

"小开!"

叶开被吼得哆嗦了一下,双眼含泪,茫然地看着叶瑾。

"不是你的错,你一点儿错都没有,"叶瑾眼眶红红地盯着他,"你在备考,你怎么会看新闻?知道了又怎么样?你又能帮他什么?你心里把他当亲哥哥,既然他亲自证明了他不是,那就算了。"

"你说什么啊?"叶开一边哭,一边笑了一下,"他怎么不是?你知道去年生日他送了我什么吗?我给你看——"他忽然振奋,勉力站了起来。膝盖破了一大块,他皱着眉踉跄了一下,义无反顾地跑向了衣帽间。在他的收藏柜的深处,蓝宝石流转着熠熠的光彩。

他献宝似的在叶瑾面前打开盒子:"是蓝宝石……"说着话,他的眼泪又掉了下来。他很沉很沉地松了一口气,缓缓地说:"是我不懂事,是我拖后腿,姐姐,我睡一觉,睡醒了倒好了时差就去找他……"

"小开!"叶瑾用力地抱住他,深呼吸,"你就这么不撞南墙不回头?他已经说到了这个份儿上……既然他让你去留学,你就去留学啊,坚持在国内干吗呢?"

叶开僵住,眼神空洞:"姐姐,你怎么知道他让我去留学?这是两件事,我刚刚没有跟你提过。"

"我——"叶瑾吞下尚未想好的托词,眼睛却倏然睁圆了,她惊恐地看着门口的瞿嘉。

瞿嘉扶着门框:"叶瑾,"她竭力镇定地问,"谁不想去留学?"

"妈咪。"叶开用力地吞咽口水,"我们……我们……"

叶开僵直身体，闭了闭眼睛。奇怪，怎么这么多事？一桩桩一件件地追着赶着找上他，要在他高考完的一周内把他所有的天真和侥幸都撕碎。

他心里反而觉得有一种"死到临头"的平静。

"妈妈，是我。"叶开转过身，面对瞿嘉冷若冰霜的脸，他抿了抿唇，语气很淡地说，"我早就跟你提过，也打过赌的，如果考到'清大'，你要无条件满足我的一个愿望。我的愿望就是留在国内念书。"

瞿嘉不认为这件事有什么商量余地，但看出叶开的状态不对，便问："理由呢？"

"国内的环境我更熟悉，不容易分心；学校里有我早就心仪的导师，我给他写过邮件，我认为他是我想要的老师；留在国内，也更方便我参与宁通商行的管理和业务。"叶开用手背擦了擦脸，如此平静地说，"还有，我喜欢国内的一切，饮食、人际关系、风景、语言。我打算念硕士时再出国。"

他说完，勾了勾唇："我说了这么多，够了吗？可是你们都不会听。我放进人生坐标轴考虑的一切，你们都觉得无足轻重，觉得是我还小，天真，任性，软弱，娇气。"

"还有吗？"瞿嘉面无表情地问。

叶开笑了笑，目光不避人："六年太久，你们是我的亲人，有血缘关系，不会和我疏远的，但陈又涵会，虽然我把他当亲哥哥一样。你是不是又要说我孩子气了？"

瞿嘉转身，扶住墙默立了一会儿："你先睡一觉，这些事妈咪晚点儿再找你谈。叶瑾，你过来。"

门被用力推上，所有人都走了，暴雨还在继续，透过窗户，外面竟然什么也看不清。叶开倚着墙缓缓坐下，给陈又涵编辑微信，说明天会再去找他。

但消息没有发送成功，陈又涵删除了他的好友。

洗澡时，叶开在水流中发着呆。热水流过伤口，最开始他痛得受不了，渐渐地，却好像可以忍受了，最后，他竟然有种上瘾般的快感。屈膝和绷直腿的时候，伤口有不同程度的刺激感受，他坐在地上，在水流中面无表情地清理、撕扯着破皮。

蓝宝石被扔在柜子上。他洗完澡出来，先去把它收好。

首先要用貂绒布很仔细地擦过表面，接着小心地将其嵌入天鹅绒珠宝盒中。盒子表面落了灰，要用小细软刷子轻轻地扫过，扫去那些烦人的浮灰。最后，再珍而重之地放入他的收藏柜的最深处。那里恒温恒湿，有许多名贵的、绝版的、限量的表。但那些东西都比不上它。

水晶灯下，少年的身躯劲瘦结实，不动声色地粉饰着内里的崩陷。

叶开换上衣服，去面对瞿嘉。

瞿嘉不在客厅里，也不在二楼，或许是在四楼，在叶瑾那儿。

他像一个幽魂，在偌大的别墅里一层一层地游荡。他穿过四楼玄关，鼻腔顿时被花香占满。叶瑾喜欢花，各种古董藏品都被拿来插现摘的奥斯汀玫瑰。他穿过客厅，听到花房里传来隐约的交谈声。

"就是这样，已经解决了，你不要去刺激他。"

"两百亿的事情我怎么不知道？"

"你忙着学校的事情，爷爷本身就是愿意的，我顺水推舟而已……妈咪，你还是当不知道吧，爷爷那里我已经糊弄过去了，只要顺利把小开送出国就好了。"

静了会儿，房间里再度响起瞿嘉的声音："你应该告诉我。"

叶瑾用尽技巧淡化事件的严重性："妈咪，小开那么小，他什么都不懂，你不要对他太严格。他还幼稚，又自认为想得很清楚，一时钻牛角尖也是有可能的，等真的出国了以后就好了。陈又涵说了这些重话，大概也能断了小开的顾虑。你消消气，消消气。"

"再怎么样,他可以劝,可以谈,为什么要说重话让小开伤心?小开从小把陈又涵当哥哥,现在陈又涵故意冷落他,他怎么受得了?"

叶瑾哄着附和道:"是,他是过分,他不愿意说,连出面说句'小开,这是为了你好'都不愿意。我怎么搞得懂他?也许是我把这件事当作两百亿授信的条件,他过不去心里那关,所以用这种自毁的方式……"

"你们在说什么?"叶开无意识地抠着墙,轻得仿佛一触即散的目光在叶瑾和瞿嘉脸上相继扫过,"什么两百亿?什么条件?"他徒劳地在脑海中搜寻着这几天恶补的有关GC集团的新闻,问,"谁给了又涵哥哥两百亿?"

叶瑾噤声,紧张地盯着叶开苍白的脸庞。

"没什么,"瞿嘉出声,打发他道,"你去睡一会儿。"

"陈又涵,为了两百亿,答应了你们亲自逼我出国,是吗?"叶开垂下眼眸,将刚刚听到的内容复述了一遍。

不知道为什么,事情到这一步,叶开竟然有一种酣畅淋漓的毁灭感。

"既然这样,那我就更不出国了。"

他从前那么怕瞿嘉,所有行为都按照她的最高期望标准去做,如今却直接把自己最离经叛道的一面彻底扯开给她看。

叶开的目光又平静地移到叶瑾身上。那是一种被伤透了的、彻底失去信任的目光。

"叶瑾,姐姐,你是最早知道我的想法的人,所以拿着这个去威胁他,他想要拿到授信救公司,就要逼我出国,是不是?"

在他的注视下,叶瑾张了张嘴,目光竟有些闪躲。

叶开抹了把脸,哭笑不得地发出一声笑,语气却降至冰点:"叶瑾,你真会办事。"

叶瑾没有回答。过了会儿，她语气软了下来："我怎么知道他会用这种方式？我只是让他来劝你，这有什么为难的？你最听他的话，不是吗？何况他答应了。"

叶开冷笑了一声："这有什么为难的？我来告诉你。如果没有这两百亿，不管你请不请他，他都会来劝的，他从一开始就坚持要我出国。但是他和你不一样，和你们都不一样。他不会认为我的人生理所当然该由你们指手画脚，他尊重我的意愿，信任我的心智，把我当一个能为自己做主的人来对待，而不是——傀儡。"

"小开！"瞿嘉的眼神惊怒交加，"把话收回去。"

叶开无动于衷，抬手抹了一下脸颊，湿的。

"你肯贷给他两百亿，他哪怕真的为我好，为此也不能坦荡地说出口了。隔了两百亿的'为你好'，可不可笑？他没有这么虚伪。何况，'GC'真的到了这么难的时候……"他的声音低了下去，"我不怪他，换我我也这样选……"

他握紧拳，绷紧身躯："卑鄙的不是他，卑鄙的是你们。可怜的不是我，可怜的也是你们。你们根本不懂……"

他甚至笑了笑。

"我很高兴，他还是懂我，我还是懂他。我不是让他觉得烦人的小孩儿，这简直太让人高兴了。叶瑾，不，我还要谢谢妈妈，谢谢你告诉我。"他牵动嘴角，露出一个脆弱至极的笑容。

没有人敢说话，所有人都看出了他不对劲。

叶开没有察觉到她们怜悯、恐惧、紧张的目光。

可他的平静到底稚嫩，紧抿着的、颤抖的嘴唇出卖了他，汹涌的、控制不住的眼泪也出卖了他。他苍白着脸，又用力地重复了一遍："我不怪他。"

"我不怪他。"

他的指甲掐进了掌心。

"我不怪他。"

他的指骨绷得泛白。

"我不……"话语因为嘴唇的颤抖而濒临破碎。

他的眼眶被眼泪蓄满，世界、家人、雨中的窗外，一切都很朦胧。他没有方向地看叶瑾，看瞿嘉，看花房里漂亮的美式沙发，看浓艳明媚的花瓶和花朵，终于崩溃地哭出了声。

叶开在床上躺了三天。他发高烧本来就没有痊愈，淋了大雨又受了刺激，当晚病情便又反复了起来。瞿嘉请了专业的护工二十四小时寸步不离地照看着他。

班级群还热闹着。聚会好像不会停，每个人都在忙着撒野、表白，肆意放纵被压抑了十几年的天性。

一贯沉默的叶开破天荒地私信杨卓宁，让他组局。

杨卓宁以为自己眼花，小心翼翼地问了一句："您从大洋彼岸回来啦？"

叶开直接拨了电话过去。

杨卓宁是班里的头号活跃分子，随便招呼一声就有十多人呼应。

叶开让他们随便挑地方，他买单。群里热闹了好一阵。他掀开被子下床，镜子照出了他沉默苍白的病容，他眼底下有青黑的眼圈。

护工小心地陪护在身旁，看他一只手撑着大理石洗漱台，慢吞吞地刷牙洗脸，又脱下上衣，像是准备去洗澡，便问道："您是准备出门吗？"

叶开点了点头："你可以去告诉瞿嘉。"

护工确实是领了额外的命令，不让叶开离开三楼一步，听他直接拆穿这事，脸上也有点儿挂不住。叶开失去了良好的耐心："你要看我洗澡也可以。"

在脱下睡衣长裤前,他听到了洗手间推门的轻响。人走了。

花洒水流强劲滚烫,叶开仰头闭眼屏息。黑发被向后拢,顺着水流形成漂亮的形状。从仰起的侧脸看,短短几天,他的下颌线就瘦得比过去更明显,嘴唇形状仍旧漂亮,但失了血色。氤氲的热气中,他就像是一尊随时会被打碎的玉器。

洗过澡,他站在巨大的镜子前,用剪刀一缕一缕地修剪着过长的刘海和尾发,手法生疏,神情淡漠却认真。

瞿嘉毫无意外地等在客厅里。叶开在她严峻的脸上扫过一眼,眼神没有任何波动,当着她的面走进了衣帽间。柜门轻响,他扭头问:"衬衫好还是T恤好?"

瞿嘉愣怔,下意识地说:"都好。"

叶开笑了笑:"T恤吧,同学聚会,穿T恤好点儿。"

瞿嘉试探地问:"什么聚会?"

"手机里有群聊,你看吧。"叶开从衣架上摘下一件很简单的潮牌字母白T恤,"先吃饭再去玩桌游,你想让人跟着也可以。"

瞿嘉脸色一僵,既没有去拿手机,也没有应声。

叶开套上烟管裤,接着拿起手机递给瞿嘉:"你还是看看吧,我不想和你吵架。"

群里已经刷屏了数百条消息,应声加入的人越来越多。瞿嘉随便看了几眼,温声说道:"不要喝酒,早点儿回来。"

叶开收拾妥当,让陆叔送他去目的地。他知道瞿嘉派了人跟着他,却并不在乎。

聚餐是认真的,来了近二十多个人,很热闹,叶开的沉默便不那么显眼了。只有杨卓宁注意到他的话前所未有得少,而他吃得很认真,异乎寻常地认真,好像真是出来填饱肚子的。

饭局进行到一半，叶开吃饱后买单，从饭店后门出去了。

他的裤兜里只放了两样东西——手机和门禁卡。

不是周末，陈又涵或许在加班，或许已经下班，叶开拿不准。他刷卡进了电梯，看着数字逐步跳至二十八层。他是来惯的，也是住惯的，但踏出去那一步时竟觉得心悸。

大拇指摁上感应器："对不起，指纹识别失败。"

叶开愣了一下，或者说被这冰冷的女声吓了一跳，心里一慌，已经做好了陈又涵推门而出的准备。如果又涵哥哥刚好在家，他就……就说是来拿东西的……

但整个楼层静谧非常。

叶垂头下意识地看了一眼自己白到病态的手掌，而后在衣服上擦了擦，擦去根本就不存在的汗渍，重新摁上感应器。

机器女声仍旧无情地说："未知指纹。"

怎么会？

叶开用力地抿了抿苍白的嘴唇，按亮数字键盘，输入烂熟于心的密码。

"密码错误。"

叶开握着门把手，安静得像一株植物，垂在身侧的手指却控制不住地痉挛。是……是记反了，是记反了。他的手指发着抖，重新按下六位数字，一颗心提到了胸口。在他用力吞咽口水的瞬间，门锁再度提醒密码错误，然后是那种很沉的"嘟嘟"声，真的……真的很难听。

门锁坏了。

叶开倚着墙慢慢地坐下。

陈又涵删除了他的好友，也拉黑了他的电话——从家里过来的这一个小时的时间里，他也要试一试又涵哥哥有没有把他从黑名单里放出来。电话拨出去的瞬间他就收到了对方正忙的语音提醒，这代表他还在被拉黑的状态。

他从没被人拉黑过,最开始真的以为陈又涵在忙,直到不间断地反复拨打了一个小时电话,他才知道,原来……

楼道感应灯自动熄灭,叶开无声无息地垂首坐着,黑暗无声无息地包裹着他。微小的电梯动静无规律地折磨着他,他的心反复被提起,又坠下。

后来他大概是睡着了,才会没有在陈又涵回来的第一时间睁开眼睛。

直到电梯短促的"叮"声落下,脚步声响起,楼道里灯光亮起,叶开才抬起了深埋在臂弯里的脸。

陈又涵手里拎着西服,身上有烟酒味。

两个人在亮堂的吊灯下四目相对,叶开的眼神从迷蒙到清醒只花了不到一秒。他扶着墙慢慢地站起来,在开口前鼻腔一酸:"又涵哥哥。"

陈又涵紧绷的身体渐渐放松下来。他看着叶开,用不大的声音问:"怎么不回家?"

陈又涵的语气跟平常一样,但在叶开听来觉得很温柔,像是个哥哥的模样。叶开的心里像射进了一点儿光,如同黑暗的屋子被推开了一道裂缝,连带着他的眼神也亮起。

他抿了抿唇:"我都知道了!"他着急忙慌地说,"我知道是叶瑾逼你,我知道'GC'出了什么事——"

陈又涵明显僵了僵:"这样。"

静了静,他平静地说:"对不起。"

"我不怪你,真的,"叶开结结巴巴地说,怕陈又涵不信,比画着蹩脚别扭的手势,仿佛这样陈又涵便能更多一点儿地相信他,"我不怪你,'GC'很重要,那么多的员工和家庭,还有停掉的工程、董事会、拆迁……都……都比我重要,我留学的事情只是小事,我知道的。

我……我不让你为难,不让你失信于叶瑾。"

陈又涵闭了闭眼睛:"小开,不要说了。"

"我真的不怪你,"叶开鼓起勇气,攥成拳的手指用力掐紧掌心,"我们可以和好了吗?"

陈又涵深深地看了他一眼,将西服甩上肩,从裤兜里摸出烟盒。尼古丁和焦油的味道弥漫开,他靠上墙,轻吐出一口烟说:"不可以。"

叶开好不容易扬起的嘴角僵住:"为什么?"

他没有怪陈又涵,为什么他们不可以跟以前一样?啊,对了,他没有道歉,没有为先前自己的不懂事和孩子气道歉。

眼睛在这个念头出现后再度亮起,叶开定定地看着他,用那种陈又涵熟悉的眼神——温和、天真、清亮地闪着光——说:"我道歉!"

陈又涵夹着烟的手顿了顿。

"对不起,又涵哥哥!是我不成熟,不懂事,给你添了很多乱,我会好好改正。是我太以自我为中心,只看得到自己的天地。我没有真正关心过你,一直以来都是你在照顾我、迁就我……我这几天想了很多,我一直在反省——"

"不关你的事。"陈又涵打断他的话,"你回去吧。"

勉力维持的表情像一副假面僵在了叶开的脸上。他的嘴角还保持着上扬的角度,脸上的肌肉却止不住地僵硬。

陈又涵低头拨出电话:"小开在我这里,你来接一下。"

叶开听到了,电话那头是叶瑾。他慌了神,紧紧抵着坚硬硌人的门把手:"我不回去!"

陈又涵抽完一支烟,一步步地走向门口。叶开就在他面前,他在离叶开一步之遥的地方站住了,露出一点儿笑容:"我要进去了。"

叶开如梦方醒,往旁边让了让,有些尴尬地说:"锁坏了。"

陈又涵贴上指腹。

"真的，我刚才试了好久都打不开，是不是该让人修——"

门开了。

陈又涵推开门："没有坏，是我把你的指纹删了。"

叶开的表情僵在脸上，他结巴地打着手势说："是……是不小心删了吗？我现在方便！我可以重新录——"

"小开，这是我家，你知道的，我从来不习惯有外人进我的房子。"陈又涵的语气里连最后一点儿温柔都消失了。

叶开张口结舌。

陈又涵说："我不想又搬家。"

"又涵哥哥，又涵哥哥……陈又涵！"叶开死死拉住他，眼里失去了所有的自信和镇定之色，"为什么？为什么要这样？'GC'也已经没事了不是吗？这件事就这样，我们就当没有发生过，你答应过我会经常来看我……"

他拉得那么用力，拼尽全力不让陈又涵进门。

陈又涵居高临下地侧目瞥了他一眼。工作一天的陈又涵似乎也很疲惫，英俊的脸上甚至有病容。

"小开，你成熟一点儿。"他用失望至极的语气说。

"砰"的一声，叶开耳边好像响起了什么声音。

但没有什么东西坠下，是有人向他开了一枪。

叶开的瞳孔骤缩，眼神又迅速地变得空洞。他本能地说："我会的，你给我时间。"

"这种小事，叶瑾逼不了我。让你出国既是为你好，也是为了让我自己清净。"

清净。

叶开听不懂。

如果眼泪可以流干就好了，他就不用在陈又涵面前这么狼狈。

他不停地摇头,嘴唇被眼泪打湿:"我不信,你骗人,你参加我的家长会,开董事会也会接我的电话,跟别人约会也会赶来看我打网球比赛,你不是说……"

他搜肠刮肚,那些画面连篇地浮现:"你不是说无论哪一天你这个哥哥都不会过期?你……你还送我蓝宝石——"

"蓝宝石不值钱,你喜欢,我可以再送你一颗。"

叶开瞪着眼睛,还是很天真的样子,好像一直这样努力的话,眼泪就不会掉得那么快、那么多。

"陈又涵,你说的每一个字我都不信。"他狠狠地抹过脸颊。

陈又涵深吸一口气,再度拨出电话,不耐烦地问:"到哪里了?他哭了,我没办法。"

叶开忽然觉得他不再认识陈又涵。

是假的,一切都是假的,陈又涵从来不会用这种语气和他说话,不会用这种眼神看他,也不会看他哭连眉头都不皱一下。

"小开,别这样。"陈又涵再次致歉,是官方的、居高临下的致歉方式,彬彬有礼地说,"这件事本来不必这样的。我很期待你出国,等你见到了外面的世界,有了更广阔的交友圈,我们自然而然就会疏远了,我们毕竟不是亲兄弟,总是会有疏远的一天的。这是最好的方式,也是我原本的打算。但是你一心要留在国内,我能怎么办?劝也劝不听,你这么倔强,我只好说实话。因为从小照顾你,我也牺牲了很多自己的生活,一年两年的没什么,这么久,"陈又涵饱含歉意地笑了一声,"我确实觉得压力很大,也很无聊。"

叶开单薄的身体在灯下摇晃了一下。

"如果可以选,我也不想让你这么伤心。"陈又涵讲得足够理智,"毕竟你将来是要继承宁通商行的,是很重要的关系资源。"

他看到叶开扶住了墙,但无动于衷,推开门,彻底走进了门中。

"对不起,最开始我不想说得这么直接,但你一直缠着我的话——"他顿了顿,声音沙哑地说,"也很烦。"

"咔嗒"一声,门被很轻柔地合上了。

叶开缓缓地靠着墙根坐下,指尖还在痉挛,是心脏的疼痛传递到神经末梢后的挣扎反应。

原来都是他在自欺欺人,是他自以为是。这个世界不以他的意志运转。

一门之隔,两个世界都很安静。

陈又涵再度拨出电话,响了一声便挂断。

叶瑾似乎懂了,给他回了一条很简短的信息:"三分钟。"

陈又涵深呼吸,缓缓地靠墙坐下,仰起脖子。射灯灯光打在他的脸上,他沐浴着光,吞咽着口水,眼底一片灼热。

走廊里传来凌乱的脚步声。

叶瑾穿着平底鞋,电梯门刚打开一道缝,她就三步并作两步地跑了出来。

"小开!"她看清眼前的画面后,蓦地定在原地。

"陈又涵,"叶开把脑袋埋在横撑着的小臂上,一只手死死拧着门把手,"我走了你永远都别想再见到我,就算你飞到波士顿来看我,我也不会见你。我会交很多很多的朋友,不会再把你当哥哥,也绝不再是你弟弟,你从此以后都别想再关心我。就算在宁通商行的年会上见面,我也不会再对你多看一眼。"

他冰冷坚硬,色厉内荏,所有天真的侥幸心理都已经被对方击碎,所有的请求对方都无动于衷,只能这般狼狈而可怜地威胁对方,孩子气地威胁。

楼道里静极了。

叶瑾费力地吞咽了一下口水,轻手轻脚地靠近叶开,哄道:"宝宝，我们回家好不好？"

她连目光都不敢用力，生怕过于直白地看透他这一触即溃的脆弱样子。

叶开埋着头，充耳不闻。

"你觉得我的身份是一个需要维持的人脉资源是不是？所以你辛苦地维持了十八年，从我出生那天就开始。陈又涵，真的难为你这么辛苦，为了'GC'，为了你们陈家这么显赫的家业。"他低笑出声，"我会好好地游历，念书，看世界，交朋友，如你所愿。"

他的语气渐渐无力，又不知道从哪里冒出一股戾气，促使他猛地踹了一脚门。

门开了。

陈又涵没有换衣服，甚至没有脱鞋，好像他进去的那许多分钟内他根本什么事情都没干，只是点了一支烟。

叶开吸着鼻子，眼眶好热，鼻尖好红，每一次眨眼都有新的眼泪砸下来。他赤红着眼睛盯着陈又涵继续逞凶斗狠："等你结婚了我会给你封一个最世故的红包，连给你祝福的耐心都没有。我的朋友问我你是谁，你谁也不是，我会说你是我姐姐的同学，你只是一个自私自利的生意人，一个为了金钱虚与委蛇的浑蛋。我——"

"都可以。"陈又涵打断了他的话。

就连用力大哭带来的血色都从叶开的脸上退得干净。他张了张嘴，却一个音节都说不出口。

"小开，"陈又涵一只手扶着门框，沉稳地说，"更大的世界在欢迎你。祝你幸福，永远幸福。"

叶瑾脸色微变，看到陈又涵的左手将燃烧着的烟收进了掌心里。

她深吸了一口气，扭过头不愿再看这画面。

陈又涵的眉头只是轻轻皱了一下，终于——终于他抬起手，很轻很轻地拢了一下叶开的头发,微笑着说:"叶开的开,是开心的开。"

第一天上幼儿园,你怎么跟同学们介绍自己呀?
我叫叶开,开心的开。

扭曲的白色香烟掉在地上,烟头的红星消失了。陈又涵收回手,手指蜷缩,最后哑声说:"去吧,没有人逼我,也没有人骗你,唯一的坏人只有我,你好好的。"

叶瑾双手抱胸,冷淡地侧身站着,只是用一只手抵住了唇。

叶开的脸上都是汗,鬓角和额角的碎发被打湿了,紧紧地贴着苍白的肌肤。他黑色的眼睛惶恐地看着陈又涵。

听到陈又涵的话,他想说什么,有什么话明明要从胸腔里突破而出——可是为什么,他一个字也发不出声?

汗流得更多,叶开惨白的脸上写满了惊惧之色,却越着急越说不出话,只能用力地瞪大眼睛,死死地拽住陈又涵的衣角,一边眨眼一边本能地摇头。他忽然想到了什么,狠狠咬了一口舌尖,再度满怀希望地张口——除了破碎的呜咽声,什么话都没有,像哑了一样。

没有人发现他的异常,他看上去就像是单纯地哭得说不出话。

叶瑾终于受不了了,仰起头深呼吸,逃也似的按下了下行按钮。电梯从一楼上来,她牵起叶开的手,在心里默数着电梯楼数,一……十、十一……二十三、二十四、二十五……

叶开回头。眼里的眼泪太多,他什么都看不清,看不清陈又涵最后看向他的目光,看不到陈又涵最后给他的笑。

"叮"的一声响,叶开一边哭一边摇头,被叶瑾用尽全身力气半抱半推地塞进了电梯。

他很聪明的,从来都很聪明,原来竟也会不撞南墙不回头。

电梯门关上,极速下坠的世界里,叶开头晕目眩,终于"哇"的一声哭了出来。

叶瑾握着方向盘的手不住发抖。车子启动后,她终于受不了,急切地从包里掏出烟抽了起来。她以为叶开会问的,但他一句话都没说。

尼古丁的味道充斥着空间,叶瑾自说自话地解释着:"我很少抽烟,你不要学。"

叶开笑了一声,闭上了眼。

叶瑾降下车窗,夏日的凉风灌入。她熟练地弹掉烟灰,低声道:"对不起。"

叶开还是不说话。叶瑾以为他还在哭,空出一只手握住了他的手腕。

叶开静了两秒,平静地抽出了手。

叶瑾掐紧烟身:"你骂我吧,都是我的错,我不是为你好,就是自私,怕你这么任性把家里搞得天翻地覆,怕我们强逼你,你会跟我们渐行渐远把自己封闭起来。我是天底下最自私的姐姐,"她红了眼圈,但语气冷硬,"你骂我好了。"

纵使她如此请求,叶开也不屑对她多说一个字。

她终于笑了一声:"好,你不愿意和我说话,是我咎由自取。"

思源路的夜空中弥漫着花香。瞿嘉等在门口,看到叶瑾的车灯闪过最后一个路口,她忙命人去温药膳,给浴缸放水。

叶开下车后,瞿嘉满肚子的火消弭于无形。她的儿子经历了什么?一贯黑亮的眼里已经看不到任何神采,叶开只是一味地沉默着,整个人苍白消沉,充满着一股病态的脱力感,仿佛下一秒就会倒下。

瞿嘉握住他的胳膊,什么狠话、重话都说不出口,只纸老虎般轻轻地拧了他一把:"没有下次了!"

第一章　决裂

叶开对她笑了笑。那是她熟悉的乖巧的笑，叶开抿着唇，眼睛微弯。

她心里松了一口气。

一切都在沉默中有条不紊地进行着。瞿嘉让人给他量体温，听心率，望闻问切，确定病情没有反复才放他去泡澡。

药膳被端上来，叶开乖乖地喝完一碗，抱了瞿嘉一下。瞿嘉猝不及防，碗几乎从手里跌落。

但他什么都没说，只是掀开被子静默地躺上床，用瘦削的肩胛骨和沉默的背影表达了对进一步沟通的拒绝。

只是瞿嘉这一口气终究没松到后半夜，便又提了起来。

叶开当天深夜就发起了高烧。这场烧来得蹊跷且气势汹汹，退了又起，起了又退，家庭医生和护工折腾到凌晨，到天亮后终于没有办法了，将人转移到了医院。

他住了两个星期的院，先是发高烧，后来转成肺炎，长时间昏睡、做噩梦，清醒的时候很少，醒着也不说话，给水就喝，给东西就吃，不玩手机不看书，机械地看着病房里的新闻发呆。

瞿嘉甚至问过医生："是不是烧坏了嗓子？为什么我的儿子不说话？"

但叶开只是苍白着脸，拒绝开口。

他的话都在心里。

病得最难受的时候，他好像被人架在火上烤，扔进油里烹，从骨头到肌肉全身上下没有一个地方不疼。眼睛睁不开，他冒着汗，心里想：陈又涵，从前我帮你搬家，手扭了一下你都会小题大做地帮我冰敷，现在我病得要死了，你也不愿意来看我一眼。

他又反复地做梦。

他梦到了高考结束的那天，大雨滂沱，五颜六色的伞下人头攒动，看着陌生的脸孔，怪异的五官，他怕极了，不停地穿过汹涌的人流说着"让一让，让一让"，猝不及防地看到了陈又涵。

原来那天陈又涵在，撑着一把大黑伞，游离又躲藏地站在人潮之中，远远地、微笑地看着他。

你在，为什么不叫我？为什么不出声？

但雨停了，所有一切消失不见。陈又涵不在，自己注定无法在那天看到他。

叶开的病情终于稳定下来的那天，电视里播放着本地新闻。楼村项目终于定了下来，用地规划不必再变了，所有项目按序开工。GC 集团的海洋馆在那一天完成封顶仪式，有领导出席，画面被新闻播出。

都说人上镜了会变丑，但陈又涵仍然英俊。面对这么大的领导和这么多的记者以及镜头，他也还是那么从容。

叶开从头到尾看完了新闻，为镜头里的陈又涵高兴。这是对市场释放的信号——GC 集团的难关过去了。

瞿嘉进来时新闻播到了尾声。她捡起遥控器关掉了电视："他现在很好。"

叶瑾靠在门边欲言又止。

叶开病得昏迷的那几天，她帮他接过电话，是顾岫打来的。

顾岫问："小开和陈总怎么了？"

叶瑾反问他有何贵干。

她其实听到了背景音里隐隐有陈又涵的声音，带着醉意。

顾岫客气地说："没什么，如果小开方便的话，可以让他听电话吗？说几句话就好，又涵他……找了小开一晚上了。"

叶瑾从回忆里回过神，看到瞿嘉在叶开的床边坐下。

瞿嘉脸上的焦虑之色掩藏不住："宝宝，和妈妈说句话好不好？你一直不说话怎么能行呢？不理妈妈没关系，爷爷和你说话你也不理，他年纪大了，晚上担心得睡不好觉，人都瘦了几斤。"

叶开握住她的手，动了动唇。他心里努力地平静了一下，像参加一场考试提笔写下名字前那样郑重——他依然没能发出任何声音。

他愣了愣，歉疚地笑了笑，指了指自己的喉咙。

"嗓子疼？"瞿嘉皱起了眉头。

叶开点了点头，又歉疚地摇了摇头。

瞿嘉的心揪在了一起："怎么会呢？医生明明说扁桃体已经好了呀。"她心疼地拨了拨他的额发，"宝宝，下午再去做检查好不好？"

叶开点点头，打开手机，给瞿嘉打了一行字："没事，妈妈。"

瞿嘉眼眶一热，忍不住就掉下眼泪。叶开定定地看着她，抬手帮她抹掉眼泪，又给叶瑾打字："姐姐，带妈妈回去休息。"

这场诡异的沉默持续了半个月，连出分的那天，叶开也没有说一句话，只是用力地抱住了瞿嘉。他的分数很高，在全省排名前十——他真的做到了。

贺喜的横幅挂满了天翼中学的校园，挂了一个暑假。最大的海报挂在陈又涵出资捐建的新图书馆大楼上，整整十五米高，上面印着叶开的名字和他当初为准考证拍的证件照，芝兰玉树，漂亮极了，从容极了。

陈又涵又去过天翼中学一次。那是他最后一次去天翼中学。

暑假已接近尾声，经过近一个月的风吹日晒，那张海报已经褪色，他站在楼下看了很久。

回到繁宁空墅时，他看到门口有个很大的纸盒，不是快递。

他心里似乎有预感，所以抱着它进屋时，他的五指才会微微颤抖吗？

其实纸盒不重，里面的东西一目了然：一张黑色的门禁卡、近一人高的滑雪板、一个小盒子。

盒子里是蓝宝石，光彩熠熠，华美晶莹。

滑雪板被陈又涵抱出时，带出了一封信。香槟色的信封和信纸，上面是一手漂亮贵气的字。

又涵哥哥：

我们都要向前看。

署名不再是"Super Lucky[①]"，而是端正的"叶开"二字。

再漫长的夏天也会走到尾声。

写在沙滩上的话语注定会被卷走，在风里的诺言也一定会被吹散。小野猪不会从蟒蛇肚子里重新出来，被曝晒死的朱丽叶月季不会再开，橙花味的精油从此成了最苦最瑰丽的一个梦，被黑色的海浪压在斐济的海底。

叶开恢复后，对瞿嘉说的第一句话是："妈妈，哪所学校都可以，越远越好。"

---

① 超级幸运。

第二章 重逢

午后炎热。

陈又涵坐在车里，双手握着方向盘。窗外街景后退，印了标语的建筑围挡破败连绵。

修地铁站的缘故，这条路已经半封了一年多，四车道骤然收束为两车道，临时加设的红绿灯跳为绿色，车流有序地移动，陆续并入路口。陈又涵漫不经心，看着前面那辆同款的帕拉梅拉一瞬间有些恍惚。

"砰！"对方毫无预兆地猛刹车，制动距离过短，在陈又涵反应过来的同时，车头已经惨烈地撞了上去。

陈又涵的身体重重前倾，又被安全带勒回原位，尖锐的喇叭声在烈阳晴空下拉成一条直线。陈又涵解开安全带，摔上车门的劲儿足以显示他的怒火。他下车一看才觉得好笑，还是个连环追尾事件。

两车道被堵得仅剩一个车道，车流缓慢移动，车窗降下，众人一边龟速通过一边举着手机拍短视频——漂亮，三辆灰色的帕拉梅拉连环撞，能蹭个头条吧？

被夹在中间的车主气得不轻，没等陈又涵敲窗就气呼呼地下了车。背头、拖鞋、大裤衩，来人是个上了年纪的大叔。

大叔轻蔑地看了一眼陈又涵，迅速瞥向了前车，掷地有声地骂了句脏话，撸起袖子就要找罪魁祸首。

罪魁祸首挡在路口。这场追尾事故看上去是临时变道造成的。车子在三十迈的车速下追尾，又是帕拉梅拉这样的车，损伤还算可控。

陈又涵看对方冲上去算账，笑了一声，先低头点了一根烟才慢悠悠地跟了上去。

车窗被重重拍了两下后，副驾驶座降下半面车窗，里头传出的声音不高不低。这种端着的姿态和愣是不下车的态度让人不爽，大叔彻底放下或许是同一4S店提车的车友情谊，不耐烦地挥手道："来，来，来，下来，下来，下来，下——车，听懂了吗？！"

车里的声音提高了一点儿，传出咬字用力的三个字："等交警。"

大叔被气笑了："怎么的，怕我打你是不是？"

陈又涵看了一会儿，夹着烟绕到驾驶座那边，两指叩响车窗。墨色车窗降下一点儿。

他吐了一口烟，手半搭着车顶漫不经心地说道："交警来了。"

红蓝灯高频闪烁，警队的摩托由远及近。

"咔嗒"一声，驾驶座一侧的门终于打开了，下来一个瘦而挺拔的年轻人。他修长白皙的手握住车门一角似有些用力。过了两秒，或许是一秒，他转过身来。

陈又涵吊儿郎当的模样瞬间消散，夹着烟的手垂在身侧，五指蜷缩，动了动唇，却没有发出声音。反倒是对面的人先对他很淡地笑了一下："好久不见。"

不远不近的距离，不咸不淡的语气，就连这四个字也是中规中矩，用在谁身上都不会出错的。

陈又涵终于牵动嘴角："这么巧。"

下来的人是叶开。

他长高了，穿着一件纯黑色的 T 恤，肩宽而平，圆领口中露出半截纤细的锁骨，仍然是黑发，烫了弧度柔软的卷，更衬得五官有种纯粹的漂亮。

相比于叶开的云淡风轻，陈又涵的一切反应都算得上狼狈。他的眼睛紧紧盯着叶开的脸，虽然"这么巧"三个字足够符合成年人久别重逢的寒暄风度，但出口前有多艰难，也只有他自己心底知道。

好在周围不缺引擎声，交织成轰然的无序场景，掩盖了他无从控制的仓皇。

叶开又笑了一下："有这么惊讶吗？需要这么一直盯着我。"

陈又涵的视线被惊醒，终于仓促地从他脸上移走。

"怎么在国内？"

"回来过暑假。"

七月初是暑假的开始。

久别校园的人不会再记得寒暑假，曾经记得滚瓜烂熟的天翼中学作息时刻表也终于难免被淡忘。

陈又涵无话可说，意义苍白地推进话题："刚回来？"

叶开点了点头，很轻易地转开视线看向车的另一侧，随即露出一个笑。

陈又涵怔了怔，下意识地随之看向对面。

"Leslie，你们认识？"

说话的是个男的，不年轻，但让人猜不透年龄，气质非常儒雅出众，以至淡化了五官的寡淡。他是对叶开说的话，那么 Leslie 应该是叶开的英文名——陈又涵如此推测，自嘲地想，这是自己第一次知道叶开的英文名。

叶开看了陈又涵一眼，随口答道："一个哥哥。"

与其说"哥哥"二字有什么切实的含义和分量，倒不如说是一个场面性的虚称。

对面那人绕过车头走向这边，绅士地对陈又涵伸出了手："你好，Nice to meet you[①]，初次见面，你可以叫我 Lucas。"

"Vic。"陈又涵的手和那人轻轻一握，又很快地松开。他以近乎严苛的标准不动声色地观察着那人。

但对方颇为云淡风轻地打趣道："Leslie 说宁市是他的家乡，这里的每一条街道他都很熟，结果第一天就因为认错路撞车，good job[②]。"

Lucas 话一讲多便暴露了口音，叶开解释道："Lucas 是加拿大籍华人，中文说得不是很好。"

Lucas 笑着推了一下他的脑袋，费劲却认真地说道："Bullshit[③]，自从跟你认识，我的口语进步很大吧。"

叶开也跟着笑起来，跟他用英文交流了起来。他们聊了一会儿，交警过来问话开罚单，保险公司的专员也陆续到了现场。

陈又涵抽完一支烟，听他们从最初中文如何蹩脚聊到如今怎么流利，嘴角始终挂着淡漠的笑意。

两年没见，他以为叶开多少会问一句"最近怎么样"。毕竟当年虽然退了所有礼物，但叶开的最后一封信不可谓不温和。

但在这格格不入的两分钟里，陈又涵忽然意识到，叶开的温和是他的修养，而非对自己的仁慈。

三十八摄氏度的高温，他热得站不住，想：该是时候回车里了。

偏偏 Lucas 率先离了场，回到车里吹冷气。就连穿拖鞋的大叔都回去了。在晒得人眩晕的烈阳下，仅剩他们两个人对站着。

---

① 很高兴见到你。
② 干得好。
③ 胡说八道。

保险公司专员前前后后地在现场查勘、做记录。

陈又涵不知道自己在坚持什么,靠上滚烫的车身,低头又点了一支烟。

"你朋友?"陈又涵问道。

"前年滑雪时认识的。"叶开冲他勾了勾手,"给我一根。"

陈又涵把烟扔给了他。

叶开熟练地把烟叼进嘴里,随后按下打火机。他深深地呼吸:"你还好?"

他的言辞淡漠成这样,就无所谓好不好了。陈又涵顺着他的话说:"还好。"

叶开弹掉烟灰:"还挺巧的,我有时候会忍不住猜想我们下一次见面的场合,"他接着哼笑了一声,"没想到这么戏剧。刚才交警问我是不是在玩消消乐。"

陈又涵的喉结滚了滚:"我……"

他想说:我也想过。

但叶开随即反应过来:"抱歉,可能说的话会让你误会,"他夹着烟,单手插在裤兜里,无所谓地说,"别多想。"

陈又涵吞下未尽的话语,垂在身侧的手指已经麻木得蜷缩起来。

烟燃到了尽头,烟灰落在灰色水泥地面上。他想了想,寒暄道:"大学生活怎么样?"

这样的姿态是不是太难看?他或许应该直接走,尽快走,否则这蹩脚的试图聊更久的贪心迟早会暴露。

果然。

叶开似笑非笑地看着他:"你不会想在大太阳底下跟我聊学业吧?"

未等陈又涵答话,叶开抬手挥了挥:"走了,谢谢你的烟。"

陈又涵便也转身,转身的瞬间又被叫住。

"又涵哥哥。"

他像被按了暂停键，整个身躯都在这四个字里僵了僵，眼里难以置信地亮起光，又缓缓熄灭，整个过程就好像一堆灰烬复燃。

他回过头时，已恢复平静："怎么了？"

叶开似乎想说什么，但最终只摇了摇头："没什么。"

陈又涵握紧了拳。随便说点儿什么都可以，想说什么都可以说，他可以接住话的，任何话题都可以。他一定不会像刚才那样三言两语就让叶开对这场相遇失去兴趣。

但叶开最终什么话题也没给他，只是说："见到你还是很高兴的。"

陈又涵点了点头，再度转身。

这一次没人叫住他了。

上了车，陈又涵将空调开到极低，风口转到最大，几乎是面无表情地吹了三分钟的风，继而自嘲地哂笑一声，三十好几的人了，居然也会如此不成风度。

陈又涵闭上眼的瞬间，叶开的脸不可避免地再度浮现在眼前：看样子他是如愿长高到一米八了；怎么开始穿起黑色的衣服？从前钟爱白T恤，怎么穿都不会厌；黑色自然也是不错的，只是看着比十八九岁那年更深沉了些，笑起来的样子和叫他"又涵哥哥"的样子也有了区别。

握着方向盘的双手缓缓滑下，陈又涵面无表情地看着这双轻轻颤抖的手，良久，拨出电话给代驾。

叶开带Lucas回家做客，对方初次登门，抱着很大一束向日葵。

自从高三那年夏天后，瞿嘉就很欢迎——或者说欢喜叶开带朋友上门来，然而叶开这样做的次数终究很少。

她见到Lucas难免紧张，但事先兰曼已跟她在电话里交代过一切，这位加拿大土生土长的华裔喜欢吃广东料理,喜欢喝白葡萄酒和锡兰红茶,人儒雅随和,即将成为 SA 大中华区最年轻的行政总裁。

兰曼特意说,凡事不必过度讲排场,让人感觉宾至如归就可以了。如今见了人,瞿嘉觉得她的母亲的确眼光独到。

但话说回来,兰曼夸得最多的还是陈又涵。这是瞿嘉觉得她母亲马失前蹄、看人走眼的一处。所幸这两年两个人都没有见过,陈又涵渐渐便也消失在了她的视野中。

这样的家宴叶通本来不必在场,但他惦记叶开从学校刚回来,便坚持撤下晚上的应酬早早地回了家。

叶开将 Lucas 引荐给叶通,可惜 Lucas 虽是黄皮肤,里头却是一颗"白心",既不会下棋,也品不到中国茶道的韵味。叶通既不想难为年轻人,也不想委屈自己,便打发了人自己回书房了。

叶开把 Lucas 交给叶瑾招待,陪着叶通进去。

老爷子身体健康,精神矍铄,回忆录已经写完,消遣便也只剩下练几个字。叶开帮他铺纸研墨,金丝楠木雕刻的镇纸在岁月的浸润下已经有了金色的光泽。

"又涵倒是好久没来了。"叶通说,沉吟片刻,提笔一气呵成,落下一个"致"字。

"他忙吧。"叶开淡淡地说。

"前段时间陪我下棋,他倒是棋艺精进得快,杀了我一片。"叶通笑了笑,"我答应给他写一幅字的,回头你刚好给他送过去。"

叶开怔了怔:"又涵哥哥经常来家里吗?"

"一两个月见几面。他现在比以前空闲,不去结婚谈恋爱,陪我喝茶倒是耐心。"

"致"字写得不好,叶通把纸揉了,抚平新一张纸。

"他该结婚了。"叶开不知道说什么,最终只说了这一句。

叶通点了点头，又问："你怎么和他关系远了？以前你上高中时你们都能玩到一起，现在长大了反倒生疏？说起来，又涵是不是躲着你？"

"没有吧。"叶开语气平静。

叶通不再试探他。

陈又涵寒暑假从不登门，平常探望叶通也绝口不提公事，更绝不提叶开。有时候闲聊到，陈又涵甚至都会回避过去。陈又涵做什么都游刃有余，社交场上更是得心应手，但独独回避这些话题回避得生硬狼狈，臭得可以和叶征的棋技一较高下。

叶通马上八十岁了，别说知天命，这世上发生任何事他都早已懒得掀起眼皮，自然不会多余去过问年轻人的交友情况。

他蘸了蘸墨，沉吟道："又涵喜欢什么样的女孩子？"

叶开垂眸："不知道。"

"过完年他就三十六岁了，总该找个人照顾自己。成家立业两桩事，先成家，后立业，既然现在他从'GC'出来了，不如先……"

"您说什么？"叶开抬起眼睛，"谁从'GC'出来了？"

叶通笑道："说你两耳不闻窗外事，你还跟我犟。又涵去年就辞去了GC商业集团的总裁职务。"

聊起这个，他想到了什么："陈、叶两家毕竟同气连枝，现在GC商业集团的当家人是为字，什么时候你也该见一见。"

叶开的心思全然不在这上面。

"他把'GC'看得比什么都重……"这一句话他终究没说完。

叶通挥毫，写下"致远"两个字，很满意："回头让人裱好，你亲自给又涵送过去。"

"让陆叔送吧。"叶开很直接地拒绝，"我和他很久没见了，连他住哪里都不知道。"

叶通叹了一口气,老话重提:"又涵不错的。"

叶通又说:"不知道他会娶什么样的姑娘。"

叶开说:"怎么样的都好。"

既然叶通坚持,那么 GC 商业集团新掌舵人的订婚宴叶开是无论如何也躲不掉了。

陈为宇是陈家错综复杂的家族体系中一个算得上优秀的后代,叶开在换衣服时听助理如此和他介绍。陈为宇从小就是学霸,"哥大"毕业后顺理成章地进了 GC 集团,在旅游集团从总裁助理做起,一路升到了总集团助理总裁,一年前空降商业集团接任总裁,成为 GC 商业集团——也是整个 GC 集团最核心以及最赚钱业务的掌门人。

"算起来,他应该是上一任总裁的堂兄。"助理思琪举着熨好的西服侍立在一旁。

叶开从这年起逐步介入了宁通商行的管理和业务,叶通有意给他配一个成熟老练的助理,但他不喜欢被人牵着鼻子走的感觉,干脆自己新招了一个。思琪刚硕士毕业一年,负责照料他的一切工作和社交上的细节。

"那他不是快四十岁了?"

"四十一岁。"思琪站在他身侧,为他套上外套。

虽然叶开只有二十岁,但穿上正装的气场已让人难以轻视,华美深沉,有一股内敛的锋芒。大概这就是名利场里成长起来的子弟吧,思琪想。虽然她比他年长好几岁,但相处中丝毫不敢轻慢。她不知道她年轻的雇主在两年前都还不是这样的。

叶开扣上袖扣,嘴角勾起一个笑:"看来陈家人都喜欢晚婚晚育。"

这个"都"字让思琪不敢贸然作答。她取下造型师搭配好的领带,询问:"温莎结?"

叶开点了点头。思琪很娴熟地为他打着领结，两个人挨得极近，但没有丝毫暧昧和令人遐想的气息。

叶通身体抱恙，这场宴会便由叶征做代表，叶开和瞿嘉作陪。

会场在酒店里，西式自助长餐桌的布置，低调中透出藏不住的奢华感。思琪陪立在一侧，小声为她年轻的老板介绍着与会嘉宾。

果然是名流云集，星光熠熠，那一场风波的影子已完全从 GC 集团和陈家身上消失了。陈为宇和他美丽的未婚妻被众人簇拥着，微笑地接受着四面八方的祝福和恭维话语。

叶开看到了熟人，是顾岫。顾岫变化不大，仍是温文尔雅、风度翩翩的模样。恍惚之间，叶开仍以为站在顾岫身边的是陈又涵。

只是晚宴上人影幢幢，叶开错目回神，才想起大幕早已落下，新剧拉开，"GC"已经不是陈又涵的"GC"，顾岫身边站着的人也不是陈又涵。顾岫正细致周到地帮陈为宇周旋应对。

陈为宇是个面目平庸的中年人，微胖，纵使努力收腹了，啤酒肚仍然突出，衣着和配饰中规中矩，发际线的两侧略后退，与人握手的模样用力而稳健。他四十一岁，看着便是四十一岁。不像陈又涵永远停留在三十岁出头的模糊界限，与人握手言谈皆有种漫不经心的气度。

不知道顾岫心里会不会有落差。

人稍少了点儿，叶开走上前去。

"为宇哥，好久不见，恭喜你。"叶开伸出一只手，陈为宇毫不犹豫地握住，用力拍了拍他的肩，寒暄道："小开，一转眼你都这么高了！"

叶开笑了笑："嫂子真漂亮，果然是郎才女貌。"

"你也该谈对象了！"陈为宇与他碰香槟杯，"婚宴时让 Cissy 把捧花扔给你！"

"一个捧花怎么够？小开这样，追他的人岂不是要从这里排到西临大道?"陈为宇的未婚妻 Cissy 调侃道。

气氛一片融洽,丝毫看不出这是他们第一次见面。

新一批的宾客簇拥上来,叶开顺势退出。思琪跟在一旁吐舌头:"撞名了。"

"你也叫 Cissy?"

思琪点了点头:"同名不同命,上天什么时候赐我一个总裁?"

叶开听到她这句话笑了一下,适时说:"你可以去物色物色,看中哪个我帮你牵线。"

思琪刚走,顾岫就追了上来。他只是从陈为宇身边暂时告辞,说不了两句话便得回去。

"顾总,听说你高升了。"叶开对他举了举香槟杯,"恭喜。"

叶开见外且疏离的模样让顾岫很结实地愣了一下。他顺着客套:"职务不变,升了 title① 而已。你……"他本想问"你还好吗?",但叶开看上去没什么不好,只是比两年前更深沉了。

顾岫从叶开身上几乎找不到那个请全公司人喝奶茶的少年的影子了,便改口说道:"你变了挺多。"

叶开抿唇笑了笑:"物是人非,你应该比我更有感触。"

顾岫怔了怔,一股被冒犯后的愤怒和失望之情同时涌上来。

他忘不了那一年陈又涵过的日子。陈又涵沉默、疯狂地工作,严苛残酷地挥霍自己的身体,收拾残局重整旗鼓,像个陀螺一样不停转,每天只睡三四个小时,几乎住在公司,唯一的放松方式是喝酒。

顾岫总是去"捡人","捡"一个烂醉如泥的人。陈又涵醉了也什么话都不说,只在有一年生日时翻来覆去地叫过"小开"。顾岫回忆了一下,那已经是他们分道扬镳后的第二年。

---

① 这里是职称的意思。

这样不要命的喝法也没有锻炼出更好的酒量，陈又涵反而醉得越来越快，越来越深，越来越糊涂。终于在又一次送他回家后，顾岫看到陈又涵抱着凌乱的床单蜷住了身体。

如果不是亲眼见到，顾岫无论如何也想象不出，自己眼里无所不能的男人竟然也会有如此痛苦的一面。他的灵魂，像是被自责、愧疚、痛苦等情绪深深地占据了。

久别的谈话不欢而散，顾岫捏着拳回到陈为宇身边。他还有职责在，纵然愤懑和郁结，也只能收拾心情再度换上熟练的笑容。

叶开抬腕看表，这种无聊的宴会只要他露过面便算完成了任务，是时候回去了。他放下酒杯，在宴会厅里扫视了一圈，没有看到瞿嘉和叶征的身影，决定先去抽根烟。他没什么烟瘾，只在情绪不对时才需要尼古丁来缓解。

吸烟区是个花园中庭，枝朵掩映，私密性很好。在摸出大卫杜夫的烟盒时，他不免也要自嘲一声。其实他不是没尝试过别的烟，万宝路、希尔顿、云烟，他都觉得难以接受。

趁抽烟的空当，他处理着手机里堆积的信息。金融系统的确比GC集团好待，他只需要做管理决策，甚少需要做战略变更，一切四平八稳地推进，有没有他这个继承人都可以自在运转。

Lucas也有信息过来："宴会结束后请你喝一杯？"

信息是半个多小时前发来的。叶开回复："喝够了。"

Lucas好像在等他，立刻回道："今晚还有机会再见面吗？"

叶开深吸一口气，一时间做不出决定。他把手机锁屏，夹着烟在夜色中走向花园深处。

"为宇总真是人生赢家了，不仅升官发财，老婆也漂亮。"有人小声谈论着今天的宴会主角。

"他最'躺赢'的难道不是'GC'吗？"

"是啊,又涵总拼命救回来的公司就这么让给了他,只要别出什么幺蛾子,他可以在这位子上安稳地进董事会。"

"我挺想又涵总的。"

另一个人沉默了一瞬,故作轻松地打趣道:"嘻,谁不是呢?"

"虽然他骂人有点儿狠。"

两个人笑出声来,其中一个感慨道:"可是他把所有老员工都请回来了。"

另一个人吸了吸鼻子:"别说了,再说我要哭了啦!可能又涵总有自己的事情要做吧。再说了,他毕竟还是大股东,说句不好听的,为宇总也不过是帮他打工。"

"为宇总帅一点儿就好了。"

两个人又嘻嘻哈哈地笑:"又涵总一走,没人掐他下班的点了。"

"他怎么还不结婚?"

"等天仙咯。"

"好啦,他今天也在,要不要去找他喝一杯?养养眼也好。"

她们嬉闹着走远。

烟灰从叶开的指间落下。陈又涵也在?为什么刚刚自己没见到他?叶开几乎是条件反射地往回走,匆忙走了两步后又慢了下来。

夜色中起了浓重的雾。七月初,是宁市梅雨季节的尾声,空气有着让人感到湿漉漉的重量。夜雾弥漫在浩瀚的灯火之上,朱丽叶月季的暗香在空中浮动。

叶开掏出手机,手机屏幕的光在夜色中十分刺眼。他打着字,不免越走越慢,不小心撞到人时,条件反射地说了声"抱歉"。

被撞到的人转过身,夹着烟的那只手端着香槟杯,愣怔地看了他一眼后,讶异地笑了笑,嗓音温和:"小开。"

叶开抬眸,把手机锁屏。

陈又涵对旁边的人说了句"Excuse me①",然后向叶开伸手做了个"请"的手势:"聊聊?"

叶开这才发现陪在陈又涵身边的是个外国人。他没多想,便说:"原来你英文这么好了。"

陈又涵轻描淡写地回:"稍微进步了一点儿。"

夜风扑面,吹散潮湿的雾气。两个人沿着被掩映在树丛间的小径缓行,一时间谁都没开口,随后还是陈又涵主动说:"很意外,我以为你不会出席。"

"见一见陈为宇。"叶开言简意赅地回答。

"我看到了。"陈又涵笑了笑。他的掌心很潮,几乎能把酒也温热。

"你愿意和我走一走,我也很意外。"他沉声说,"我以为你不想再和我接触。"

"又涵哥哥,我们毕竟认识了那么多年,"叶开顿了顿,平静地说,"况且事情都过去了,我没有放在心上。"

陈又涵点点头,嗓音低哑了些:"那就好。"

"不说这些了,"叶开故作轻松地问,"怎么从'GC'离职了?"

陈又涵偏头看了他一眼:"你想知道?"

叶开定了定情绪,说:"没有,只是'GC'是你的事业,突然拱手让人,的确不符合你的风格。"

陈又涵笑了一声:"我不是每样东西都舍得让的。"

叶开不答,陈又涵便认真解释:"为宇比我稳健,更适合现在的'GC',"他又笑着缓和气氛,"我还在董事会,也不是身无分文。"

"你这两年……"叶开问,"在忙什么?"

"在乡下盖房子。"陈又涵笑了笑,"是不是吓一跳?"

---

① 失陪一下。

叶开的确吓了一跳,抬起眼眸,重逢后第一次正视他:"乡下盖房子?"

陈又涵眼神温和:"以后有机会再告诉你吧。"

路走到了尽头,该返回了。两个人的脚步都不由自主地慢了下来。陈又涵的喉结滚了又滚,一句话在舌尖反复数回才出口:"你换电话号码了吗?"

他以为自己已经足够自然,却只换来了叶开的沉默。

"算了,是我唐突了。"他故作云淡风轻,咽下了舌尖上的苦涩。

"没有,"叶开轻声回道,又提高音量重复了一遍,"没有换电话号码。"

陈又涵猝不及防,喜悦从心里直击眼底。

"如果有事……我可以给你打电话吗?"他问。

叶开心里乱糟糟的。不过第二次见面,不过聊了超过十句话,他便连呼吸都觉得窒闷起来。他低头加快脚步:"可以……但还是不要了,我们之间也没什么事需要联系。"

他说得没错。现在的陈又涵谁都不是,只是他姐姐的一个不太熟的同学,在宴会上遇见一面已经是惊喜了。

推开玻璃门的瞬间,叶开舒了一口气。他仿佛一个从密林中逃出来的人,水晶灯下的一切才是他熟悉的,彬彬有礼,虚假有度。他想起叶通的叮嘱,麻木地说:"爷爷给你写了两幅字,你什么时候方便?我给你送过去。"

陈又涵很快地说:"随时都可以。"

"你住哪里?"

"还是原来那里,繁宁空墅。"

叶开面无表情地补充说:"是爷爷一定要让我亲自送的。"

叶通写了两幅字,一幅是"致远",一幅是"满久"。老人家太看重陈又涵，既提点他，又祝福他。

陈又涵站在一盏吊灯下，华丽的金色光辉洒了他满身。衣香鬓影中，他突兀地说："你知道吗？这栋楼一共有一百二十层。"

叶开微怔，抬起眼眸。四目相对的瞬间，人声仿佛都远去。

背后，穿着燕尾服的侍应生正经过，陈又涵端下一杯加冰威士忌，闷了一口后顿了顿，对叶开说："顶楼是露天天台，我可以……邀请你一起看夜景吗？"

被他如此认真注视着，叶开匆忙地转开视线。

陈又涵再度问："可以吗？"

"不可以。"叶开终于回答，"对不起，我还有约。"

陈又涵将手中的水晶酒杯松了又捏紧。他没有问是什么约，毫无意义地问："这么晚了，还有约？"

叶开说："是Lucas，抱歉。"

陈又涵的视线一松，他点了点头，低头去看脚下地毯的花纹："玩得开心。"

叶开却不愿放过他。他回过视线，直视着陈又涵："又涵哥哥，别这样。"

陈又涵似乎预料到他要说什么，握紧了杯口要转身："我突然想起来，还有事要和顾岫交代——"

"过去的事都过去了。"叶开用不大的声音说。

陈又涵顿住脚步，侧脸紧紧绷着，不敢回头。

"我当初在你家门外说的话，没有一句是假的。我已经在这么做了。"

宁市喝酒的好地方很多，但都比不上落洲。这里是一片被西江环绕的江心长岛，由一条纯白色步行石堤将它与岸上连接。除了环岛步道，这里坐落着大大小小三十多家闹吧、清吧、迪吧。正对面就是繁华的市中心,景色和氛围都一流,聚会、约会、散心的人,都会选择这里。

Lucas 初次来宁城,也是第一次约叶开出来喝酒,精心挑选了一家英国人开的森林餐酒吧。

Lucas 剑桥毕业,华尔街出身,三十岁爬上事业巅峰,最重要的是,他也钟爱滑雪。他和叶开的首次见面是在阿尔卑斯山,他被叶开飘逸的单板滑雪动作吸引,鬼使神差地跟着叶开的背影滑了三次,终于在一次上缆车时大胆地和叶开同乘一厢。

叶开推上墨镜,拉下蒙住大半张脸的魔术巾,似笑非笑地用英文问他:"你还要跟我多久?"

在法国梅杰夫的雪季,他们一起滑了整整一周的雪。虽有十来岁的年龄差距,两个人却相谈甚欢,有一见如故之感。

Lucas 在酒吧的临街露天花园区坐着,一眼便从人群中认出了叶开。

叶开是从宴会上直接过来的,衣服没来得及换。无尾礼服到底过于隆重,他脱了外套搭在肩上,把领带摘了,扣子也解开了三颗,沐浴着一路的霓虹灯灯光,走来时有一种从容的气度,似天生的明星。

Lucas 已经喝了半瓶精酿,看到叶开时绅士地站起身迎了几步:"还以为你懒得出来。"

叶开笑了笑:"怎么会?我该谢谢你把我从无聊的宴会上解脱出来。"

Lucas 为他拉开椅子:"什么时候才可以不和我见外?"

他初遇叶开时就记住了叶开饮酒的喜好——Lost Coast,中文名是迷失海岸,是一款啤酒。这种酒的特点就是苦,非常非常苦,在苦味炸裂开后才能慢慢感受到回甘。

Lucas 第一次尝试这种酒时整张脸苦得皱成一团,在叶开面前毫无面子可言。

侍应生拎着半打酒过来,利索地帮他们开了瓶。

"我一家家打电话确认他们有没有 Lost Coast,所幸让我找到这家。"

叶开用手指轻点着桌面,委婉地表示感谢:"费心了,其实我也不是非它不可。"

瓶口轻响,随后松针、柑橘和啤酒花的气息飘来。

叶开在夜色中抬眸,原来酒吧的斜对面就是皇天。他不动声色地收回目光,眸底的情绪更深沉了几分。

Lucas 看在眼里,在桌上将打火机滑给他:"你经常去对面?我听说那里很有名。"

叶开点起烟,在烟雾中安静地笑了笑:"没有,虽然老牌,但确实也旧了,没什么意思。"

夜深,远处的楼渐次熄灯,只有落洲的人越来越多。乐队演出正到高潮,临街的白色遮阳篷上,灯珠亮眼,风吹过香草林,柠檬叶和迷迭香的气味散发出来。

游客说话的声音越来越低,只余低沉的鼓点与夏日江边的夜露水汽交替上升,还有一声不知道哪儿来的酒瓶落地的声音。

乔楚拎着一打酒远远看着陈又涵,看到他扶着半空临街的栏杆,用力得小臂上连青筋都变得醒目,手中落下的酒杯在脚下碎得彻底。

整个二楼户外的露台静了一瞬,只有乐队的拨弦声悠悠响着,主唱在唱一首英文歌。欢笑声在一秒钟后毫无挂碍地继续,只剩下陈又涵低垂着侧脸,沉默地坐在阴影里。

乔楚悄无声息地走近,很快地在街上扫了一圈。

没什么,只有几桌客人在深夜里聊天而已,当中的一桌客人养眼胜别桌的,因为那里坐着的青年气质好极了,正与他对面一位年纪稍长的朋友言笑碰杯。

"你不是喝出了帕金森了吧?"乔楚低咳一声,拍了拍他的背。

陈又涵好像没听到乔楚的话,视线凝固,紧紧抿着唇,侧脸因为后槽牙紧咬而僵硬。

他闭了闭眼,告诉自己:是错觉,那只是个长得和小开很像的人。

但那人对面坐的是Lucas,上次追尾时陈又涵见过一面的。这像是一个佐证,毫无质疑余地地证明了,那个笑得很好看的人确实是叶开。

看到叶开如此开心的模样,陈又涵无法辨识自己内心的情绪。自己为他高兴,是吗?但为什么不敢再看第二眼?

陈又涵猛地推开椅子起身,乔楚拉住他:"你怎么回事?"

陈又涵好像失了魂,甚至没有看乔楚一眼便挣脱出来,脚步凌乱,接二连三地碰到桌角,绊倒椅子,撞倒酒瓶。短短几步路他走得摇摇晃晃,一路机械地说着"抱歉""对不起"。

乔楚震惊地跟上去——他从来没见过陈又涵如此失态的模样。他眼见着陈又涵跌跌撞撞地走下楼梯,穿过纷乱的舞池和霓虹灯的幻影,冲到了门边。

"陈又涵!"乔楚叫住他。

陈又涵好像被定住了,脚步凝固住。他垂首站在暗影处,接着狼狈地侧过了身。

那是皇天餐吧昏暗的门口,一线之隔,外面是被灯光照得如白昼的街道,里面是破碎疯狂的声色犬马场景。陈又涵抖着手掏出烟,按了几次打火机,竟然没有出火。他咬着烟,死死地咬着烟,姿势怪异地躲避在阴影里。

门外,路灯照出一个眉目出众的年轻人,他正和他的朋友结伴而行。

他身姿挺拔,面容平静,带着淡淡的笑意,从容地穿过长长的、暗黄色的灯影。

两幅被裱好了的字轴一拖再拖，叶通催问了好几次，叶开终于认识到自己躲不过这一遭，万般无奈地主动给陈又涵打电话约时间。

陈又涵从漫长的、没日没夜的宿醉中被电话声吵醒。医生早就提醒过他不能再过度饮酒，他不迷恋醉生梦死的生活，只是现实乏善可陈。

阳光刺眼，乔楚第无数次在送他回家后忘记给他拉上窗帘。陈又涵痛苦地闷哼了两声，手在凌乱的床上循着声音摸索，终于在对方耐心告罄挂断电话前接了起来。

"喂。"

"是我。"

陈又涵皱了皱眉，翻了个身，抬起胳膊挡住眼睛，不耐烦地问："哪位？"他的声音低哑得不像话，语气里透着浓浓的疲倦和不清醒的感觉。

叶开调动着耐心，猜到对方可能是刚从宿醉中苏醒后，眼神冷了下去，不带情绪地说："叶开。"

陈又涵缓缓地睁开眼睛，从听筒"沙沙"的音质中确认了这通电话的真实性。他猛地坐起身："是你？不是，抱歉，我刚醒……"他重重地抹了把脸，语气温和下去，"是有什么事找我？"

"你什么时候在家？我把字给你送过去。"

陈又涵终于记起这一茬儿，捂着眼睛头昏脑涨地说："我在家，现在就在家。你现在过来？好，方便……"他一句"路上小心"没来得及出口，对方就干脆地挂断了电话。

陈又涵握着手机垂头坐了会儿，缓缓地骂了句脏话。

叶开从思源路过来，路况好的话需要四十分钟，屋子里乱得恐怖，他自己也好不到哪里去。他以最快的速度冲过澡后，一键除雾的镜子里照出了他宿醉后疲惫的脸：眼睛里布满红血丝，黑眼圈很明显，下巴上都是胡楂儿。

陈又涵舒出一口气，自嘲地勾了勾唇，低头在掌心上挤出泡沫剃须膏。

打扫是来不及的，他只能把各种乱七八糟的东西一股脑儿地塞进主卧。客厅终于清爽了。还剩多长时间？现在是上午十点半，也许他可以留叶开吃顿中饭。

陈又涵扔下吸尘器，洗过手后在冰箱里翻着食材……他忘了，自己已经很久没在家里做过饭，所以冰箱是空的。他在离这儿最近的进口生鲜超市下了单：口蘑、芦笋、三文鱼、和牛、柠檬、罗勒、百里香、黄油、鲜奶油……差点儿忘了叶开喝惯了的巴黎水。

吸尘器连一个犄角缝隙都不愿意放过，沙发毯被叠得整齐。花瓶里的睡莲早就败了，茶几上散落着几个快烂了的甜橙，陈又涵把它们全部都扫进了垃圾桶。还有什么？他扫视着从玄关、客厅、餐吧到开放式中岛的每个角落，昏沉的大脑被迫挣扎运转，思索着可能遗漏的事项。

门铃响起，陈又涵几乎紧张得激灵了一下，随即意识到应该是超市外送员。他推开门，穿着蓝色制服的年轻人和他打了招呼，将两大袋生鲜食品放在玄关处。

东西显然是买多了，陈又涵很勉强才把它们全部塞进了冰箱。牛排需要提前腌制，叶开喜欢喝的接骨木苏打气泡饮可以先调出来。陈又涵用力回忆了会儿，才想起那款心血来潮的饮品的调法，而他忘了买海盐和火龙果。

叶开怎么还没来？

是堵车？这天是周末，这个点的确是进市中心的高峰期。刚打开地图软件，陈又涵还没来得及输入路线查看，门铃便再度响起。他放下手机，路过玻璃装饰墙时停了停。

终于到了玄关处，陈又涵定了定神，整理出恰到好处的从容姿态，打开了门。

叶开怀里抱着两个细长的画筒，眼神从陈又涵的脸上疏离潦草地扫过："两幅字，已经裱好了。爷爷说你喜欢的话下次再写。"

陈又涵没接字，侧身让开很宽的通道："辛苦了，喝杯水？"

叶开微怔："不了，"他笑了笑，"Lucas 在楼下等我。"

陈又涵身体僵了僵："你只是来送字。"

"我只是来送字。"叶开肯定地重复了一遍，打岔道，"这么久没来，没想到楼下保安还记得我，本来还以为需要你下楼一趟。"

藏在门后握着门把的手倏然捏紧，陈又涵不知道哪里升腾起一股无力的烦躁感，不耐烦地沉声说："既然如此，下次我可以自己去，不用你大老远特意送过来。"

叶开冷淡地勾了勾唇："言重了，顺路而已。"

陈又涵冷静地盯着他，一字一顿地说："麻烦了。"

叶开耐心告罄，再度递出画筒："你到底要不要？"

字终于被对方接住，叶开松手转身，正要离开时，听到陈又涵字句用力地留他："小开，留下吃顿饭。"

叶开定住脚步，笑起来的声音微讽："不用这么麻烦吧？又涵哥哥，你是觉得我这个人脉还是不能断吗？别紧张，爷爷很欣赏你，不会拒绝你的业务的。"

陈又涵挂着门框，一贯漫不经心的语气里染上了无可奈何的焦躁之意："别这么说。"

"那是什么？"叶开转过身，真正从容地打量着他。

叶开隐约觉得好笑的眼神，宛如在对陈又涵处刑。

"又涵哥哥,我们从此以后在商言商。"

陈又涵的眼瞳里浮现出浓重的雾气。"在商言商。"他艰难地复述着这四个字。

叶开鼻腔一酸,但目光毫无变化:"我要谢谢你的,如果不是你对我说了那些话,我也不会这么一身轻松地出国。你说得没错,我确实看到了更大、更好的世界。"

屋里一片死寂,只有阳光透过落地窗不管不顾地弥漫开来。

陈又涵动了动嘴唇:"还交到了一个新的朋友。"

叶开面色分毫未改:"Lucas 吗?不是新朋友,我们很早就认识了。他跟你年纪相当,不过能教我的东西更多,我们的共同兴趣也更多。我的雪板是他送的,他家在温哥华,只离外婆那里两个街区,外婆也很喜欢他,总请他喝茶……我说实话,后来冷静下来想想,我跟你聊天时,确实也总是费尽心思找话题,你除了工作就是工作,我早就觉得谈不到一起去,还以为成年人都跟你一样这么没意思呢。"他笑了笑。

叶开不记得自己是怎么下的楼,又是怎么坐进 Lucas 的车里的。Lucas 心里有数:"原来你提过的那个哥哥,真的是他。"

叶开的目光动了动。

"追尾那天看你们的相处情景就觉得不对劲。Leslie,已经错了一次的事情没必要再一次去证明它的错误,明白吗?"

叶开在心里将这句话反复默念了两遍,轻轻点了点头。

Lucas 主动帮他扣上安全带,低声道:"以后叫你小开好不好?"

叶开的眼神动了动,他不解地看了看 Lucas。

"我和他差不多大。我可以向你证明,我们这个年纪的人并不总是像他一样冷酷功利的。"他不无幽默地说,"白捡一个你这么好的弟弟,怎么会有人嫌你烦?"

叶开转过了脸,垂着视线笑了笑:"别聊他了。"

Lucas 逗他:"我叫你小开,那么你也可以叫我的中文名,是我 grandpa① 起的。"

叶开问:"叫什么?"

Lucas 吐出两个字:"阮棠。"

"软……糖?"

Lucas 大笑:"不是你想的那两个字。阮琴的阮,海棠的棠。"

叶开终于也跟着笑:"那你不应该叫 Lucas,应该叫 Candy。"

Lucas 见他笑了,发动引擎:"谢谢你证明了我刚刚的笑话有用。"

虽然是暑假,但叶开有自己的事要做。告别了 Lucas,他立刻买了一周后去往云省的机票。他有个学长去年毕业后被派往那边担任大学生"村官"。

瞿嘉想以宁通商行的名义做山村慈善教育基金,叶开便想借学长的关系实地深入考察,然后再亲自设计相关的公益项目。

隐藏在高原和崇山峻岭中的村落几乎与世隔绝。叶开先是落地在丽市,继而坐了六个小时的盘山公路大巴,随后是坐了三个小时的五菱宏光,最后又坐了半个小时载客的三轮摩托才到了目的地。

这是一个有两百多户规模的多民族山村,学长姜岩在村口等他。

叶开只背了一个登山包。早上刚下了雨,山路泥泞未干,他走每一步路,脚上都带着泥。见到他,姜岩第一句话就问:"冲锋衣和羽绒内胆带了没?"

叶开拍了拍双肩包,气喘吁吁地说:"在里面。"

姜岩这才放下心来:"幸好,否则天黑后有你冻的。"

---

① 爷爷。

他与叶开并肩缓行，虽然习惯了一年有余，讲话时也免不了喘气："这里海拔三千五百米，两百多户人家分布在三千到三千五百米的山谷和山腰上——我真想不通你为什么要来这里，教育基金这种事情，你这种少爷把控宏观顶层设计就行，何必来受一遭罪？"

叶开笑两声就开始喘了："小姜同志，你放着香岛中环三百万年薪的工作不去，跑来当'村官'扶贫，你又是何必？"

姜岩咳嗽一声，忍不住笑出了声。

回首望去，远处山脉在细雨中有些朦胧，未散的岚烟在山谷和河流的上空飘动。沿着山体匍匐的高山草甸开满了黄色的小花，一些牦牛和黑马卧在其间。空气中有湿润的水汽，以及微妙的终日不散的动物粪便的味道。

姜岩领着他在只能一人通过的羊肠山道上前行，村委会的房子就在进村不远处。

叶开注意到村口堆着很多水泥红砖，笑道："可以啊，小姜同学，带领村民住洋房了。"

姜岩看了一眼："不是，是有土豪捐小学。"

叶开穿过停工的混凝土搅拌机，听见姜岩继续说："别人是一座一座地捐，他拿着贫困县名录一个省一个省地推进。"

这听着感觉像个豪气干云、简单粗暴的超级暴发户。姜岩在的这个村落还好，已经基本脱贫。叶开向上弯了弯唇，问："没路怎么办？"

"实在没路进车也没辙，但背后有咱们国家村村通、路路通计划，不通路的地方越来越少了。"

叶开笑道："咱们村小学完工了？"

姜岩停下来，猛拍他的肩笑道："你也太能入乡随俗了！"而后姜岩指了指远处一座修到一半的红砖建筑，"在那里，估计还得三个月，工人都是村里的牧民和农民。"

黄昏的雾气打湿了叶开的衬衫。姜岩说得没错,这里一日落就飞快地降温,他只穿一件衣服根本扛不住。

姜岩有宿舍,把叶开另外安排在村里条件最好的一户藏民家里。藏民的民居冬暖夏凉,唯一不好的一点是——他们房子的一楼往往是用来圈养动物的。

果然,到了住处一看,叶开被贴心地安排到了四楼,屋主一家住在三楼,二楼是起居室和客厅,一楼则住着四头牦牛和十几匹马。这意味着叶开接下来不得不伴着动物体味和时不时的一声响鼻入睡。

方方正正的卧室灯光昏暗,床单是新换的,有洗衣粉的味道。粗犷的实木床和桌子都打了蜡,上了漆,擦得洁净一新。叶开放下背包,先套上了薄款羽绒服,才开始慢慢地收拾行李。

房子主人是个木讷的藏族男人,红黑的肤色,狭长脸,一双眼睛黑亮有神。他端着托盘上楼,里面是一把表面錾了花的银壶和两只陶瓷碗,其中一个碗里面堆满了盐焗高山小土豆。

"甜茶,喝了暖一暖。"他腼腆地笑道。

叶开点头致谢:"扎西德勒。"

"扎西德勒。"房子的主人搓了搓手,笑起来有一排白齿和很大的酒窝,用生硬的带着口音的汉语自我介绍道,"我叫扎西。"

叶开也笑了笑:"叶开。"

甜茶的味道有点儿像奶茶,热腾腾的,很好喝,叶开一口气喝完一碗,见扎西还站着,以为是在等着把托盘端走,马上放下碗说:"我喝好了。"

扎西摆了摆手:"不,不,你喝,你喝,都是为你准备的。"

但他显然有话要说,叶开便静静等着,眼神温和,不给人任何压力。

"是这样,旁边那个屋子是空的,"扎西指了指黑灯瞎火的一间屋子,"过两天会有另一位尊贵的客人住进来。"说完,扎西便略显紧张地看着叶开,等待他的答复。

叶开点了点头:"好的,没问题。"

"他也是个年轻人,"扎西比画着,"这么高,很年轻,年纪只比你大一点点。"

叶开心想,也许来的是暑期支教的大学生,或者是上面下来扶贫考察的什么干部。他没在意。

扎西讲完了事,与他告别后下了楼。用树木躯干直接劈成的楼梯坚不可摧,虽然狭窄,但走动起来没有任何声音。

叶开晚上只跟姜岩简单地吃了打边炉,并没吃饱,扎西的这一碗盐焗土豆简直救命。瞿嘉过了会儿给他打电话,知道他吃土豆吃得这么香,眼泪都要掉下来了,吓得叶开差点儿噎到,一边猛拍胸口,一边发誓:"这里真的没那么穷!"电灯、电视、抽水马桶一应俱全,扎西还有辆很酷的摩托车!

叶开开视频带着瞿嘉参观了一遍,瞿嘉在满屏幕的现代家电中稍微安下了心。叶开推开窗,呼吸了一口冷冽的空气:"妈妈,你看,雪山在月光下反着光。"

手机照出来黑乎乎的一片,叶开无奈放弃。瞿嘉无端觉得鼻酸:"宝宝,你好好的。"

叶开托着腮,"嗯"了一声,说:"好着呢。"

万籁俱寂,只有不知名的虫子伏在草丛里长一声短一声,此起彼伏地叫着。

第二天姜岩带着叶开满山村转悠。修建了一半的小学工地上,有几个工人正蹲在墙头砌砖。

"好像土豪这两天要过来。"

叶开讶异地挑眉:"不至于吧?"

姜岩失笑:"我看你也是不至于。"

叶开想,看来这不仅是个心善的土豪,而且还是个尽心尽力的土豪。他顺手揪下一片叶子:"那刚好,可以请教他一些问题。"

第一天,叶开就累得够呛,结结实实地感受了一把姜岩一个月走坏一双鞋、微信步数天天占领朋友圈封面的荣光。日落后,微信运动显示叶开的步数已经超三万,成功登顶,被众人疯狂点赞。

瞿嘉连发十几条微信,一会儿问他脚起泡没,一会儿问他鞋子带得够不够,一会儿又突发奇想要给他安排个阿姨过来。

他吃过饭后,干脆给瞿嘉回了个电话。牦牛发出"哞哞"的叫声,瞿嘉:"你跟动物住一起?"

叶开一边笑一边不得不解释这就是藏民的习俗。

转过一层楼梯后,整栋屋子悄然无声,昏暗的电灯下,一幅藏服卓玛少女油画挂在刷了明黄色油漆的墙上。

瞿嘉:"你一个人住会不会有危险?"

"不会,这两天有邻居要来。"

"邻居?"

"支教的大学生。"叶开懒得解释,随便诌了个最能让瞿嘉放心的说法。

"藏餐吃不吃得惯?我听说都是吃糌粑的?宝宝,要不你还是快点儿回来……"

"今晚上吃的牦牛火锅。"

瞿嘉闭嘴了。

叶开又转上一层狭窄的楼梯,里面隐约传出扎西和他妻子低声用藏语交谈的声音。

瞿嘉终于再找不到能叮嘱的,啰里啰唆地下总结陈词:"总之你要好好照顾你自己，按时作息，衣服要穿暖，记得随时补充葡萄糖和红景天，肺水肿不是开玩笑的……"

叶开敷衍地"嗯"了一声又一声，手揣在羽绒服口袋里有些出汗。

四楼的灯亮了一间。

他以为自己出门忘记关灯，或者是扎西以为他怕黑，细心地提前帮他打开了灯。

然而很快，他就发现亮着灯的是另一间卧室。他精神一振，在瞿嘉的絮叨声中走完最后三级台阶，顺利挂掉了电话。

当他还在考虑是直接打招呼好还是等一下再说时，木门却"吱呀"一声从里面打开了，露出一个沐浴着灯辉的高大身影。那人穿着黑色高领修身针织衫，宽肩窄腰，手里还拿着个衣架，似乎正在整理衣物。

"咚"的一声，叶开的手机掉在地上。

叶开定定地看着陈又涵，半晌才问："怎么是你？"

陈又涵讶异地挑眉，半举起双手，无奈而温和地说："先声明，我也很意外。"

叶开弯腰捡起手机，脸上没有什么表情。灯光昏暗，陈又涵看不清他的脸色，只是猜想，叶开的脸色或许是有些黑的。

惊喜在短暂到达巅峰后跌落。陈又涵忽然意识到，自己不是被期待相遇的那个人。

叶开其实是做不出表情的。他转身想回房，走了两步又回过头来。

陈又涵倚着门，算是回应地笑了一声，迟迟没有挂起的冲锋衣和衣架一起被收在怀里。

鬼使神差地，叶开返了回来。都怪姜岩晚上一定要骗他喝马奶酒，他又一路吹着风穿过村庄回到这儿。高原反应、水土不服加上酒精的作用，他只觉得脑袋"嗡嗡"地叫嚣。

他看着陈又涵，眼前像隔了一层灯花。

不知怎么的，他回想起了那年在温哥华的异国相见，二人隔着白色篱笆对峙，阿拉斯加犬在旁边"哼哧"着转圈添乱。那时他也以为是做梦。

四周无端安静了下来，只余下扎西一家睡前的低语声和小马的响鼻声。

叶开垂下眼眸，纤长的睫毛在眼底投下一小片阴影。他轻声问："学校是你捐的？"

陈又涵点了点头，随即意识到叶开并没有在看自己，便"嗯"了一声。

"上次你说的在乡下盖房子，就是指这个？"

陈又涵笑了笑："差不多。"

叶开终于抬起头，愣怔地问："你真的舍得'GC'？"

"只是暂时交给别人打理，就算以后真的回不去，那就当提前退休了，"陈又涵淡淡地自嘲，"听着也不错。"

一股心口积郁已久的情绪在此刻变成了清晰的委屈和愤懑。叶开扭头走开："有时候真的看不懂你。"

"小开。"陈又涵叫住他。

叶开在房门口停住。

"'GC'是我的责任，我救它不是为了富贵权势，也不是因为那是我愿意为之奋斗一生的事业，而是因为'GC'不仅仅是姓陈的一家人的'GC'。"陈又涵顿了顿，继续说，"出事前的'GC'有近三千名员工，其中半数在这里干了超过十年。'GC'一旦倒了，他们怎么还房贷、养孩子和老人？我无法对他们坐视不理。"他的语气很温和，但收起了往常玩世不恭的样子，"对不起，让你失望了。"

这些道理叶开都懂。陈又涵知道的，叶开怎么可能会想不明白这一点？

他只是，从始至终都欠叶开一句解释。

叶开没有回头，"砰"的一声重重地摔上了门。

村落里的作息时间与自然同步。

天刚亮叶开就睁开了眼睛。整栋房子都很安静，他将手腕探出被窝外五秒，就被冷冽的空气冻得哆嗦了一下。他缩回手，睁着眼睛赖了五分钟的床，直到听到窗外传来隐约的笑声和马群的嘶鸣声。

叶开钻出被窝，裹上羽绒服去洗漱。小客厅和浴室、洗手间都是共用的，叶开端着牙杯出门，见陈又涵的房门紧闭。

昨天舟车劳顿，想必他还没起床。叶开想到这一点，洗漱的动静便有意识地放轻了许多。

洗漱完，叶开推开厚重的玻璃窗，半睁着眼睛向外眺望。清晨的新鲜空气夹杂着青草、雨水和牲畜的味道，风吹了进来，将他黑色的额发吹起。

从扎西的院子绵延出去的绿色草甸上，小白花被夜雨打得蔫头耷脑，马群四散。陈又涵骑在一匹棕色的高头大马上，正扬起了马鞭。扎西在旁边大笑，他五六岁大的小女儿也跟着拍手掌。

马前蹄高高扬起，陈又涵拉紧缰绳，狠狠在马臀上抽了一鞭子。剧烈的嘶鸣声后，棕马带着他在草场上跑了起来。

叶开看得心都提了起来，站在窗边半天没动作。直到陈又涵顺利跑完一圈，叶开才面色不悦地退开。

他白担心了，这人熟练得很！

等到他收拾妥当下到二楼后，扎西的妻子多吉已在给众人分碗筷。因为有两个重要客人，早餐的丰盛度显然超过了他们寻常的标准。烧水的银壶坐在小火炉上，盖子被顶得"噗噗"冒着水泡。

叶开跟她打了声招呼，发现通过餐厅的窗户也能看到草甸。视线内,陈又涵正利落地翻身下马,把卷起的马鞭递给扎西,又拉着辔头亲昵地逗了会儿棕马,接着便往院子里来了。

叶开忙转身躲在了阴影中。

"您和陈先生还住得习惯吗?"多吉给他倒了杯酥油茶。

楼梯上传来"陈先生"上楼的动静。

陈又涵看到叶开已经坐在餐厅里了,居然有点儿惊讶:"听说你昨天睡到了八点多,今天怎么起这么早?"

叶开被藏式肉饼噎了一下,瞪着他的眼神里明明白白写着"关你什么事"。

陈又涵经过他身边,去逗多吉的小女儿拉姆。

学校里要教中文,拉姆的中文比她爸妈都流利标准许多,被陈又涵逗笑后,两只黑乎乎的小手勾着扭捏了一会儿,甜甜地叫了声"又涵哥哥"。

陈又涵夸她乖,把人拎到自己的膝盖上圈坐在怀里,给她掰了个包子。

他做这一切都透着驾轻就熟,仿佛有充足的经验。叶开看着看着,想到幼年时光,忽然觉得这天的酥油茶咸得有点儿苦。

扎西拿自己的小女儿打趣:"拉姆,你是不是早就想见到又涵哥哥了?"

拉姆的眼睛黑亮,她一边开心地玩着发饰上的小翠色珠子,一边点了点头:"我要给又涵哥哥当妹妹。"

连叶开都忍不住笑起来。扎西拍了拍手,让拉姆到自己怀里来,而后梳着她的小辫子笑道:"那你问问又涵哥哥缺不缺妹妹?"

叶开低头安静地看着茶杯里酥油茶表面漂浮的那层马奶。

热闹的氛围静了静,拉姆懵懂地盯着陈又涵,等着他的回答。

陈又涵温和地说:"缺,一直都缺。"

叶开吃力地咽下牛肉饼,心口噎得慌,不得不端起酥油茶大口大口地灌下半杯。

陈又涵给自己盛着白粥,不经意地逗着拉姆:"你怎么不问问小开哥哥?"

拉姆很聪明,立刻说:"小开哥哥有女朋友,不能再认妹妹了,我知道!"

陈又涵仍然盛着白粥,目光垂着:"是吗,你怎么知道的呢?"

拉姆这会儿有点儿不好意思了,勾着手指低头轻轻说:"我听到他晚上打电话了。"

一屋子的人都转头看他,叶开避无可避,赶紧摇头:"不是,没有。"

多吉状似懂了,拖腔带调地"哦"了一声,叶开只好更坚定地解释:"真的只是朋友。"

多吉说:"小开哥哥和这位朋友的感情一定很好。"

叶开笑了笑,没接话。

陈又涵推开椅子站起身,众人都仰头看向他。他低头走开,一边走一边失礼地说:"抽根烟。"

叶开筹备的项目是有关乡村公益教育的。

这年暑假的支教志愿者已经先行入驻,姜岩正好能带他去老校区找校长和支教带队老师。

村小学坐落在海拔三千三百米的山腰上,叶开走得气喘吁吁,到地了一句话来不及说,先拧开葡萄糖喝完一支。等他的气喘声平静下来,下课满操场跑的学生都围着他笑。显然,这个高高瘦瘦的老师比单双杠、跳皮筋、弹珠和抓人游戏都要好玩、好看。

校长是纳西族的小伙子,姓是纳西族的大姓"木",单名琼字,是最早一批希望小学的学生,念了师范后便回来支援家乡了。姜岩和他简单聊了几句，介绍叶开和他认识。

木琼校长和叶开握手，拍了拍手让小朋友们安静下来，介绍道："这是新来的叶开老师，大家就叫他小叶老师好不好？"

学生们齐刷刷地鼓掌："小叶老师好！"

叶开第一次被这么多人围在中间，学生们个个都眼睛闪亮亮的，丝毫不掩饰对他的喜欢。饶是见惯了大场面，他也陡然生出了紧张的感觉。

这所学校生源很少，一个年级只开设一个班，操场几步就能走完，维护得最洁净的大概就是正中间的升旗台了。校舍还是砖泥结构，很多地方的黄泥掉得秃了，露出了里面风吹日晒的石灰色砖头。

叶开观摩了两堂课，一个班稀稀拉拉的十几二十个人，课桌参差不齐，桌面有些已经烂得凹了进去。

叶开坐在教室最后面，情绪复杂地听了一节语文课和一节数学课。他知道，瞿嘉早就想做乡村公益教育项目，最早的设想便是捐希望小学。但她所有的精力都投入到了天翼中学这十几年的深耕开拓中，相较起来，捐建校舍费钱、费时、费精力，她搁置多年，直到去年才腾出手来细想。但她聪明，最终决定和宁通商行的乡镇小额贷一起下乡，去搭建系统性的慈善公益基金，而不是简单地改善校舍、操场、跑道这些基础设施。

中饭前最后一堂是通识课，拉姆也在这个班里。支教带队老师郁敏敏鼓励叶开："小叶老师来讲讲？"

叶开什么都没准备，郁敏敏带头鼓掌，全班的小屁孩儿都跟着起哄。郁敏敏轻声说："通识课讲什么都可以，只要让大家能接触到新事物、新知识就好。"

叶开定了定心，走上讲台。

墨绿色的黑板看起来年代很久了，他从粉笔槽里抓起半截粉笔，写下第一笔。

粉笔在黑板上发出时断时续的摩擦声,小朋友们都托着腮,仔仔细细地看小叶老师在黑板上画画。他白皙纤细、骨节分明的手可真好看,好像还有魔力。随着他的一笔一画,黑板上,房子出现了,茂密的树林出现了,湖泊出现了,长长的林荫小径上有小人捧着书,高高的旗杆上红旗飘扬。

很久没画板报了,在手臂觉得酸之前,叶开完成了自己的几幅简笔画。

他扔下粉笔转过身,看得痴掉的小学生们纷纷坐直了身体,眼巴巴地等着小叶老师要给他们说什么。

叶开拍了拍沾了粉笔灰的手:"好啦,有没有哪位同学可以认出那四个字?"

大家都举手,他选了一个怯生生的小姑娘。小姑娘站起身,胸前的红领巾虽然黑乎乎的,但打得利落端正。她收着下巴,黑亮的大眼睛看着叶开,一下子忘了自己站起来是要干什么。

叶开不得不把问题重复了一遍。

小姑娘怯声怯气地说:"小花老师。"

叶开愣了愣:"什么?"

"小花老师,"她抠着课本的页脚,说,"小花老师今天要讲的题目是——我的校园。"

全班的人都笑得东倒西歪,连郁敏敏都笑得捂住了肚子。叶开哭笑不得:"是小开,不是,是小叶老师,不是小花老师。"

小姑娘看他一眼,垂下眼睛,点了点头,一开口却还是错的:"小花老师。"

笑声穿过破败的黄泥窗台,像云雀飞向高原的晴空。

陈又涵靠着墙,听到"小花老师"四个字时终于没忍住勾了勾唇。

他低头点上烟，在窗外静静地听完了叶开上的第一节课。

叶开的画里有长长的红色跑道，有高高的锃光瓦亮的旗杆，有整洁宽敞的教室，有没被虫子蛀过的原木色课桌，有可以上下拉动的大黑板，有漂亮的乔木、灌木，有鹅卵石砌成的小径，以及风在里面会呜咽的体育场……

陈又涵弹了弹烟灰，低头笑，心想：小花老师，你把新学校描绘得这么好，真的很让我为难啊。

第三章　展信佳

下课之后,叶开和郁敏敏闲聊着结伴走出教室。学生们都回家吃饭了,支教的大学生们则有村里的小灶。郁敏敏邀请他一起,但随后便发现了在操场上抽烟的陈又涵。

郁敏敏并不知道陈又涵的身份,但他的这种气度打扮出现在这里很违和,郁老师立刻猜到他应当跟叶开是一路的。

"郁老师。"陈又涵弹了弹烟灰,和她客气地打招呼。

郁敏敏很诧异,她和陈又涵是第一次见面。

"方便的话,我想和小花老师说两句话。"

郁敏敏"扑哧"一声笑了出来,转向脸色很黑的叶开:"小花老师,我们的食堂就在那边,"她指了指山脚的一栋两层民宅,"我就先过去了。"

没等叶开点头,陈又涵就说:"不用等他,他和我一起吃。"

等郁敏敏走了,叶开冷冷地说:"谁要和你一起吃?"

陈又涵给他递过去一支烟:"带你去吃汽锅鸡好不好?他们那家口味有点儿重,你吃不惯的。"

叶开接过烟,没应声。

陈又涵按下打火机："别这么别扭，上次是我不对。"

叶开低头吸了口烟，听他说完这话脸色更黑了。

"瞿嘉放心你一个人来这边？我以为她最起码会派个助理给你。"陈又涵说，引路道，"这边走。"

太阳升得老高，把湿而松软的泥巴路晒得干掉。

叶开跟在陈又涵身后。陈又涵穿着一身浅灰色的冲锋衣和户外工装靴，冲锋衣的拉链拉到顶，看上去比在职场里年轻了几岁。

不是真切看到他出现在这里的话，叶开真的想象不到陈又涵在乡下的情景。

"你之前来过这里？"

"考察的时候来过一次，动工的时候也来过。"陈又涵三两步跳下一个很滑的斜坡，冲叶开伸出了手。

叶开没搭理他，但鞋底打滑，直接摔了个屁股蹲，两只手被砂石磨出了一片浅浅的口子。他被摔蒙了，表情郁闷地看着陈又涵笑得放肆。

陈又涵再度伸出手，一副懒洋洋的姿态。叶开拍掉他的手，忍痛自己撑着山坡爬了起来。

"别这么犟，你就当我是个路人甲。"陈又涵抓住他的胳膊，把他拉起来，从口袋里摸出一片独立包装的湿巾，"自己来？"

叶开接过湿巾撕开，擦去掌心的沙土。

他越是冷着脸处理一切，就越代表了他心底的尴尬和懊恼情绪。

出师不利，在"仇人"面前出丑可不是一件值得回味的事。

陈又涵却忍着笑，觉得叶开可爱，甚至产生了叶开还在上高中的错觉。

接待他们的是一户纳西族老夫妻。两个人到的时候饭菜已经都准备好了，正中间摆着的果然是汽锅鸡。

陈又涵这次还带了两个工程方面的人，那两个人就住在这户人家里，已经在另一桌先吃了起来。见陈又涵乍然带了人过来，那两个人瞬间都有些拘谨。

纳西婶婶显然很喜欢陈又涵，笑得十分亲切，但很快就把注意力移到了叶开脸上。她布满皱纹的双眼很仔细地盯着叶开，越看越喜欢，她一边揭起围裙擦手一边说："真俊的孩子！"

她还带他们去看自己养的鸡和小黑猪。

小黑猪尾巴卷卷的，满山乱跑。陈又涵蹲下身，对一头腹背部有花斑的小猪"啧"了两声，勾了勾手："小花老师，过来！"

叶开克制住翻白眼的冲动，绷着脸说："无聊。"

小花猪被他揉搓得舒服得眯起了眼，又怪可爱地"哼"了两声。

陈又涵说："当只猪也挺好的，吃了睡，睡了吃，春天谈恋爱，夏天滚泥塘，秋天长膘，开开心心一辈子，也就最后挨那一刀，听上去不亏。"

叶开蹲下身："你羡慕它？"

陈又涵揉了揉小花猪的耳朵，放跑了它，看着它奔向远处的身影，"嗯"了一声，说："挺羡慕的。"

叶开睨他一眼："猪。"随后转身走了。

两个人吃饭时气氛无端缓和了许多。

可能是陈又涵特意叮嘱过，这里每一道菜的口味比之本地都要清淡许多。叶开这两天其实是有点儿水土不服，吃不惯这里的饭菜的。这会儿喝了两碗清爽的鸡汤，他的胃果然熨帖了很多。

吃过饭后，纳西婶婶又泡了两盏普洱茶。两个人捧着粗陶的茶杯，坐在门槛上舒展双腿晒着太阳。

或许是太阳太暖，又或许是高原反应让人头脑昏聩，叶开竟主动问："你什么时候走？"

"后天。"

叶开沉默,不知道是觉得这时间太晚,还是太早。

陈又涵说:"我打好招呼了,以后你都可以来这边吃饭。现在是雨季,这两个星期你照顾好自己。"

"你去哪里?"

"德县。"

叶开顺口问:"是雪山吗?"

"不是,你想去?"

"没有。"叶开矢口否认。

陈又涵笑了笑,说:"紧张什么,又没说带你去。想去的话给我打电话,我给你安排向导。"

叶开握着茶杯静默不语,半晌,才模棱两可地说了一句:"再说吧。"

高原的正午阳光很直接,几乎要把人的灵魂都晒透明了。

陈又涵没有多少休息时间,喝完一杯茶便把两个工程经理从午睡中叫醒,准备进入下午的工作当中。这里温差大,中午很热,陈又涵脱了冲锋衣,将其挂到了椅背上,只穿着一件贴身的黑色速干T恤,麦色的小臂青筋明显。

叶开这天起得太早,想回扎西家午睡,便主动说:"我可以帮你带回去。"

陈又涵从缭绕的烟雾中看他一眼,把衣服递给了他:"多谢。"

"当谢谢你请我吃饭了。"叶开接过冲锋衣外套,故作轻松地说。

在他的目光中,陈又涵推开院子前用木棍扎起的栅栏门,走上外面的山径。

走下山坡时,陈又涵回头看了叶开一眼。风穿过山谷,太阳晒干雾霭,满山的神明有哪位听到了他心里的"谢天谢地"?

叶开抱着陈又涵的衣服，慢吞吞地沿着山脊向前走着。动物都午睡了，倦怠地匍匐在草堆上，耳朵一扇一扇地赶着苍蝇和飞虫。村庄里，只剩下大黄狗看到陌生人后发出的"汪汪"声。但很快它就发现这个外乡来客心不在焉，根本没有任何威胁性。

外套抱在怀里很累赘，叶开停下脚步，拎着衣领抖开，把胳膊套了进去。

黄泥土老屋前，一个小女孩儿觑着小圆肚子站着。她的脸蛋黑乎乎的，嘴里啃着手指，乌黑的大眼珠子懵懂地看着他从门前经过。

"小花老师。"她怯生生地叫道。

小花老师没有听见。

山鹰飞过低矮的团云，黄色的小花在风中摇曳。小花老师低垂着头，两只手揣在温暖的口袋里，独自走过了长长的山路。

或许还是昨天晚上没睡好的缘故，叶开的午觉直接睡到了下午四点。那会儿太阳正在落山，他从头痛欲裂中醒来，余晖透过窗户洒了他满身。

牧民都赶着牛、羊、马回家了。扎西的房子是草场和村子之间的必经之处，叶开闭着眼，听见羊群"咩咩"的声音持续了好一会儿。光线昏暗了下来，他以为是太阳下了山，再睁眼，却看见外面下起了雨。

雨滴"噼里啪啦"地斜打进来，叶开起身关窗，在风声中听到了多吉上楼的动静。

她提着裙子，在外面裹了一件羽绒服。"降温了。"她比画着，走进陈又涵的卧室，关上了窗。

高原天气多变，一会儿晴，一会儿雨，说翻脸就翻脸。叶开下楼喝了一碗甜茶，接到了姜岩让他吃晚饭的电话。

天彻底黑了下来，远处雪山上浓云翻滚，近处黑云压低，俄而几束金光刺破,将云团照得一半澄明一半乌黑。

叶开在窗边看得入迷,远远又见扎西骑着摩托赶马回来。过了半晌,二楼客厅门被推开,扎西裹着冷风钻了进来,哆嗦着在火炉边一屁股坐下:"冻死了,冻死了,冻死了。"

叶开觉得他带有口音的嘟嘟囔囔声很可爱,很好笑,紧接着却愣了愣,不知想到了什么,整个人倏然坐直了。山区信号不好,他的第二通电话这时候才被接起。

"下雨了。"

陈又涵"嗯"了一声:"看见了。"

"我给你送衣服过去。"

隔着听筒,叶开听到了陈又涵的笑声,倦怠而温和:"不用,我不冷。"

叶开不笨,马上想到陈又涵不是第一次来,早就领略过这里阴晴不定的天气,又怎么会犯这种低级错误?纳西婶婶家和新学校工地很近,他应该是习惯了把衣服放在那里的。

是他多此一举,非要把陈又涵的冲锋衣带回来。

"你在学校?我现在过去。"

陈又涵那边安静了一下,过了数秒,听筒里传来风声。他大概是出去看了一下天气。

随后,叶开才听到陈又涵说:"路上小心。"

叶开马上去拿衣服,一件外套不够,得带上抓绒内胆,或许还得加一件羽绒服。他忙中出错,衣角带过床头柜,把陈又涵的平板电脑扫落在地。

屏幕亮起,显出一张笑脸。雪山、雪板、咖啡色线帽、推在额头上的大护目镜……是叶开十七岁在惠斯勒的自拍照。

叶开面无表情地捡起它,放回了原位。

风声虽然听着紧，但真走进去了也就那么回事，叶开把冲锋衣的拉链拉到顶，戴起了内搭的红色卫衣兜帽。

小学放学早，这会儿路上都是回家的小朋友，看到叶开就叫一句"小花老师好"，叶开总不能不应，小朋友们一路叫下来全村的家长都知道他叫"小花老师"了。

等他到了新校区，空荡的工地上只有一间小石头屋亮着灯，想必那就是陈又涵的"项目部"。门口吊着的灯泡在风中轻摇，门"吱呀"一声开了，挡风帘被掀起——员工都跑了，把老板一个人丢在这里。

陈又涵正坐在炉子边烤火，耳朵里插着耳机，正在谈公事。叶开把衣服一股脑儿地扔给他，转身要走，被他长腿一支，拦住前路。

这人……叶开瞪他。

陈又涵看似很专心地打着电话，只对他做了个"嘘"的动作。

有毛病。叶开又瞪了他一眼。

过了五六分钟，陈又涵收线，一边套着衣服，一边悠悠地说："小花老师对待仇人也很善良。"

叶开冷冰冰地说："尊老爱幼是中华民族的传统美德。"

陈又涵没觉得被冒犯到，反而笑了一声："我后天就不碍你的眼了，你让我几句。"

叶开问："中午你为什么让我帮你把衣服带回去？"就算不下雨，天黑后也会冷，可见他根本就是存心的。

陈又涵见瞒不过去，笑了一下："没有为什么，你难得对我和颜悦色，我有什么资格拒绝？"

被暖炉烘烤得温暖的小房子里一时间安静下来，只有干牛粪燃烧时发出的"噼啪"声。

陈又涵率先转过身，说："走了，小花老师，送你回去。"

不过五点多的光景，天却已经彻底黑下来，空中飘着的不知是雨还是雪。

叶开和姜岩约好了在村委会碰头,理应和陈又涵在路口分开,但陈又涵竟是和他一个方向。心里有了不好的猜测,叶开试探着问:"你不回去?"

"有约。"陈又涵言简意赅地说。

他心里憋闷,瞥了叶开一眼,问:"你又要干什么?"

"我也有约。"

两个有约的人同时到了村委会大楼,姜岩和另一个男的打着手电筒在门口迎接,诧异地问道:"这么巧?"

姜岩看了看陈又涵,旁边人介绍道:"这就是陈总。"

姜岩跟陈又涵握手。原来上次陈又涵过来时是村主任接待的,姜岩刚好去县里开会,错过了会面。四个人一边寒暄一边往村口走去。

叶开猜这次接待八成又是吃牦牛火锅。反正姜岩没什么拿得出手的东西,接风洗尘全靠牦牛火锅。

到了亮着灯的有石头围墙的小院子,叶开心想,果不其然。黄铜火锅在炉子上扑腾着热气,方正的石桌上摆着四碗牦牛酸奶、藏式牛肉饼和粉丝汤,还有烤小羊排和盐焗土豆——姜岩自己掏钱的"商务餐",是这个村子里的最高档次的接待方式。

村主任是藏族人,坐下后二话不说,先拎起錾花银壶,给众人倒满了一大杯青稞酒。

姜岩还摸不清门道,介绍道:"陈总就是学校项目的捐赠人,小开,你有什么问题都可以问陈总。"姜岩又对陈又涵客气道:"这是我的学弟,这次来是想牵头做一个乡村公益教育慈善基金的项目,陈总在这方面有经验,还请多指点。"

陈又涵回给他商务性的笑:"姜书记客气了,我一定知无不言。"

明明是场面性的话,但听在叶开耳里,无端有了耐人寻味的感觉。

经幡时光书
JINGFAN SHIGUANGSHU

他还是失去了夏天的那一天

陈又涵 × 叶开
Chen Youhan × Ye Kai

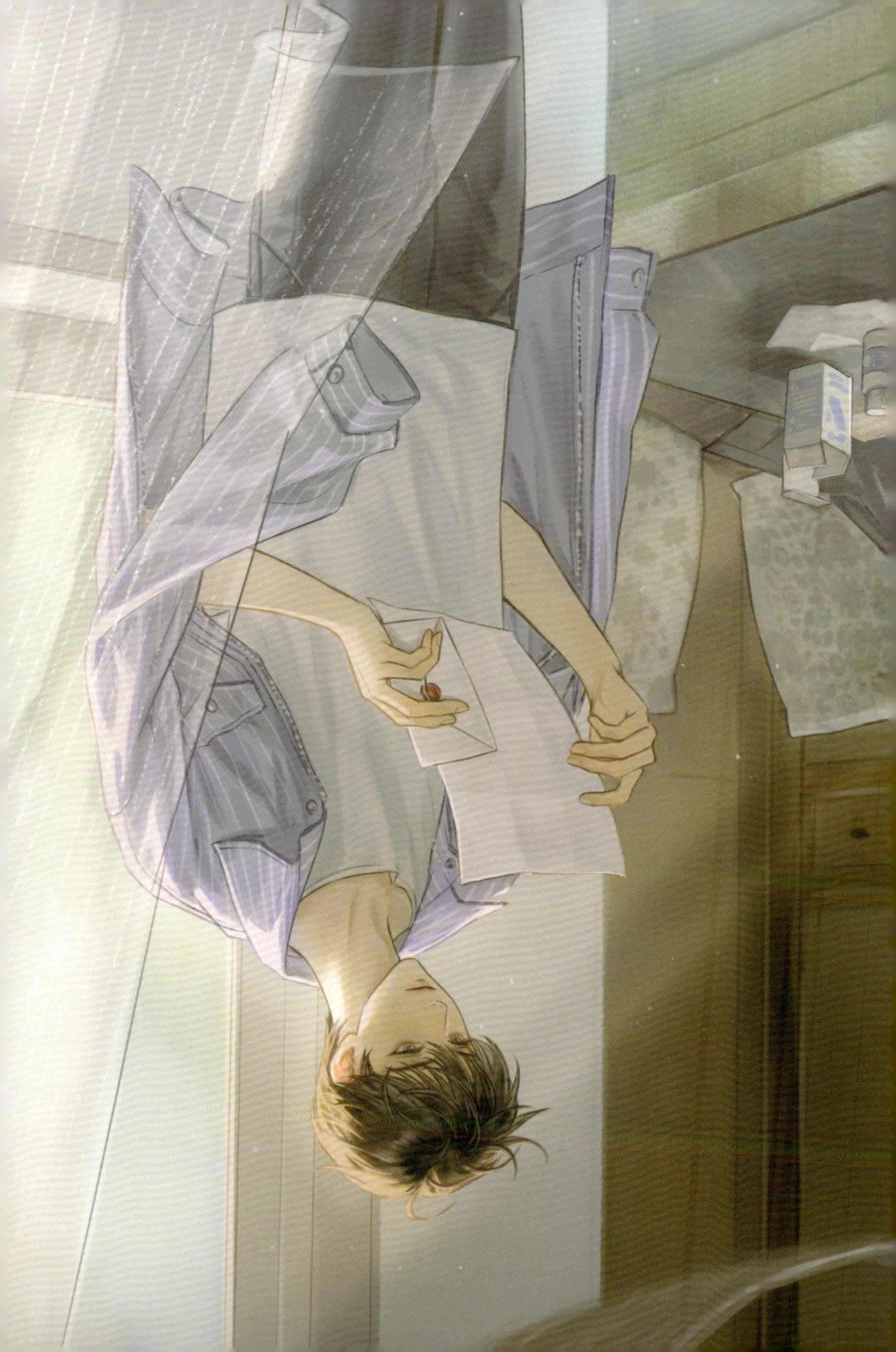

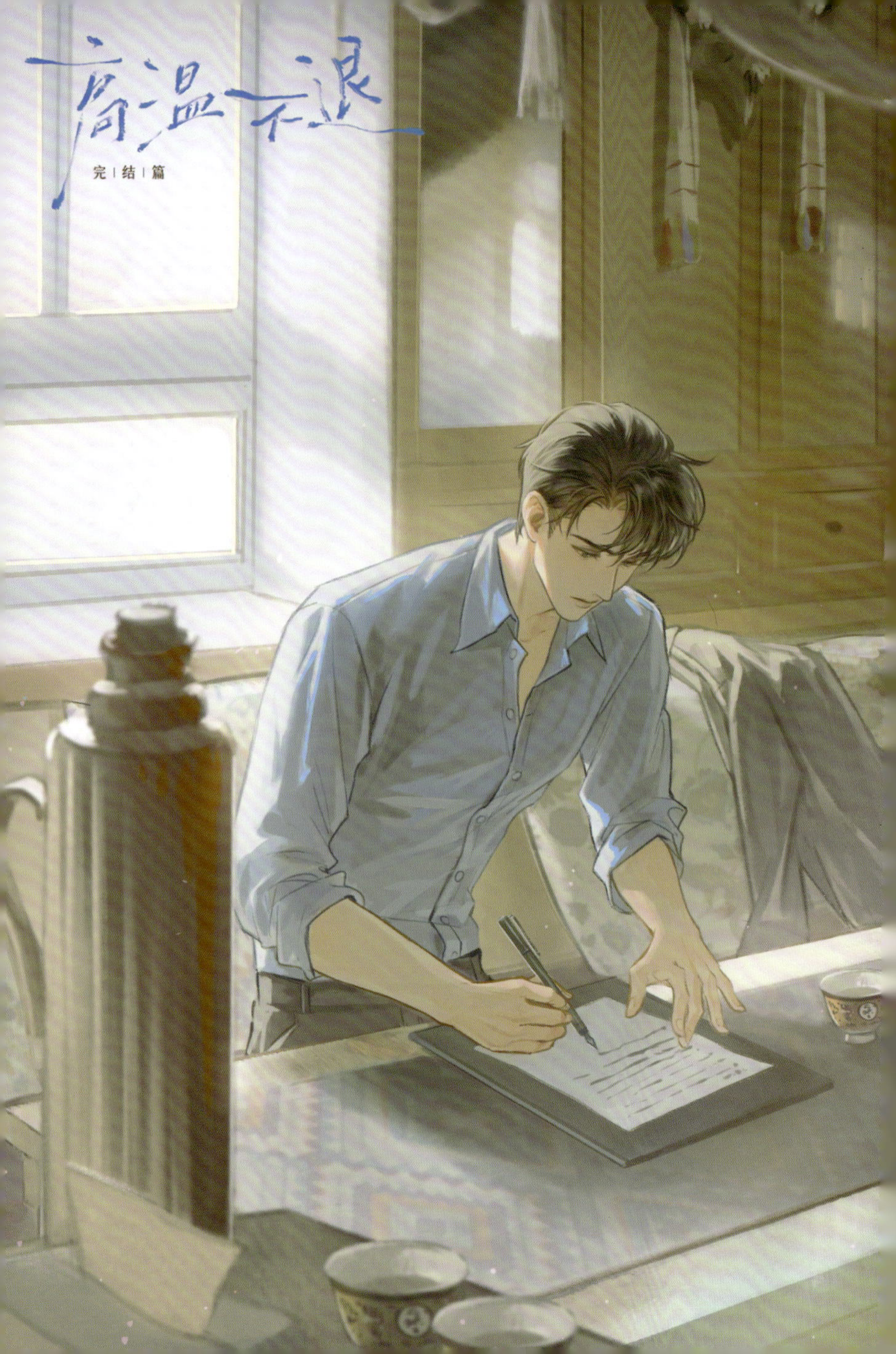
高温不退
完|结|篇

灯光下，四个人碰杯，他一句话没说，闷了一口酒。

陈又涵递话给他："青稞酒容易上头，酒量不行的话还是少喝一点儿。"

姜岩马上笑："陈总和达措不必说了，肯定是海量，小开也不错，算起来，这里四个人我的酒量最差！"

陈又涵怔了怔，却不动声色地问："是吗？看来姜书记和小开同学经常出去喝酒。"

叶开在桌子底下踹了姜岩一脚，姜岩以为是达措不小心踢到了他，往下瞥了一眼后不以为意地笑着爆料："他刚开始也不行，后面硬喝出来的。"

陈又涵知道叶开喝醉的德行，听到姜岩的这句话，先抬眸仔细看了姜岩一眼，而后才淡淡地说道："是吗？"

村支书达措夹了一筷子牦牛肉片，豪爽地笑道："小姜也不错！我还以为'清大'来的高才生肯定不能喝，没想到第一天就让我们大吃一惊！"

以黄铜锅为分界线，桌子的右边陷入了微妙的死寂之中。

陈又涵攥着筷子，半晌都没有动作。

叶开捂住了脸，掌心之下，双眼无语地闭了起来。

良久，他听到陈又涵缓缓地说："原来姜书记是'清大'的学生，难能可贵。"

姜岩谦虚道："过奖，过奖，不值一提。小开的成绩比我好，大一他就跟着我们打'花旗杯'。"

叶开深吸一口气，抹了把脸："别说了。"

陈又涵意有所指："小开同学看着家境不错，怎么没出国？"

姜岩没心眼儿，跟着他特别快地一问一答，马上附和道："对啊，小开同志，你怎么没出国？"

叶开语焉不详地敷衍过去："没申请上。"

姜岩挑眉："你？申请什么学校没申请上？"

其实那些学校的录取通知书都在他的邮箱里躺着。叶开点了点头："眼高手低，失败了。"

一顿饭，叶开吃得异常沉默，只在觥筹交错间强颜欢笑。到后来，连神经比吊桥铁索还粗的姜岩都察觉到了不对劲，拍了拍他的背，故作老成地安慰道："没关系，我们'清大'也不差嘛！"

过了八点，风几乎静了，夜空中一丝云也没有，银河浩瀚，如玉带横贯东西，夏虫匍匐在草丛里长长短短地鸣叫。

四个人在路口分别，都是不同的方向。姜岩无端觉得陈又涵可靠，放心地把小学弟交给了他。

两个人一前一后沉默地走了一段路，陈又涵终于忍不住问，语气低沉而温和："怎么没出国？"

叶开无从回答。

他玩命似的学了一个高三，就是为了可以底气十足地让瞿嘉兑现承诺，可以留在国内，可是后来，想要不顾一切地跑到最远的地方去的也是他。瞿嘉却不放心了。他那时候的状态的确可怕，沉默寡言，几乎变得抑郁。是爷爷说，"开"字是开阔的"开"，柳暗花明，豁然开朗，心里有什么难关，不要忘记山水几重，洞天就在绝境处。

"我把你可能上的学校都翻遍了，"陈又涵顺手摘下一朵小野花，"难怪没有找到你。"

叶开停下脚步，回头问："你找我干什么？"

月光下，陈又涵勾了勾嘴角，带出一个很淡的笑。

他的确没有资格找叶开。

"没什么，想知道你有没有好好念书罢了。"

五瓣的小圆花在星光下泛着幽幽的蓝光，陈又涵一只手夹着烟，另一只手掐着花梗递出去，半真半假地说："小花老师，没什么可以送的了，就送你一朵小花。"

叶开没接。

蓝色的五瓣小圆花落在了黑漆漆的田埂上。

长长的近一公里的蜿蜒山路，两个人走得很慢，偶尔惊动几声犬吠。灯一户一户地渐次熄灭，村庄在星光下静默。

两个人到了扎西家，动物都已睡了，只剩二楼的客厅亮着光。扎西坐在火炉前用一块软布擦着他的藏刀。叶开在门口停下，问："有酒吗？"

扎西把刀刃收进漂亮威风的刀鞘中，笑脸在黄色电灯下更显黑红。他擦了擦手："有，有青稞酒。"

叶开手插着兜，微微一笑："给我四瓶。"

陈又涵取下嘴里叼着的烟，愣怔而诧异地问："你干什么？"

叶开没理他。

过了会儿，扎西抱出来四瓶一斤装的青稞酒，叶开接过，凌空扔给陈又涵两瓶。陈又涵手忙脚乱地接住酒，一副见了鬼一样的表情。

叶开转身下楼："扎西，帮我们留门。"

扎西点了点头，重新坐回火炉边擦他那柄宝贝的银刀。

下楼的动静惊得牲畜们一阵骚动。

叶开一只手夹着两只玻璃瓶颈，刚走进院子就被陈又涵一把拉住："你是不是有病？"

"又涵哥哥，你一定不知道我现在有多能喝。"叶开沉静地与他对视，"你不是想跟我重归于好吗？我给你机会。"

陈又涵条件反射地想否认，但动了动嘴唇，竟一个字都没说出口。

"你这样我真的很困扰。"叶开转开酒瓶，抿了一口酒，不动声色，简直像在喝水。

"你知道吗,当我看到你这么若无其事地接近我,跟我聊天气、聊饮食时,我该说你什么好呢?"他又喝了一大口酒,抬起手背擦了擦嘴角,姿态从容,"是两年不见心态老了吗?还是到头来,发现我这个人对你来说还是很有价值?或者说,是发现我这个人对宁通商行来说也还是举足轻重?"

陈又涵艰涩地牵出一个浅笑。被当面戳破的难堪远比不上内心剧烈的无措感。这些字句,都是他当初亲口说出的,怎么此时此刻只是被叶开复述了一遍,他却觉得锥心刺骨?

"你不要误会,我没有什么意思。"陈又涵镇定地说道。

叶开嘲讽地勾起嘴角:"我误会什么?是误会你一句又一句的暗示试探话语,还是误会你在我面前卑微到根本不像你的小心翼翼举动?"

他推开院子的门,走向夜幕下黑而静谧的草甸,看着遥远的沐浴着星光的雪山的方向。

陈又涵却仓皇地转身往回走:"我不知道你在说什么。"

电话铃声响起。

叶开接起电话:"喂。"

陈又涵的脚步凝滞在原地。

这是一通来自 Lucas 的电话。叶开自若地和他聊了三分钟。

这三分钟里两个人聊的没有什么有价值的内容,唯有一件事有意义——那就是让陈又涵想起,他也曾拥有过这样的三分钟,拥有过很多次。

"又涵哥哥,我只给你今晚这一次机会。"叶开挂断电话,慢慢地走入草甸,"聊聊吧。"

土壤松软,草场外缘的低矮灌木坚硬刺人,高大的青稞架在月光下看着古怪而瘆人。叶开深一脚浅一脚地走了近二十米,柔软的青草终于在脚下绵延。夜露打湿了他的靴子和裤脚,他却毫不在意,席地而坐,安静地等了十几秒后,陈又涵才在他身边坐下。

"去京市后没人管我,我天天晚上都喝酒。姜岩就是我在酒吧认识的。你一定不敢相信,我第一学期连一个朋友都没有交到。姜岩是第一个。我跟别人打架,他帮我解围。"叶开握着酒瓶抿了一口酒,"他那时候大四,在学校里的时间很短,但一有时间就拉着我。没有他,我不知道要堕落到什么时候。

"你不是问我为什么没有去国外上学吗?是妈妈不让。从前我在心里打定主意绝不告诉你这件事,但现在也无所谓了。那天从你家里出来后,我就成了哑巴。一个多月,应激性失语,所以我妈根本不敢放我一个人去国外,说什么也要我留在国内。"

陈又涵捏紧了酒瓶,胃绞成了一团。

"吃药、催眠、做开导和语言复健……"星光暗淡下去,叶开垂下眼,眸中的情绪沉静下来,"我不停地生病,生病时也在想,你怎么不来看我?生病真的很痛,我每天看着病房门口,最初一直在期待你会不会来看我。我们认识了十八年,十八年,就算一条狗养了这么久要病死了,你也会来看一眼的。"

陈又涵咬着牙,声音沙哑地说:"我不知道……对不起,我真的不知道。"

"你可以知道的。"叶开静了静,才继续说道,"你只是没有找我,也没有过问过我到底好不好。"

陈又涵似乎有话要说,却最终痛苦地闭上了眼睛。

"两百亿的事,我很理解,我说我也会这么选不是在自欺欺人,立场交换,我真的会这么做。没有人比我更了解你……只是我自以为你对我如同我对你。我也从没有怀疑过,我当作兄长的人,最重要的人,原来早就嫌我麻烦。"

他抿了抿一侧的嘴角，看着鞋面沾上的青草末，说："我和Lucas是在法国滑雪时认识的，我这两年的假期都在温哥华度过。很巧，他是温哥华人，而且他的家离外婆家很近。他经常开玩笑说或许我们很早就见过面了。又涵哥哥，缘分这个东西有很多种解读方式。有一天Lucas跟我说，一定是某一次寒暑假时错过了，其实他应该早就认识我，而后成为我在温哥华的哥哥，每个雪季都教我滑雪。他这么说的时候，我忽然意识到，我跟你亲如兄弟的这十几年，并没有什么了不起。这世上亲生的兄弟都会走散，何况我们。我的痛苦不值一提，我想抱着不放的这些过去回忆也没有任何意思。"

说完这么一大段话后，叶开终于长长地舒了一口气，举起瓶子和陈又涵手里的碰了碰："讲了这么多，好像都是些乱七八糟的事，你随便听听吧。"

雪山真的在发光。叶开遥遥地仰头看着。风穿过黑色的原野，像一个呜咽的牧人。

"下次相见，我宁愿你像我们最后一次见面时那样，也不想看到你徒劳地尝试修复我们的关系。我放下了，又涵哥哥。"

冰凉的液体顺着喉咙滑入胃里，灼烧的感觉后知后觉地从陈又涵的四肢百骸涌了上来。酒，果然是好东西。

陈又涵惨淡地笑："原来是这样。"

酒瓶空了，他又拧开了一瓶。他的私人医生对他千叮咛万嘱咐，不能过度饮酒，他的胃根本再也承受不了刺激。但这晚够冷，他只有不停地喝酒才能暖过身体里的冷意，才能止住他从骨髓深处渗出的颤抖。

"我知道了。"陈又涵尾音战栗，"小开，你今天不是要给我机会，而是下'死亡通知书'，对吗？"

这样小的校舍工程占用不了他两天时间，他早走也是无妨的。

"我明天就走。"

叶开屈起膝，脸深深地埋着。

"你这两年……"他的声音闷着，像是从胸腔里发出来的。

"我这两年很好，比你好得多，"陈又涵低沉地说，"'GC'很好，我也很好。两年前的事，虽然事后我也觉得遗憾，但远没有你这么痛苦。我现在后悔，你说得对，是我无耻……对不起。我也放下了，小开。"

叶开颤了一下。他想听到这样的答案，这是他希冀的答案……可为什么，胸口竟然发紧？

"小开，过去所有的事情，我向你道歉，我知道'对不起'三个字太轻，但到今天，除了这三个字，我已经没有别的东西可以给出手。"夜空下，陈又涵的面孔陷入月光的暗影中，只留给叶开模糊的、无论怎么睁大眼睛都无法看清的沉静轮廓，"两年前对你说的话覆水难收，给你带去了那么多的痛苦，你今天不愿意再原谅我、给我机会，是我活该。"

陈又涵低下头，眼里的光彻底陷入黑暗中。

"虽然还是很想继续当你的哥哥，但我这个人对你来说，唯一的意义大概只剩下痛苦，我明白。"

叶开睁大了眼睛，看到陈又涵往后退了一步，朝着他说："又涵哥哥以后都不会再让你痛苦为难了。你好好的。"

原野上不知从哪里起的风，穿过两个人之间，卷着被露水打湿的花瓣和草末，终于在群山间不知所终。

陈又涵点燃了一支烟，俯身捡起空了的酒瓶子："回去吧，很晚了。"

来的时候是他看着叶开的背影，回去了，换成叶开看着他的背影。

落后几步的距离，暗淡的星月光辉下，叶开后知后觉地想，陈又涵怎么瘦了这么多？

玻璃瓶身随着步伐偶尔磕碰,"叮"的一声,又"叮"的一声,发出清脆的响声。

叶开的脚步轻重不一,忽然被虬结的草根绊了一跤,他踉跄了一步,被陈又涵稳稳地扶住了。

"走路的时候就好好看路,不要再摔了。"陈又涵说,"一转眼你都二十岁了,不知道为什么,想起你的时候,脑子里浮现的还是你十七八岁时的样子。你长到一米八了吗?"

叶开"嗯"了一声,说:"一米八一。"

陈又涵笑了笑:"我老了。"

叶开动了动嘴唇。他如果这个时候反驳,又涵哥哥心里一定会好受一点儿吧。可他没有开口。

"等什么时候能做到和我心平气和地聊上几句时,可以把我的微信加回去吗?"陈又涵的声音随着步伐而起伏喘息。他想必也不太适应这么高的海拔。

叶开点了点头:"现在就可以。"

"现在不了。"

陈又涵说到这儿,突然停下,抬起了头。不知道为什么,他似乎只是想看一看那一弯即将升至中空的月亮。叼在嘴角的烟快燃到了尽头,他几乎没有抽一口。

叶开也跟着停下。

只是一两秒,陈又涵便从夜空中收回目光,再度往前走去,轻描淡写地说:"你长这么大,还没有哪一岁是我彻底没有陪过的。突然两年杳无音信,等以后从你的朋友圈中补回来吧。"

叶开想,自己这两年真的很少发朋友圈。

扎西的小院子和石头房就在前方,在月光下,看着就像是银色的。

叶开又绊了一跤,膝盖跪进泥里,还没好透的手掌又被擦破了。

陈又涵无奈地回头看他一眼，拉起他，俯身帮他拍掉裤腿上的脏泥和草末："做题这么仔细的人，走路还是跟以前一样粗心。"

叶开跟在陈又涵身侧，轻轻牵住了陈又涵灰色冲锋衣的衣角，深一脚浅一脚地走完了最后一程，像自己很小很小的时候那样。

扎西果然给他们留了门。动物们陷入了深沉的睡眠中，一盏小小的夜灯挂在楼梯的砖石缝里。空气中有很浓的牲畜体味和粪便味道。听到动静，牦牛"哞"了一声。

在这不合时宜的氛围里，陈又涵突兀地想起了叶开来这里的目的，轻声说："回头我让人把公益基金的资料发到你的邮箱里。"

接着他们便不再说话。

二楼的火炉熄了，变成黑漆漆的一团冷灶。三楼，拉姆细细的梦呓声和大人翻身的动静飘荡在黑夜里。到了四楼，他们在小客厅前分别。

从玻璃窗中蔓延进的淡淡光线，像一地银霜。在这银霜中，陈又涵和叶开告别："晚安。"

叶开有点儿磕巴地说："洗手间……"

"你先吧。"

陈又涵转身进屋。门关了，里面昏黄的灯光被封隔在了叶开的视线之外。

叶开动作很慢地洗脸、刷牙。太阳能热水器的水放了很久才热，他很快地冲洗完，出来时控制不住地发着抖。

陈又涵说得对，他的酒量并没有那么好，两斤青稞酒足以摧毁他所有的神志。

他这晚似乎真正丢了什么很重要的东西。但，时间太晚了，他太醉了，也太困了，真的想不起来，无论怎么绞尽脑汁，都想不起自己究竟弄丢了什么。

昏昏沉沉地睡了不知道几个小时后，他在一连串细碎的动静中被吵醒。

　　天还没亮。叶开头痛欲裂，闭着眼睛，在半梦半醒间听了会儿，好像是陈又涵的房间里的动静。过了几分钟，这动静又转移到了洗手间里。

　　叶开让自己清醒过来，套上羽绒服，踩着棉拖轻手轻脚地走了过去。他倚着门框睡眼惺忪，看到陈又涵趴在洗脸盆上用冷水漱口。

　　"又涵哥哥？"

　　水声停下，陈又涵关上水龙头，半抬起头看了他一眼。

　　"吵醒你了。"陈又涵的嗓音听着很哑。

　　叶开注意到他的脸庞很湿，不知道是水还是……不，当然是水，这么冷的天怎么会出汗？何况陈又涵还穿着贴身的短袖。

　　叶开困倦地摇了摇头："你怎么了？"

　　陈又涵直起身："没事，喝太多吐了。"他擦了擦手，经过叶开身边走出门，"去睡吧。"

　　擦身而过的瞬间，叶开才发现，陈又涵的嘴唇没有任何血色，下颌冒出了青色的胡楂儿。

　　叶开站直身体，揣在兜里的手捏紧了，眼神清明地说："你不舒服，我去给你看看有没有热水。"

　　在陈又涵出声拒绝前，叶开转身下了楼。

　　他不想吵醒扎西一家人，刻意放轻了脚步。他想起自己房里还有半壶热水，临睡前倒出来还是滚烫的，现在应该也可以，便又重新扶着扶手，踮着脚跑上楼。

　　陈又涵屈膝倚坐在墙角，埋着头，手贴在肚子上。

　　叶开停住脚步，有点儿害怕地喊："又涵哥哥？"

　　陈又涵抬起头，很浅地笑了一下："别找热水了，去我的卧室翻一翻有没有止痛药。"

叶开一阵风似的跑了进去,先把背包里的东西一股脑儿地倒在桌上。

"我刚才找过了,可能……"陈又涵猝不及防地皱眉,喘了一口气后才继续说,"可能掉在了什么角落里。"

叶开胡乱地翻着,不知道为什么从心底涌起一阵恐慌:"对不起,我不该拉着你喝酒……"

"别急,没那么痛,慢慢找。"

叶开用力地眨了眨眼睛,"嗯"了一声,翻遍了书桌,又跑去翻衣柜。柜子里面塞满了多吉叠好的被子,还有长长的结构复杂、乱七八糟的藏袍。

陈又涵的衣服挂在角落,衣柜里没有灯,叶开只能摸黑翻找。冰冷的夜里,他的额头冒出了汗。他回头看了陈又涵一眼,发现陈又涵的头始终深深地低着,手臂似很用力地捂着肚子。

叶开感觉像一脚踩空了——又涵哥哥怎么了?他记得又涵哥哥不怕痛的……

手终于摸索到了一个小圆瓶,他眼睛一亮:"找到了!是这个吗?"

陈又涵抬起头,把头轻轻仰着靠在墙上:"嗯,还是你厉害。"

叶开找到陈又涵的保温杯,里面是空的。他马上跑进自己的房里倒热水,又把药瓶拧开,塞进陈又涵手里。他没看清陈又涵倒了几片,只知道这人一仰脖将药全塞进了嘴里,就着微烫的水艰难地咽下。

叶开蹲在他身前,懊恼地说道:"好傻,应该早点儿给你倒水喝。"

陈又涵笑了笑:"别说得我好像要死了一样。"

他深呼吸两下,咬着后槽牙扶墙站起来,表情平静地调侃:"谢谢你救我一命,这辈子无以为报,下辈子吧。"

叶开看着他往床边挪,脚步动了一下,身体先于意识上前扶住了他,这才发现他浑身冰冷,肌肉随着疼痛一阵一阵地紧绷用力。

陈又涵的床已经彻底冷了。因为是夏天，多吉没有给准备电热毯。

叶开掀开被子，扶陈又涵躺进去，上半身又隔着被子伏了上去，为他从里到外严严实实地压好被子的每一处边角和空隙。

陈又涵的呼吸窒了一瞬。

"不需要这样，小开。"他温和地说，"等一下就不冷了。"

叶开呆呆地站在床边，从六神无主中清醒过来："你睡，我等你睡着再走。"

"只是胃痉挛而已，你慌什么？"陈又涵安抚地翘了翘嘴角，"不会死人的。"

"你胡说什么？！"叶开动气，却不知道是生谁的气。

刚进高原不能喝酒，肺水肿不是闹着玩的，他发神经拉着陈又涵半夜找死？

陈又涵虚弱地投降："好，好，好，我不说话了。"

叶开命令道："你闭上眼睛。"

陈又涵听话地闭上了眼睛。

叶开关了灯，坐回床边，就着窗外的月光，视线停在陈又涵苍白的脸上。不知道过去了三分钟，五分钟，或许是十分钟，陈又涵的呼吸终于平静下来，变得绵长而安稳。他真的睡着了。

叶开用手背贴了贴陈又涵的额头，是温的，没有发烧。他松了一口气，又将手从被子边缘探进去，握了握陈又涵的手，好知道这人的身体是否已经回温。

那是陈又涵的左手，依然是冷的，只是怎么……掌心有不平滑的起伏？

叶开轻手轻脚地展开陈又涵微蜷的五指。就着昏暗的光线，他看到陈又涵苍白宽大的掌心内，躺着一个不规则的圆形疤痕。

陈又涵的左手掌心里有个疤，过去他从来不知道。

第三章 展信佳

叶开绞尽脑汁也难以想起有什么疤会是这个形状，又怎么会留在掌心里？

陈又涵还在一阵一阵地发抖，是睡梦里无法控制地在颤抖。他眉头紧锁，高大的身躯在床上屈膝蜷成一团。他过去应酬时，即使醉得深了，也不曾如此狼狈过。

窗外艳阳高照。

已是第二天的清晨了，被子里如此暖和，让人觉得昨晚的冰冷是那么匪夷所思。叶开慢慢地坐起身，意识还不太清醒，太阳穴"嗡嗡"地疼——是宿醉的后遗症。

明明他坐在沙发上看护陈又涵，是什么时候睡着的，又是怎么回到的床上，他一概不知。

这是陈又涵的床，陈又涵的房间，本该躺在这里的人却不知去向。

房间很整洁，整洁得几乎不对劲——叶开迷蒙的双眼瞬间变得清明。

陈又涵的行李不见了。

陈又涵的双肩包、平板电脑、挂着的衣服、装着工程图纸的文件袋、钱包、户外靴，就连止痛药——所有的一切都消失不见了，干干净净。

原来他昨晚说的"明天就走"，不是醉话。

干净的书桌上留了一张纸，对折放着，上面压了一杯茶，茶已冷透了。

叶开拿起纸时手都有点儿抖。

小开：

展信佳。

叶开看到这行字，猛地合上了信纸，一颗心惴惴的，不知道是什么滋味。他跑到小客厅里，隔着楼梯大声呼唤："多吉！多吉！"

多吉围着围裙，在层叠的楼梯转角处仰头看着他："你醒了？喝茶吗？"

叶开趴在楼梯扶手上，嗓音很紧，尽量自若地问："陈先生呢？"

多吉笑了笑："他……"

叶开猛地缩回身，声音发抖强作镇定地说："我知道了！"

他什么都不知道。

信纸被攥皱了，再度展开。

小开：

　　展信佳。

　　本想找一张更好看、更正式的信纸写信给你，但多吉找了十几分钟，实在没有像样的。

　　我还有什么话没有说出口？坐在书桌前提笔，我觉得能写十万字，又好像一个字都没有资格写。

　　早上起来发现你守在我的床边，我以为是哪一个山神听见了我的祷告，让我回到了两年前。保持期待的话，奇迹总会出现的。正如我跋涉山水到这里来的第一个晚上，我祈祷着，却也从没敢奢望过我们能在这里相遇。但你出现在这里，站在我面前。所以，什么时候可以回到过去？帮我给十八岁的小开说一句：做你自己，尊重你自己的意志。对不起，那个男人曾经伤害过你的每一句话，你都不要听，一个字都不要信。永远开心，相信未来他可以解决好一切。

　　或者，如果可以的话，就回到更早的时候：我依然会带你去迪士尼；端午节时，在你弄丢了彩绳时，牵着你的手沿着思源路慢慢地找。你会端端正正地长大，像现在一样优秀。重要的是，你不会受到任何伤害。

有谁会舍得伤害你？

你是最骄傲、最英俊、拥有最多爱的小王子，一辈子都沐浴在亲人的爱里。当然，我会是那些亲人里的一个。一直都是。

写到这里，我终于发现我的贪心。我竟然妄想陪你再走过一遍十八岁。

小开，三十六年，我的人生顺风顺水，虽然偶有曲折，但总还算在我的掌控内。

人生至此，唯有两件事是我无能为力的。

一件，是我八岁时母亲离世；还有一件，就是三十四岁时伤害你。

陪着你长大的十八年，很多回忆都还很鲜明。我苟延残喘了两年，才终于认清失去你这个弟弟的事实。你说得对，我已经没有资格再当你哥哥。这两年我尝试过许多，试着去像你说的那样，"我们都要往前看"。我想，那场追尾事故是对我的惩罚。再相遇后，你的不平静我都看在眼里。最初我以为那是你对我残存的怀念，以为自己还有机会当你哥哥。后来我才知道，原来那是你对我的恨。

小开，不要恨我，像你说的那样，彻底放下。

你过了这一遭，从此花团锦簇。

看到你那么坚定清醒，我也终于安心。

人生很长，你才二十岁，还有很多可能，很多风景。记得我说的吗？要一直往前走。

不知道 Lucas 足不足够替代我陪伴在你之后的生命里。但没有他,也一定会有别人。会有人像我当初那样陪你,当你哥哥。但他一定比我坚定,比我有能力保护你。

　　多吉喊我下去吃早饭,就写到这里吧。

　　你睡得很沉,给你盖上被子时,我想起你五岁时离家出走,听我念绘本睡着了。我送你回家,那一条短短的路和路上的灯光,我都一直记得。原来已经过去十几年了。这么想想,我真的老了。

　　不要逞强,以后还是少喝点儿酒。

　　看到你闭着眼睛安稳睡着的样子,心里不知道为什么,那种翻江倒海的情绪也平静了下来。

　　只要你幸福。

　　另:

　　谢谢你昨天还愿意关怀我,就当我还没那么道德败坏,上天还愿意眷顾我的证明吧。

陈又涵 留

茶已经冷透了。

叶开拉开椅子缓缓坐下,阳光暖融融地笼罩着他。

陈又涵早上应该起得很早,他是如何轻手轻脚地下床,生怕吵醒自己,又是如何叮嘱多吉翻箱倒柜地去找一张体面正式的信纸的?

在淡蓝的晨曦中,或许多吉给陈又涵倒了一杯热茶,他喝了一口,吞下几片白色的药片,然后转开钢笔,开始写这封信。

他又是什么时候离开的?或许是第一缕光线终于透过窗棂时,陈又涵放下笔,折起信纸,最后凝视了他几秒,终于拎起背包下楼。

叶开闭上眼睛。阳光晒得他薄而苍白的眼皮一片滚烫。他几乎可以看到陈又涵离开的背影。

叶开睁开眼，一室寂静，只有风卷动长草的声音。

叶开调出陈又涵的电话号码，拨出的时候脸上没有什么情绪。

不要挂断电话，也不要不接——自从两年前陈又涵反复挂断他的电话，并把他的电话号码拉黑后，他对给陈又涵打电话这件事就生出了一种本能的恐慌和抵触情绪。

谢天谢地，"嘟"声响过三声，电话被接通了。

叶开精神一振："又涵哥哥。"

陈又涵的笑声透过听筒传来："你醒了。"

叶开反坐在椅子上，双肘撑着椅背，不自觉地点了点头，又"嗯"了一声，说："你走了？"

"刚到县城。"

听筒里传来的背景音果然嘈杂，偶尔间杂着几声浑厚有力的大巴车的喇叭声。

叶开一时间有种非常荒谬的感觉："你坐大巴？"

陈又涵是比他更养尊处优的、连公交车和地铁都没有坐过的"纨绔"，如今竟然要坐着脏兮兮的一年才洗一次椅套的大巴车在边陲乡镇奔波。

陈又涵果然笑了笑："难道开兰博基尼来吗？"

叶开抿了抿嘴角。话筒里一时间静了两秒。他对这短暂的冷场一瞬间有些恐慌，赶紧问："你去哪里？还是德县吗？"

陈又涵没有马上回答，而是放任彼此之间空白了数秒。直到一声刺耳的喇叭声响过后，他才终于开口，语气自然地回避道："一个很偏的山下，你没听过的。"

椅背的木头松落了，用力的话可以用指甲摁出一个浅浅的月牙印，叶开在上面摁了两个白月牙，说："我还以为你不会接我的电话。"

县城的候车大厅狭小陈旧，发车检票全靠吼，大理石地面上或躺或坐了很多人，脏兮兮的牛仔布行李袋鼓鼓囊囊地被他们枕在身后。

陈又涵背着背包，一身黑衣，站在屋檐下狠狠地抽着烟。烟雾淡漠地在风中消散，他捏了捏酸涩的眉骨，最终温柔地说："不会，你有事情都可以打电话给我。"

话虽然这么说，但他们都知道，即使有事，也很难让他们像以前一样毫无顾忌地去找对方。

叶开两指夹着展开的信件，目光很轻地扫过。他每个字都会背了。

他点了点头，面无表情地说："我答应你。"

答应什么？

陈又涵没有问，只说："那就好。"

掐灭掉烟，他转身步入候车室。双肩包"砰"的一声被扔上安检传送带。候车的人群随着司机的吆喝声开始流动。他低声说："检票了。一个人照顾好自己。"

电话挂断后，叶开把那封信又折了两折，拆开手机壳，平整地将信夹了进去。

他们终于可以从两年前脱困了吗？这次重逢只是两条溪流意外交汇涌起的浪花，他们终究要各自向前行的。

可是，如释重负的同时，为什么心却一点儿都没有变得轻盈？叶开扶着椅子缓缓蹲下，将掌心贴住了心口。

他下楼时，多吉觉得异样。陈先生走了，好像带走了小花老师的开朗。小花老师在陈先生面前时前所未有地像个孩子，陈先生一走，小花老师就变回了礼貌、疏离、分寸恰好的大人。

多吉把笑谈咽回肚子里，有点儿担忧地看着叶开一步一步地走下楼梯。

优哉游哉的度假感消失，叶开几乎紧绷着度过了接下来的两周，支教、调研、家访，挨家挨户地去了解男孩儿、女孩儿们的上学情况，去村里翻阅历年的扶贫资料，简直比姜岩更像个"村官"。他离开前整个村的人家都认识他了，大家都知道小花老师和陈总一样，是要在这个刚脱贫的村里做一些有意义的好事的。

叶开走之前，在老校舍告别了支教大学生和孩子们，又独自走到了新校区。工地还是那样，因为赶工程进度，看上去比原来更乱了些：红砖头、摞成墙的石灰袋、"轰隆隆"运作的混凝土车、散落一地的刨花、两条土狗一前一后地绕着地基转圈，咬尾巴。

叶开想起给拉姆他们上的第一节通识课，把校园描绘得那么美丽自在。他想说，漂亮的学校就在山的那一面，只要他们好好学习，就能走出去看到美丽的新世界。他的第一课多么天真。

有学生举起手来，乌黑的眼睛认真而不服气地看着他，大声说："小花老师，我们也马上就要有这么漂亮的学校了！"

他们都不认识陈又涵，看到他的时候会畏惧地你推我搡地向后躲。

叶开一边走下山，一边给瞿嘉打电话："妈妈，你一直想做却没有做的事情，陈又涵已经做得很好了。"

细雨飘过大巴的窗户，灰色的天空下，穿着蓑衣的牧民赶着羊群，目送着车子在雨中渐行渐远。

几个小时后，飞机滑行降落在宁市，叶开提着行李出门，陆叔和瞿嘉就在出口等他。陆叔从他肩上摘下巨大沉重的登山包，瞿嘉给他递上冰过的巴黎水。坐上宽敞的卡宴后座，他又是养尊处优的少爷了，高原山村中的牦牛、善变的天气、开满黄花的草甸湖泊、快吃腻的藏式肉饼都远去在高速公路急驰的轰鸣声中。

瞿嘉心疼得不知道怎么好，拉着他的手长吁短叹。

叶开冷不丁地说："妈妈，你还没有夸又涵哥哥。"

瞿嘉被他噎到:"我夸他干什么?"

"他做了你一直逃避且做不到的事情,你对他的偏见不公平。"

瞿嘉无言以对,心不甘情不愿地说:"我从来没有否认过他。"接着她小心翼翼地试探,"你跟他最近有联系?"

她以为叶开只是从姜岩那里听说了陈又涵的公益事业。

"有几次,"叶开说,"不熟。"

瞿嘉紧张得心都提了起来:"那你……"

叶开目光淡淡地瞥了她一眼:"我很好,都说清楚了。"

车子还没驶进思源路,各种邀约便随着他那条定位在宁市的朋友圈涌了进来,约他的有杨卓宁、路拂,也有大学校友。

Lucas 约他明晚上喝酒,叶开犹豫了一下,暂时没答复,先点开了和顾岫的对话框。

顾岫说要把公益相关的资料交给他,问他哪天方便。

或许是涉及一些敏感内容,用电子版的资料的确不太缜密。叶开要去宁通商行处理点儿公务,便跟他约了明天下午在宁通商行总部大厦见面,又给 Lucas 回复了晚上八点以后有空的信息。

Lucas 给叶开发了条定位,随后说那是他新租的房子,希望邀请叶开去共进晚餐,就当是帮他暖新房了。

叶开面无表情地看着定位——真巧,又是繁宁空墅。

Lucas 不愿意叶开有任何误会,立刻发了话来解释,意思是繁宁空墅在 CBD① 商圈的正中心,公司暂时没有配车,他每天步行就可以上班,是便利首选。

顾岫下午三点准时叩响了思琪的办公桌。思琪早就得了交代,打

---

① Central Business District,中心商务区。

了内线电话得到同意后，便把顾岫请了进去。

红色实木门看起来稳重低调，很符合宁通商行的格调，但推开门看到叶开时，顾岫还是有点儿不习惯。

"Leslie，顾先生到了。"思琪提醒道。

叶开摘下眼镜，年轻的面庞从宽大的电脑屏后转出，对顾岫很熟练地笑了一下，问："咖啡还是茶？"

他这个笑容让人挑不出错，但顾岫并不觉得舒服。顾岫干脆地回绝："不了，很快就走。"

叶开不勉强，对思琪点了点头，让她带上门。

"你跟你姐姐越来越像。"

叶开微挑眉："你跟家姐认识？"

"见过几次，刚才在电梯里碰到了。"

叶开表示出洗耳恭听的模样。

顾岫冷冷地吐出了八个字："礼数到位，眼高于顶。"

这相当于骂人了。

谁知道叶开反而开怀地笑了一声。他从陈又涵那里杂七杂八地学到很多东西，其中最有益的一样就是风度翩翩地保持厚脸皮。他当即对顾岫颔首，云淡风轻地笑着说："过奖了。"

顾岫也笑了，气氛算是和缓了些。他把两个厚厚的牛皮纸文件袋扔到桌上："又涵我给你的，公益项目他在'GC'的时候就在推进了，这个袋子里就是当时做的所有顶层设计和运营规划，资金、流水、账目明细都在，这是复印件，你看过就处理了吧。"

顾岫又指了指另一个袋子："他走之后单独把公益划分了出去，这里面的资料是他这一年多手上推进的项目，很杂，你不需要全看，了解一个项目从调研到规划再到最后怎么落地的流程就可以了，看两套你应该心里就有数了。各地的风俗民情和背景都很不一样，你没有他的魄力和手腕，推不了一线的工作。"他顿了顿，自嘲地笑了笑，"当然，其实你也不需要介入一线。"

"陈又涵也不需要。"

顾岫点了点头："他总要找点儿可以寄托的东西。"

"他……为什么突然想起做这个？"

陈又涵就算离开 GC 集团，也完全可以自立门户，大展拳脚。

顾岫冷峻地勾了勾嘴角："抱歉，无可奉告。"

一时无话，叶开推开椅子起身："我送你下楼。"

他带顾岫走的 VIP 专属通道，宽敞的电梯里只有两个人。从三十楼到地下一层停车场，时间过得很快。

顾岫忍了又忍，最后打开公文包，从里面掏出一份文件甩到了叶开怀里，语气生硬地说："这是陈又涵让我调查的，他没打算告诉你，不过我觉得还是有必要让你知道。"

叶开翻开塑胶文件夹，里面是一份像简历一样的调查报告，Lucas 的证件照居中。

"这是……"

"Lucas 的资料。陈又涵发神经，小题大做，喝多了让我查，清醒后又要我删掉。这破玩意儿花了我一个多星期的时间。值得恭喜的是，你这位忘年交确实家世清白，人也没有什么坏习惯。你不必担心他带你去堕落学坏、醉生梦死。"

叶开愣怔，翻页的手半天没动，目光一目十行地扫过，但没把几个字看进心里。

电梯数字变为负一，门开了，顾岫镇定从容地出了门，最后说："千万不要误会又涵，他不是摆不正自己的位置，更不是对你有什么兄长的控制欲。"他停顿了一下，看了叶开一眼，从这天见面到现在，他一直压抑着无名的火气，唯独这一眼还算温和，"他那天喝醉了，只是不放心而已。"

他查好后将资料给陈又涵,陈又涵才想起有这回事。

资料没问题,陈又涵其实觉得没有必要告诉叶开。这天是顾岫擅自做主了。

叶开攥紧了文件,冷冷地说:"多管闲事。"

顾岫彬彬有礼地说:"我也觉得。人心和人心是对等的,对你这种人来说,他的关心根本是多此一举。"

叶开终于动怒:"你什么意思?"

电梯"叮"的一声缓缓闭合,叶开捏着文件夹,漂亮的眼睛冰冷锐利地与顾岫对视。在最后一秒,他伸出手猛地握住一侧的门,满身寒气地大步踏出:"说清楚。"

顾岫面无表情地冷笑了一声:"我跟你没什么好说的。"

叶开死死地盯着顾岫,满腔的怒火被刻在骨子里的教养强行压下。他扯松领带,缓缓地说:"我没有任何一点儿对不起他的地方。如果这就是你要说的话,可以,请便,但恕我无法苟同。"

顾岫被叶开不带情绪地瞥过,顿时一股愤怒情绪冲破了理智。他对着叶开的背影大声吼道:"这就是当初你跟陈又涵决裂时的样子吗?!"

空旷的地下停车场有"嗡嗡"的回音。

叶开的脚步停下,过了两秒,他半转过身,难以置信而又讽刺地笑了一声:"你说什么?"

"你当初也就是这样高高在上的吧。他胃出血的时候你在哪里?'GC'出事的时候他忙到每天只睡三四个小时,你在哪里?病危通知书下来后他进手术室前都还想见你!叶开,叶公子,叶大少!他是你哥哥,是为了你可以当众对媒体发怒的陈又涵,不是路边的一条狗!"

文件夹被狠狠摔下,叶开大步走向顾岫揪住他的衣领:"你在说什么话？是我的错？是我的错？"叶开抿着唇，双目很快染上赤红的颜色，尾音发颤，"我跟他决裂？你去问问陈又涵，两年前是谁在他门外求他，又是谁像你说的那样冷冰冰、高高在上，连看一眼都嫌多余？是他说厌烦透了没有弟弟却被强行塞了一个弟弟的感觉，你凭什么说是我的错？！"

顾岫被他拽着衣襟，"砰"地撞到墙上，吃痛地闷哼一声，随即无惧地讽刺道："我真的低估了你的无耻程度。不是你的错，而是陈又涵主动找的，哈，他自找的，他自找的，都是他自找的！"

他恶狠狠地拍开叶开的手，整一整西服衣领，讽刺地说："祝福你，你的脸皮会让你成就大事业的。"

汽车引擎轰鸣，奔驰车在车道上发出剧烈的弯道摩擦声，而后愤怒地绝尘而去。

叶开骂了句脏话，走了两步，抬脚狠狠地踹翻了高大的灰色垃圾桶。

跟 Lucas 约好的时间是下午六点，叶开没来得及准备伴手礼，只临时让思琪出去买了一大束花。他没时间收拾，勉强重新打了领带，就这样穿着已经皱了的西服登门。

繁宁空墅的安保很稳定，两年过去了都还是熟悉的面孔。叶开没让 Lucas 下楼接，在前台做了登记。

保安还记得他，径自翻到了 2601 的登记页面。

叶开提笔，写下姓名和时间后，笔尖顿了顿。他平静地把刚写完的字画掉，对保安说："不好意思，是 1701。"

1701 的页面干干净净的，他是第一个访客，再度写下的字还是一样的漂亮贵气。

Lucas 开门时是意外的："怎么没让我下去接你？"

空气里有淡淡的奶油浓汤的香味。

"保安认识我。"叶开轻描淡写地说,把花递给他,"恭喜乔迁。"

Lucas 接下了花,把叶开让了进来。

他这套房子保留了繁宁空墅开发时统一的精装风格,是深浅蓝和灰白调的融合,家电、家私都是无可挑剔的奢侈品。雕塑和画应该是他自己新添置的,品位上挑不出错,但也找不到个性。Lucas 就是这样四平八稳的人。

"我可以理解为什么陈先生钟情这里。"他陪着叶开从玄关到客厅、卧室套间缓步参观,"的确独一无二。"

"他家不是这个装修。"叶开微微一笑,脑海里闪过他从藏区给陈又涵带的油画。不知道是哪个山野高手的作品,粗犷但充满生命力,没有名家光环,他当初只花了两千块就买下了。

陈又涵那套房子成交价六千万,他竟然舍得让两千块的画挂在玄关处。

气氛微一凝滞,Lucas 娴熟地岔开话题:"这个房子我喜欢的角落很多。你来。"

他为叶开引路。

参观过一圈,叶开夸了他的画,夸了他精心雕琢的软装,礼貌地询问这里高昂的租金,在得知一个月十二万后又点到为止地表现了对他年轻有为的赞赏,一切都恰到好处。

这之后,Lucas 亲自下厨,高级食材丰富昂贵,完全是酒店级的料理水准,下了血本的佐餐酒馥郁而醉人,淡金色的液体在白色蜡烛和复古水晶灯下摇晃。

Lucas 是一个很称职的朋友,叶开不说话时,他也陪着一起沉默。

原来同样的景致,从十七楼和二十六楼看是不同的。

叶开在烟灰缸里摁灭烟,听着游轮汽笛长鸣,看着它缓缓游弋过宽阔的西江。

"你在雪山经历了一些事。"Lucas 打断他游离的神思。

叶开回过神来:"不提了。我帮你把花插进去。"

花瓶就在客厅边柜上放着,叶开拆开包装,拿起花剪,动作耐心地剪去长枝,将花一枝一枝地插进瓶口。落地窗外的光影在他身上流转,将他的侧脸映出明暗效果。

Lucas 是知道陈又涵也住在这里的,想了想,问:"你一晚上都心不在焉,是因为他在家?"

"不,他不在。"叶开立刻否认,"他在云——"

他的话语在 Lucas 的目光中戛然而止。Lucas 何其敏锐,叹息了一声:"你果然在云省遇到他了。"

叶开本能地摇头,躲过目光匆匆地说:"很晚了,我该回去了。"

"如果你需要的话,我可以当你的听众。"Lucas 坚持说,将目光停在他的脸上,"如果一件痛苦的事你始终越不过去,也许你可以试着通过讲述它来让它变得不值一提。"

叶开的目光定了定,但下一秒,他的脚步还是没有停留。他走至玄关,扶着墙换鞋的工夫,Lucas 追了出来:"Leslie,我真的不明白,你既然已经看清他的卑劣,为什么还要用这些折磨自己?"

叶开闭了闭眼睛。玄关顶灯很亮,将他的情绪照得无处遁形。再次睁开眼时,他看向 Lucas,微微抿了抿嘴角:"但是,如果他不是浑蛋,也不卑劣呢?"

他摔上门,倚着墙,仰着脸静静地站了片刻。

酒精开始发挥出作用。他这晚喝了几乎有半瓶酒,走向电梯的脚步虚浮。

电梯门缓缓合拢,叶开静静地看着金属厢壁上自己的模样,看着镜面里的自己由两个逐渐合为一个。他的目光冷静而疏离,仿佛在审视一个陌生的灵魂。

门即将关拢。

一只手不顾一切地从缝隙中插了进来。

刺耳锋利的警报声响起,叶开推开电梯门,跌跌撞撞,灯影在眼前摇晃。

他讨厌这些明晃晃的华丽的灯,讨厌这些让他眼花到看不清楚的灯影,讨厌新风系统的送风声,讨厌空气里无处不在的高级香氛。

他讨厌繁宁空墅的楼道。

应急通道的绿灯出现在眼前,应急门被猛地推出巨响,楼梯出现在眼前。

从十七层到二十六层,一共有九层。

叶开低着头,慢吞吞地一步一步往上走。感应灯随着他的脚步渐次亮起,一层,又一层。

凌乱的脚步不停向上,渐渐加快。

他是疯了,才会不顾一切地跑向二十六楼。握着木质扶梯的手很用力,汗水从额头、鬓角一滴滴滑下,滑进眼睛里,顺着下颌线滴在衬衫衣襟上。

他是疯了,才会在这个时候试图跑回他的十八岁。

2601外玄关的屏风边柜上,花瓶里的花败了,枯萎地低垂在纤细的瓶口处。

叶开气喘吁吁地扶着膝盖,眼睛被汗水灼红。

冷静下来,他开始疯狂地自嘲——他在干什么?

陈又涵不在家,他又为什么要跑到这里来?陈又涵在这里推开了他,放弃了他这个弟弟。他在这里失去了十八岁以前所有的美好回忆——可是为什么,他还是鬼使神差地,一步又一步,胆怯却又着了魔一般走向那扇木门?

叶开的拇指指腹贴上智能锁,喉头吞咽了一下,上勾的嘴角凝起一丝无可救药的冷笑。

——你疯了。

被一遍遍提示"指纹错误"的声音还历历在目，那股心悸感几乎刻在叶开的骨子里。

"嘀"的声响传来，他闭了闭眼睛，感受到心脏被锋利切割的痛苦。

电子女声冰冷而甜美："欢迎回家。"

感应夜灯应声亮起，照亮玄关的一方天地。

叶开如坠梦中。

他没有脱鞋，怕触醒了现实。

他浑浑噩噩地沿着玄关走进客厅，门顺势轻轻合上。他应激地抖了一下，回头看了一眼紧闭的木门，梦游似的缓缓走过起居室，走进一百平方米的主卧套间。

所有一切都是他记忆里的模样：人字拼木地板，落地窗前咖啡色的丹麦酋长椅，金木皮布端景柜，湖光山色的边毯。

他轻轻摁下开关，灯亮了，在他迷蒙的醉眼里，一切如梦似幻。全屋中央新风运转从不停歇，空气里是冰冷洁净的味道。

叶开再难支撑自己，向前倒在床上，沉入深眠之中。

灯开了一夜。

叶开再醒来时，窗外天色朦胧。深蓝色的天空上泛着一层灰蒙蒙的白光——是日出的前兆。身体下意识地就带着他走进半开放式厨房。他打开冰箱，里面是成排的斐泉和巴黎水。叶开拧开墨绿色的水瓶，气泡似顺着神经升腾入混沌的大脑。

在灰色的光线下，他缓缓地扫视了一圈。不是梦，他真的在陈又涵的房子里。

这算不算擅闯民宅？

仅剩的幽默感都用来嘲讽自己了。叶开握着一瓶水,在这套三百平方米的冰冷房子里一步一步慢慢地参观,像初来乍到似的。

半面佛油画仍被挂在玄关处,右下角有他用钢笔签名的"Lucky 叶"。

阳光房的香水柠檬和南天竹都很茁壮,有两颗柠檬已经挂了黄。

爷爷写的"致远"二字被玻璃框好,挂在了书房的休闲椅上方。

叶开拉开书桌后的宽大座椅,陷坐进去,手在真皮桌面上缓缓抚过。他的目光自左向右一寸一寸地扫过,在看到一个黑色相框时微微一滞。那是他陌生的东西。

叶开抬手拿起。那是个横版的相框,6寸大小,玻璃面下压着一张带有褶皱的纸。

他的瞳孔骤然紧缩。

这是一份病危通知书。

  患者陈又涵诊断为胃出血,虽然积极救治,但目前病情趋于恶化,随时可能危及生命,特下达病重(危)通知……同时向您告知:为抢救患者,在无法事先征得您的同意的情况下……将采取应急救治所需仪器设备……请予以理解、配合和支持,如您还有其他要求,在接到"病重(危)通知书"后立即告诉我科……

监护人签名:陈飞一

红章洇进白纸,主治医师的签名龙飞凤舞,让人难以辨认,唯有那一行手写日期那么好看清——八月九号,是他们决裂后的第二个年头,陈又涵生日的第二天晚上。

手中的相框好像生了刺,刺得叶开猛地把它扣向桌面。他推开椅子,迅猛地起身。膝盖磕到桌腿,他痛得倒吸气,却还是如此大步地走开。

这算什么？陈又涵为了工作拼到死，凭什么让他内疚？

"病危通知书下来后他进手术室前都还想见你！"

顾岫的怒吼声在耳边回响，叶开闭了闭眼，扶着墙面停下脚步，心脏因为猛然的痛而几乎停止跳动。他半张着嘴，大口大口地呼吸，瞳孔里的光因为思绪而混乱。

陈又涵……又涵哥哥曾经差点儿死了。

这个念头在他心中闪过，如同鲸鱼柔软的肚皮被利刃一分为二，他痛得眼前只剩下血色。

叶开扶着墙慌不择路。

步入式衣帽间的皮编旋转门被撞开，香氛味铺天盖地而来。他倚着柜门缓缓滑坐下，在这种绝对的、带着隐约香味的静谧空间中，他抹了把脸，眼睛死死盯着对面的穿衣镜。

镜子里是走投无路的叶开。他的衣服从昨天开始就没有换过，简直落魄得不成样子。

陈又涵回家后会不会报警？叶开自嘲地冷笑。或许用不着回家，他只要联网登录软件就能看到摄像头记录下的一切……看到自己像个神经病一样在他的房子里跌跌撞撞地行走。

穿衣镜是活动的，推开镜子，后面其实是全封闭的收藏室。淘来的古董、拍下的珠宝——陈又涵昂贵的收藏品都在那里。叶开起身，心高悬在嗓子眼儿处，不知道要去找寻什么东西。

他知道开关在哪里，陈又涵从来不曾瞒过他。

镜子被推动，全玻璃的收藏间呈现在他眼前，没有任何秘密。

叶开的眼神怔怔的，出过了汗的身体冰冷一片。

正中间的透明立式展柜里，天鹅绒托着的蓝宝石熠熠生辉。视线一错，彩绘雪板靠立在墙角。八千美元而已，它何德何能出现在这里？

镜门晃动，映照出叶开仓皇出逃的身影。他连把一切重新整理好都做不到。

帕拉梅拉的轰鸣声疾驰过长街，奔向海边。

陈家超过一千平方米的白色双层别墅出现在海岸线上，在阳光下几乎像浮在波光粼粼的蔚蓝色的海波之上。

叶开很少来这里。从前陈家人也住在思源路，直到五六年前才搬到了这里。思源路俯瞰海岸，这里则直接就坐落在海边，视野毫无阻碍，越过绿茵草坪，能看到摩托艇正以极快的速度在海上拖拽出纯白色的浪花。

陈飞一搬到这里的理由很简单，他的亡妻十分眷恋大海。

穿着制服的保安对叶开敬了个礼，等他降下车窗，礼貌询问是否有预约。

"叶开"两个字足够他在这里畅通无阻了。保安握着对讲机，简短通报后，岗亭放行。

火山灰色的跑车沿着起伏绿茵间的跑道绝尘而去。

陈飞一在前庭喝茶。他穿着一身白色的亚麻休闲衬衫，阿拉斯加犬卧在一旁。

叶开停下车，先是走，继而在陈飞一的注视下小跑过去。

阿拉斯加犬先起身迎接他。虽然经年未见，但它记性不错，从熟悉的气息中辨认出了故人，刚才还蔫头耷脑的模样荡然无存，壮硕的身影哈着气冲叶开猛扑而来。

"猎猎！"叶开蹲下身，被猎猎扑倒在地。

陈飞一开怀大笑，拄着拐杖起身："还是猎猎记性好！"

叶开站起身，猎猎围着他又叫又跳。他不知道陈飞一是不是话里有话，笑容沉静了些，恭敬地问候："陈伯伯，好久不见了。"

"两年了？"陈飞一揽过他的肩膀，"来，来，来，刚泡好的红茶，刚出炉的曲奇，是不是巧？我记得以前你最喜欢吃这个。"

用人一前一后为他们拉开椅子。

"您近来可好？"

"老样子，腿嘛，是不太灵光了。"

陈飞一关节风湿严重，去年摔了一跤，左腿就有点儿受不住力，需要拄着拐杖。

"怎么想起来这里？"他亲自给叶开倒了茶。

"来看看您。"

陈飞一点点头，"嗯"了一声，问："在哪里上学？暑假该进银行实习了吧？"

叶家把他上学的信息隐瞒得严严实实的，没有人知道他在国内上大学。

"在'清大'。"他回道。

陈飞一诧异地抬眸："怎么没出国？以你的条件，去国外名校应该不是问题。"

"生病了。"

气氛安静了下来，只有猎猎兴奋得停不下来的"哼哧"声，以及海浪拍打岩石的声音。

片刻后，陈飞一似笑非笑道："生病了。"继而他点了点头，"看来小嘉不放心你去国外。"

"国内也一样，在哪里学都能学好。"

"对，说得不错。"陈飞一笑了一阵，"又涵跟你就不一样，他是在哪里都学不好。"

陈飞一温和慈善地凝视着叶开："你没有被他带歪，是你根正、身正，很好，很好。"

这两个"很好",让叶开心里酸涩起来。

"前几天碰到顾总……就是顾岫,又涵哥哥以前的助理,"见陈飞一点了点头,叶开继续说,"他说又涵哥哥曾经……"

那几个字那么难说出口,陈飞一接过话:"进了一趟手术室,没什么的。"

叶开心口一松,又在陈飞一轻描淡写的语气中羞愧起来。陈伯伯孤家寡人,身边亲近者只剩下陈又涵一人。他在手术室外签下病危通知书时是什么心情?他走到哪里都有保安和贴身秘书簇拥,什么时候摔的跤?或许就是在长而幽暗的手术室外的走廊上。

大理石地面湿滑,惨白的荧光灯闪烁,陈又涵被推入手术室急救,陈飞一惊痛交加,在转弯处狠狠滑了一跤。

"他后来……还好吗?"叶开磕巴了一下,解释起来,"我和又涵哥哥很久没有联系……因为很忙……他……"

陈飞一看着叶开,善解人意地劝慰道:"他很好,医生一直帮他调养,只要他不酗酒就没问题。你看他不是从'GC'出来了?应酬不了,这个总裁我看就当不合格,干脆退位让贤去!"

后半句话是笑谈,但叶开笑不出,只能顺着这话点头:"那就好……"

他拉着陈又涵半夜喝了两斤青稞酒。

和两年前相比,他依然漠然得无可救药。他看不到陈又涵的痛,看不到陈又涵的消瘦。陈又涵说不痛他就信了不痛,陈又涵说这两年过得好他就信了过得好。陈又涵隐瞒人的说辞漏洞百出,他却全盘相信。这不是信任,是冷漠。

"小开,"陈飞一拍了拍他的手背,眼睛静静凝视着远处的海平线,"又涵三十六岁了,你劝他好好照顾自己吧。伯伯先谢谢你了。"

叶开的视线凝固在陈飞一的脸上。

陈伯伯六十多岁，依然风度翩翩。只是岁月催人老，他这几年想必过得不好，比叶开记忆里苍老了许多。

"他……又涵哥哥他……"

"他一直把你当弟弟，不论你们之间发生了什么。"

叶开僵住，所有伪装出的若无其事都濒临破碎。

陈飞一知道？他怎么会知道？对，自己好蠢，顾岫不是说了吗？陈又涵被推进手术室前还想见自己。

陈飞一终于从遥远的海面收回目光："你知道的，你宁伯母去得早，又涵是独子。这么多年，看着他一个人在家族里苦苦支撑，我一直觉得愧疚。后来他有了你这样一个弟弟，很好啊。"他叹息了一声，"虽然是异姓，又隔了十六年，但你的到来，是又涵生命里的大事。他做了错事，让你伤心了是不是？"

在陈飞一苍老又洞悉一切的目光中，叶开一句话都没说，只觉得眼睛被海风吹疼。

"你让他好好照顾自己，他会听的。"

第四章 生日

花影、树影在风挡玻璃上变幻，帕拉梅拉绕过喷泉，滑进了GC商业集团总部大楼的地下车库里。

在不厌其烦地拨了第七遍后，叶开终于打通了顾岫的电话。顾岫大概也是怕了叶开不厌其烦的耐心。

"地下二层，C口。"叶开言简意赅。

没过十分钟，C口电梯厅的玻璃门晃动，顾岫的身影顺着阶梯下行。在他抬头张望的一瞬，叶开打开双闪，又按了一下喇叭。

顾岫顺着声音找过去。

叶开俯身下车，还穿着他们昨天见面时的那身衣服。车门被摔上，他倚着车身低头点烟。

"有事？"顾岫在离他两步远的地方停下，透过淡淡的烟雾，看到叶开面容沉静。

和两年前相比，叶开变的不是一星半点儿。顾岫阅人无数，能让他深刻记得的人不多，何况只是一两周的接触。但他竟还能想起第一次见到叶开的样子。

叶开那时穿着黑色西服套装，清亮的眼神、矜贵的气质、进退有度的分寸感和极好的涵养，都比他的脸更让人印象深刻。

那时候的叶开，整个人就像是一座被春风裹着的冰峰，冷冽，但并不让人望而却步，反而会让人在相处中极快地生出好感。

"陈又涵现在在哪里？"

叶开讲话的声音唤回了顾岫走神的思绪。

顾岫注视着他，看着他因为没休息好而苍白的面容，试图找到过去的痕迹，却是徒劳。不知为什么，眼前这个明明只有二十岁的青年，却有一股慵懒的深沉气息。

"无可奉告。"

"陈又涵让你不要告诉我？"

"总而言之，他不想见你。"顾岫的嘴角泛起一丝冷笑，他风度翩翩地摊手，"你又何必去打扰他？"

"你错了。"叶开从倚靠的姿态中起身，纤长的手指从嘴边夹下白色香烟，淡淡地笑了笑，"他想见我，只是没期望能见我。你明白吗？"

其实他的内心翻江倒海，从昨晚开始情绪便没有平静过，但在顾岫面前他丝毫没有泄露，如同在进行一场胜券在握的谈判。

过了一会儿，他递出一个牛皮纸文件袋："这是你昨天给我的项目资料，里面有所有学校的施工进度和地址。你不告诉我，我可以派人去找，一个一个地找。"

顾岫紧绷的面容松动，在叶开散漫但又坚持的眼神中，又慢慢有了一丝犹疑。

"你想干什么？"

叶开低头笑了一声："还没想好。"

从这笑容里，顾岫才隐约看出叶开曾经的影子。

"我今天去见了陈伯伯，他让我去劝陈又涵好好照顾自己。"

顾岫愕然，没能说出一句话。

叶开抽了两口烟，安静闷热的地下车库里无人说话。他抬眸，面无表情地勾了勾嘴角："现在你可以告诉我了？"

顾岫报出了一个陌生的地名。

叶开在手机备忘录里记下地名，手插兜起身："谢谢你这两年对又涵哥哥的照顾。"他打开车门，在上车前一秒回头，似笑非笑地补充了一句，"不过下次你再想跟我动手时，还是先问问清楚吧。"

咆哮的引擎声中，叶开拨出电话："思琪，帮我订机票。"

雪山顶上浓云翻涌，白雾隐没了神明的踪迹。这是隐藏在深山坳里的一个村子，人口规模很大，沿着一条雪山溪流分为上下两个村子，步行往返甚至需要半个多小时。大部分村民的房子建在抬头就可以看到雪山峰的地方。

七八月份是这里的雨季，再美的风景早晚都隐藏在云雾之中，只有下午才美得惊心动魄。

接到叶开的电话时，陈又涵正在屋顶露台上喝茶。日光在积雪的强烈反射下有了锋利的意味，他这几天身体欠佳，被太阳一晒才有那么点儿活着的感觉。

看到来电显示时陈又涵一半犹豫一半惊疑。事情都说开了，他不觉得叶开会再给他打电话。

只是，他倒也不是没做过梦。

他梦到叶开还穿着天翼中学的校服，周五放学，在橙色的黄昏光线中跑向他；或者梦到叶开带他参观大学校园，那里有长长的林荫道、上百年的老樟树、垂藤而下的爬山虎。

"喂。"陈又涵接起电话，右手握着的茶杯里乌龙茶热气袅袅。

"又涵哥哥，我迷路了。"叶开说着，气息微喘。

"迷路？"陈又涵怔了怔，在觉得好笑的同时，已经不自觉地开始关心，"导航找不到吗？"

"找不到，天快黑了。"

陈又涵看了一眼天色，天是快黑了。山里夜幕降得早，如果在城市里，现在天应该还很亮。

"让家里人去接你。"

叶开摇了摇头："接不到。我不知道我在哪里。"

他这么说，陈又涵那股漫不经心的姿态便收敛了起来，语气认真了些："周围有什么路标？有没有人？有的话先问问路？或者你跟谁共享一下实时坐标。"

"我在……"叶开扭头看了看，"有一个很高的玛尼堆，拉着经幡，右手边有一间石头房子，院子里种着一棵……一棵……"他卡顿了半天，还是说不清是什么树，"就是一棵树。"

陈又涵扶着藤椅的手微微用力，嗓音低哑："还有呢？"

"前面有两条分岔路，其中一条的尽头是寺庙，有很大一片草坪，另一条是下坡，沿着坡道的是小溪。"

毛毯滑落地面。陈又涵站起身，喉结滚动着："站着别动，我去接你。"

叶开说了个"好"字。

他站在村庄的中间段入口处，往右边走是上村，往左边走就是下村，溪流沿着低缓的山势卷起白色浪花。有山民担着木柴经过他身边，用口音浓重的普通话问："扎西德勒！到哪里去？"

叶开也回了一个"扎西德勒"，摇了摇头："哪里都不去。"

又过了会儿，赶着牦牛的藏族小姑娘怯生生地打量着他："扎西德勒，你要去村子里吗？"

叶开双手插兜笑得温和："不去。"

第四章 生日

牛群慢吞吞地从他身边经过。太阳在下山,最后的余晖把雪山涂抹得金黄。起风了,他拉上红色冲锋衣的拉链,渔夫帽戴不住,被风掀走了两次,他不得不摘下抓在手里,一头黑发被风吹乱。他背着双肩包在风里转圈,脚后跟打转,一圈,两圈,眼睛盯着脚下的泥土路。经幡被吹得猎猎作响,让人怀疑下一秒就会被吹走。

转到第五圈的时候,叶开觉得头晕,停了下来,看到一个藏民佝偻着背,正对着玛尼堆诵经祈福,临走时捡起了一块石头摞上。

叶开心思一动,藏民一走,他也拣了块石头,有样学样地稳稳叠了上去。插在兜里的手还没来得及伸出双手合十,他便听到了风声中的一声轻笑。

他回头,看到陈又涵站在离他两三米远的地方。

在黄昏中,陈又涵沐浴着橙色光辉,一身黑衣,指间夹着烟,看着有点儿酷。

风吹得额发眯了眼,叶开淡定地做完剩下的动作,从玛尼堆前回身,慢悠悠地走向他:"有什么好笑的?"

陈又涵看着他,问:"怎么到这里来了?"

"迷路了。"

陈又涵勾了勾唇:"迷得挺巧。"

"我不知道。"叶开睨着他手上的保温杯,"我渴。"

陈又涵转开保温杯递给他。

水刚好是可以入口的温度,叶开仰头喝了两口,觉得身体深处都很熨帖。

"还以为会有枸杞。"

"我才三十六岁,谢谢。"

叶开轻声嘟囔:"是吗?上次扎西说你比我大不了几岁,我以为你二十五岁。"

如果是以前，他们都会知道，这又是一次"又涵哥哥永远二十五岁"的玩笑。但这次，陈又涵淡淡地说道："我二十五岁的时候你还在上小学。"

他从来没有这么强调过他们之间的年龄差距。

叶开在风声中沉默了一会儿，才说："我不是那个意思。"

陈又涵带着他转上左边的山路："你来得正好，明天我就不在了，迷路也没人来接你。"

叶开心里一紧："为什么？"

"要去下一个地方。本来昨天就该走的，天气不好才没走成。"

其实是因为胃疼，但陈又涵不可能告诉叶开真相。

"我是来找你的，你要走的话我也走。"

"找我干什么？"陈又涵停了下来，不得不点起一根烟。

叶开出现在这里的事实超乎所有梦境，超乎他所能触摸到的最理想的奢望，超乎他的理智和预料。他的存在对叶开来说是种痛苦，没有人会主动来找痛苦。人面对痛苦的唯一本能就是逃避。作为痛苦本身，他最理想的去处就是叶开的人生之外。

"陈伯伯说要抓你回去。"叶开盯着他说。

一日落，天色就暗得很快，刚才他们还依稀能辨对方的面容，现在却连眼里的光都捉摸不清了。

陈又涵身体僵了僵："你见过他了？"

"我看到他在海边遛狗。猎猎先认出了我。"不知道哪里来的本事，叶开说谎都不打草稿。

陈又涵还没察觉出不对劲，叶开又说："陈伯伯说让你回去相亲，今年办婚礼，明年生孩子。"

陈又涵被烟呛得咳嗽。海拔三千米的地方，他扶着树干，咳得激烈。他知道叶开来准没有好事。

"这样。"他又问,"那你来做什么?"

"陈伯伯说,我和你比较亲近,你会听我的话。"叶开两手插兜,云淡风轻地说,"他让我来劝你。"

树皮坚硬粗糙,陈又涵扶着它的手不自觉用力。指腹被磨痛,他松手回身,继续往前走去。过了一会儿,他才说:"你真的想劝的话,打个电话就可以,不用亲自过来。"

叶开轻声应道:"是吗?你不早说。"

"你现在知道了。"

"那我的任务完成了?"

"完不成。"

"怎么完不成?"叶开问也不是真心问,因为不等对方回答,就耸了耸肩说,"那也就是说,我还不能打道回府了?"

陈又涵的身影定了定,他把情绪藏得一丝未露:"既然来了,就多住几天,这里景色不错。"

"你明天直接走?"叶开看着他的背影问,"是去下一个项目,还是回去相亲?"

"都可以。"陈又涵说。

左右都可以,他独独没有留下来的这个选项。

溪水"潺潺"地响在耳畔。山路弯弯曲曲地通往下方亮了灯的村庄,夜色中依稀能看到烟雾缭绕,是家家户户烧起了炉灶。群山黑黢黢的,在一重山之外,才是雪山峰。星星就好像缀在它们的肩上。

路上已经没有人了,再晚归的牧民也早就找到了回家的路。村里有为他们亮起的灯,明亮、温暖,一盏接着一盏。

陈又涵落后一步,两个人沉默着走了一路。

他住在当地首屈一指的大户人家中,石砌围墙中坐落着两栋石屋,还有一个畜牧仓库。

在这儿的新校舍选址多有纠纷，户主桑吉和当地村支书在处理纠纷时都发挥了重要作用。陈又涵在桑吉家叨扰多日，受到了热情接待，让他感到宾至如归。

听陈又涵跟桑吉介绍自己是他弟弟，叶开不置可否地翘了翘嘴角，而桑吉则立刻让妻子梅朵去加菜。

火炉烧得极旺，传来"噼里啪啦"的火焰声，浓烟随着被铝皮包裹的烟囱飘向寂寥的群山怀抱之间。

梅朵极擅长厨艺，酥油烤蘑菇、手抓羊肉、人参果酸奶饭，都是叶开没有尝过的风味。梅朵做饭时，叶开坐在一旁帮她添柴，很乖巧，但基本在帮倒忙。他们的孩子平措跟叶开挤坐在一张凳子上，实在看不过眼了，从他手里夺下烧火棍，熟练地在灶膛里捅了捅。

叶开把人拎起抱坐在膝头。平措的脸被晒得红扑扑的，圆圆的鼻子嗅了嗅，继而不怕生地攥着叶开的衣襟更用力地闻了闻。

一整天的舟车劳顿，叶开身上的香水味只剩下了尾调，但在屋内经年累月的酥油味中显得格外清新。

平措大约是对这味道有点儿上瘾，还想多闻闻时，被陈又涵拎着后领从叶开怀里揪了出来。

平措跟陈又涵很熟，五六岁还稚嫩着的小拳头瞬间就招呼上了。

"别闹。"陈又涵不甚耐心地把他扔到了地上。

平措一溜烟跑去找他妈告状了。

叶开单手托腮，散漫地拨了拨柴火，在火光中似笑非笑地瞥了陈又涵一眼，又收回了目光。

陈又涵点着烟，扭头就掀开帘子出门了。

风大得能把人吹跑，一根烟被吹得没抽几口就到了头。

门帘晃动，叶开抱着一条羊绒围巾靠近他："你是不是对小时候的我也这么凶啊？"

第四章 生日

陈又涵从嘴角取下烟:"对你凶不凶你自己不知道?"

叶开歪了一下脑袋卖乖。

陈又涵别过头,很冷酷地命令道:"回去。"

叶开抖开墨绿色的围巾:"送你。"

"什么?"

雪山下降温极快,在冰冷得近乎锋利的夜风中,羊绒围巾的柔软是如此鲜明。

"你真的不记得一周后是什么日子?"叶开轻声说,"生日礼物。笨蛋白痴……我是来给你过生日的。"

夜色中,陈又涵愣怔了许久,像在消化刚才那句话不是幻听。半晌,他意味不明地说:"我很久没过生日了。"

叶开转身往屋里走去,掀起门帘,稳稳地回应:"所以更应该过。"

陈又涵一瞬间有许多话想问,但在心里挑挑拣拣,竟觉得哪句话的分量都重得他掂不动。曾经在谈判桌上杀伐果断、胜券在握的陈总裁失了自信和手段,竟前所未有地变得畏首畏尾起来。

梅朵的人参果酸奶饭好吃得不得了,叶开没忍住吃了两碗,连自己都觉得失礼了。但梅朵显然很高兴,一个劲儿地劝他再多吃点儿。

平措拿起叶开的碗,一溜烟小跑到厨房给叶开添满,乌黑的眼珠子盯着他,用脆生生的普通话说:"漂亮哥哥吃。"

陈又涵慢条斯理地喝着茶,跷着二郎腿的姿态闲适,谁也没看到他嘴角那丝忍不住的笑意。

要命了。叶开看了一下自己这晚的战绩,觉得自己可能需要健胃消食片。

桑吉的父母也住在这里,家里只余一个客卧。

桑吉曾开过一段时间招待所,这间客房原本是一个双人标准间,有两张单人床,但很窄,只有一米二宽。陈又涵在这里的这段时间,桑吉怕招待不周,便将两张床并到一处合作一张床。

　　谈起叶开的住宿问题,桑吉想了想,表示可以去找村支书想想办法。

　　晚饭过后的村庄安静得不得了,只有村民牵着掌了铁蹄的马穿过巷道,在青石板路上发出慢悠悠的"嗒嗒"声。偶尔有几个年轻人倚坐在围栏上抽烟,低声交谈,几个火星子更衬得夜空寂寥冷冽。

　　到了村支书家,陈又涵说明来意。村支书为难地表示自己家也没有客房,决定带他们去村子里其他人家里问问看。

　　村中巷道七拐八绕,叶开差点儿在小水坑里摔倒,被陈又涵手疾眼快地扶住。陈又涵简直快没脾气了,低声骂道:"摔上瘾了是不是?"

　　那小水坑刚被马"光顾"过,热腾腾的臭味十分呛人。

　　谁想故意摔在这种地方啊?叶开负气地一个人往前走去,冷冷地说:"不用你管。"

　　村支书打圆场笑道:"这路上不是石头就是破坑,城里来的仔仔崴个脚、摔个跤再正常不过啦!"说着他把手里的大功率手电筒拧得更亮了些。

　　余光照出了叶开有点儿委屈的脸。

　　陈又涵静了静,隔着衣服拽住叶开的胳膊。

　　叶开甩掉他的手,动作太大,身影在夜色中晃了一下。

　　陈又涵拿他没辙,低声下气地说:"我错了。"

　　叶开用力"哼"了一声。

　　村支书笑得手电筒都快拿不稳了,雪白的一束光随着他的笑声晃动。

这里不是对外开放的村子,有客卧的人家少之又少。辗转几户,三个人都得到了抱歉的回答。越走越远,狗都快睡了,被三个人的脚步声惊起惊疑的吠声。

村支书唉声叹气:"也不是没有,只是村里没那么讲究,不好意思接待城里来的仔仔,对吧?"他将目光在两个人身上来回看了一遍,商量着说,"还是在桑吉家挤一挤?你们完全可以睡在一间房嘛!"

叶开才是当事人,他不开口,这事情不好了结。听罢,他善解人意地点头道:"又涵哥哥,我没关系。"

陈又涵当机立断:"我住别人家,你睡桑吉那里。明天一早我就走。"

叶开猛地扭头看向他,像是不敢相信他的选择,继而冷冰冰地微微讽刺道:"随你便。"

他一个人往来路的方向走去。

村支书的家和桑吉家是两个方向,陈又涵只好跟村支书道歉道谢,步履匆忙地追上叶开。

"我认识路!"

陈又涵拽他的胳膊:"别走得这么快。"

叶开甩掉他的手:"滚。"

陈又涵气笑了:"别任性。"

叶开停下:"不可以吗?你不是说我在你这里随时都可以任性吗?还是这句话现在作废了,不算了,不管用了?"

陈又涵深吸一口气。月光下,他的眼神深沉地盯着叶开。

叶开与他对视,半晌,冷冷地说:"骗子。"

两个人彼此沉默着回了桑吉家。梅朵或许是从村支书那里提前得了消息,已经将客卧整理过一遍,将两张单人床分开了。

青岩地砖铺就的房间里，壁炉里烧着火，低矮的长几上放着几块切好的西瓜，茶盅里泡了消食的普洱茶，已经可以入口。家具虽是村里的木匠手工刨的，但都刷了清漆，打了蜡，看着十分厚重整齐。

叶开把背包扔到墙角，气好像消了，对陈又涵说："吃了西瓜再走。"

陈又涵无动于衷，但也没立刻离开。

叶开拉了拉他的胳膊："好不好？吃完西瓜再走。"

他翻脸比翻书还快，是独独在陈又涵面前才有的一份脾气，但偏偏是陈又涵这个当哥的亲手惯出来的。

陈又涵拒绝不了叶开，被拉着在火炉边坐下。

叶开递给他一块西瓜，自己也拿了一块，在啃下第一口前跟他手里的碰了碰，像煞有介事地说："Cheers①。"

陈又涵："……"

在火炉前品尝完冰凉凉、甜丝丝的西瓜，叶开心满意足，又说："喝茶吧！"

他起身去端普洱茶。

陈年老普洱很香，只是泡的时间久了，味道厚重。叶开受不了这个苦味，抿了一口后便倒掉，重新添上热水。

"我给你寄回去的蓝宝石和滑雪板，你扔了吗？"叶开捧着茶杯，像是不经意地问。

陈又涵动了动嘴唇，好像被问得措手不及，一时间没想好合适的答案。

叶开抿了抿唇："扔了？"他又点了点头，自顾自地说，"也对，反正不值一提的东西，你扔了也正常。"

陈又涵只能顺着他的话说："扔了。"

---

① 干杯。

"可是蓝宝石我查过了，是花了七百万拍来的，你真舍得。"

陈又涵自嘲地勾了勾唇："这不是收回来了？没亏。"

"你不是说扔了？"

陈又涵没想过有朝一日竟然能被自小看大的小孩儿套话，明显地被噎了一下。

叶开怕被他看穿，将脸转向一边，压了压嘴角，装作一本正经地问："我生日时你送七百万的蓝宝石，你生日时我才送七千块的围巾，是不是有点儿说不过去？"

陈又涵这次是看着他的眼睛说的："够了。"

说完，他放下茶杯起身，向房门口走去："很晚了，明天见。"

叶开抬腕看了一眼表，嘴角噙着一丝若有似无的笑："你不会这么晚了还去打扰别人吧？"

陈又涵停住脚步。

"快十一点了，连狗都睡了。又涵哥哥，你这样子很没有礼貌。"叶开双手抱胸斜倚上柜门，"跟我这个弟弟挤一间房睡，委屈你了吗？"

陈又涵回眸："小开，我不想让你忍着厌恶情绪和我相处。"

叶开坚持他的说法："就等你过完生日，好吗？我以前没认真给你过过生日。"

陈又涵不想过生日。过去两年，他的生日已经"面目全非"。他拥有过收到喜马拉雅海螺化石的生日，拥有过在电影院里唱生日歌的生日，那些生日鲜明深刻，再难忘怀。

"小开，人一过了三十岁，就不那么喜欢过生日了。"陈又涵转过身，眼神像穿过长达两年的隧道，铺着最隐秘的无望和守护。

"我会让你重新喜欢的。"叶开固执地说。

陈又涵低头，无声地笑了笑："你真的很任性。"

"又涵哥哥，我只在你面前有任性的权利，你不准吗？"

陈又涵回身，回到叶开身前，垂眸看着他。

他两年后第一次如此认真地看叶开。

他已经习惯了满屋酥油灯的味道，但终于知道为什么平措想嗅叶开身上的香水味。若有似无的味道，让陈又涵想起他穿过浓密的冷杉林跑到高山草甸上时的那一瞬间。那是灵魂变得轻盈的瞬间。

窗外狂风大作，突如其来的雨"噼里啪啦"地打在玻璃上。在这雨声中，他说："准。"

疾风骤雨将老式的海棠花玻璃荡出了一圈圈鱼纹涟漪。高原的铁律，晚上下了暴雨，第二天必定是一个艳阳天。

叶开拉上窗帘，一口气喝完剩下的半盏残茶，去浴室洗漱。

他出来时，床榻已经重新铺过了。

本来就有两张单人床，如今梅朵分开铺了两床被子，只是这床太窄太短，让人看了想笑。

"至于吗？又摔不下去。"

陈又涵从沙发上起身，指了指叶开："你最好不要。"

叶开将电吹风插上插座，在开启前回眸看了他一眼："凶死了。"

雨一直下到了后半夜。

陈又涵并没怎么睡着，因此叶开一有了翻身的动静，他就醒了过来。他没出声，以为叶开也睡得不好。过了会儿，听到对方刻意屏着的呼吸声，他终于察觉出不对劲。

"怎么了？"

听到陈又涵的问话，叶开倒抽了一口气："肚子疼。"

陈又涵瞬间清醒了："哪里疼？"

叶开像小动物一样"哼哼唧唧"地说："不知道。"

陈又涵从自己的床上起身走到他的床前，在他的肚子上按了按："这里？"

叶开摇了摇头。

陈又涵又在他的肚子右侧按了按："这里？"

叶开又否认："别按了，分不清。"

陈又涵抽出手："确认好了才能吃药。"

他的指腹移到了小腹上，叶开被按得倒抽了一口冷气，蜷起身子压着火骂道："好疼啊！"

陈又涵将手抽走，接着捂上了叶开的眼睛。

灯开了，他的掌心在叶开的眼睛上停留了两秒才拿走。叶开闭着眼，听着他起身走动的动静。

几分钟过后，陈又涵叫起他："吃药。"

叶开睁眼，看到陈又涵站在床头，手里端着玻璃水杯："止痛药、消食片。"

叶开从他的掌心里拣起药丸，接过水杯。水是温的，刚好可以入口。

"喜欢吃，以后让梅朵多给你做几次就是了。"陈又涵好笑地看着他。

叶开呛了一口水，心虚地说道："我不好意思拒绝。"那时候平措踮着脚扒拉着桌边，一双黑眼睛里都是期待之色，他怎么好意思说吃不下了？

陈又涵低头浅笑地摇了摇头，接过空了的水杯，随即关上了灯。

黑暗中，叶开睁着眼睛，捕捉着陈又涵躺下的动静，忽然问："又涵哥哥，你处理起来好像很有经验。"

陈又涵沉默了会儿，轻描淡写地说："这两年一直在外面跑，刚开始也会水土不服，习惯了。"

"上次喝酒后的反应那么严重。"

"难得的。"

两个人都不再说话,只安静听着窗外的"沙沙"雨声。

过了会儿,陈又涵问:"还疼吗?"

叶开按着自己的小腹,"嗯"了一声。

"帮你揉一揉?"

叶开其实一直在用掌根打圈圈按摩,手已经酸了。听陈又涵这么说,他又"嗯"了一声。

他应完声,陈又涵便又折回来,一只手抬起将叶开的被子压得严严实实的,隔着被子给他在痛处按揉了起来。

那股疼痛感被陈又涵的动作驱散,叶开听着雨声,终于再度困了起来。他侧卧着,梦呓似的问:"你明天不会走吧?"

"不会。"

"不会我一睁眼,你已经走了吧?跟上次一样。"他多怕陈又涵又一次不告而别。

"不会。"

"不会……"他嘟囔着,还想问第三遍。

"什么都不会。"

凌晨时,似乎感到对方起身的动静,叶开在梦里便条件反射地说:"别走。"

在天刚蒙蒙亮的光线中,陈又涵只是帮他掖好了被角:"不走,马上回来。"

下过雨后的清晨空气清新冷冽,启明星即将淡去,太阳还没出来,天光朦胧。寺庙的金顶下飘出浓烟,那是村民在煨桑台下烧桑叶祈福。

陈又涵只穿着短袖,伏在栏杆上安静地抽完了一根烟。

第四章 生日

一觉睡到了上午十点，叶开觉得自己很失礼。

床上只剩下了他一个人，他心里"咯噔"了一下，下一眼扫到了陈又涵坐在窗边的身影。

陈又涵一只手夹着烟，另一只手展着图纸，正垂目看得认真。

猛地蹿高的心回落，叶开佯装淡定地从床上坐起："早。"

陈又涵没抬头，慵懒地讥讽了一句："当代大学生的作息有点儿堪忧。"

叶开嘴硬："入高原第一天睡懒觉，不是很正常吗？"

陈又涵笑出声来："不知道的还以为你在倒时差。"

叶开"哼"了一声，掀开被子下地："今天带我去哪里玩？"

陈又涵在这无比坦然的问话中终于抬起头，看了他一眼："我答应过吗？"

"远道而来是客，你带我转转怎么了？"

陈又涵礼貌地询问："不是你给我过生日吗？"

叶开理直气壮地说："不是还没到吗？！"

陈又涵失笑："十八岁前都还是乖巧讲理的小朋友，怎么成年了反而这么不讲理了？"说是这么说，但他还是放下了图纸，摁灭烟，从窗台边起身，"先去洗漱吃饭，吃过饭后再选。"

"还有的选？"叶开狐疑道。

"有。沿着公路到尽头有个山湖谷地，可以骑车过去；山上有个神瀑，来回徒步大概要三个小时；另外还有一个高山草甸，景色也不错。看你选哪个。"

叶开愣愣地盯着他半晌，不知道为什么有点儿愤怒："陈又涵！原来你过得挺开心啊！"

陈又涵被他凶得莫名其妙，顺手拍了他一下："叫我名字啊？惯的你。"

在叶开明亮愤怒的目光中,他不得不解释:"我没去过,早上特意问桑吉才知道的。"

叶开收住火,嘴角冷冰冰地抿着,继而忍不住翘了起来。

吃早餐时,桑吉给他们展示这几个地方的照片,都很美,堪称世外桃源级别的景色。叶开挑不出,很贪心地问陈又涵:"我们不急吧?"

陈又涵不知道为什么他的计划忽然就成了"我们",刚想说话,就听到他问:"你明天不走吧?"

不等他回答,叶开又自说自话:"后天也不走。"

最后,叶开一锤定音:"大后天我们再走。"

陈又涵在桑吉、梅朵和平措齐刷刷的注视中深吸一口气,很僵硬地微笑着说:"好,都行,你说了算。"

平措高兴地"嗷"了一声,拍着自己的小掌。

叶开低咳了两声,垂首掩去嘴角的笑意。

吃过中饭,桑吉要给陈又涵演示他那辆摩托怎么骑,叶开拎着头盔自告奋勇道:"桑吉,教我,他不会!"

开什么玩笑,陈又涵打从出生起就没用过两个轮子的交通工具,很不值得信任!

陈又涵低头点烟,退位让贤。看到叶开像煞有介事的样子,陈又涵叫了他一声:"喂,"随后挑眉问道,"你确定?"

叶开很自信地瞥了他一眼,按桑吉教的那样捏住刹车、拧半圈钥匙。引擎被点燃,叶开戴起头盔甩了一下头:"上来。"

陈又涵咬着烟,抽出插在裤兜里的手,懒洋洋地给他鼓掌:"真聪明,不愧是'清大'的学长。"

这款摩托从外形到操作方式都跟电动车很像,只要控制好速度,加上这一路基本连狗都没有的路况,应该出不了事。审慎地考虑到这一点后，陈又涵才抬腿坐上。他腿长，随便一抬就跨坐到了叶开身后。他戴好头盔，附耳道："小心点儿，你这车带人加起来值三千亿呢。"

叶开笑得咳嗽，一脚踩动拨片挂挡。在雨后的艳阳晴空中，他回眸，无忧地扬起嘴角："又涵哥哥，交给我。"

油门被拧动，引擎声轰鸣，摩托风一般地蹿了出去。

通往山谷的公路是那种最常见的水泥路，修得很平整，一直从村尾通往两座丘陵的深坳处。两侧都是草原，牦牛和马群悠然卧立，白色的星点是绵羊，它们胆子小，听到引擎声靠近便颠着屁股跑远了。

遇到美丽的景色，他们便随心所欲地停下来。叶开甚至跑到草地上撒欢，被牦牛妈妈很警戒地盯着。

陈又涵倚着车抽烟，吓唬叶开，指了指他身后。

叶开大声问："什么？"

"藏獒！"

陈又涵的声音顺着风传到了叶开的耳朵里。

根本来不及分辨这是玩笑话还是真的，叶开就尖叫一声跑向陈又涵。

绵羊群不明就里，也跟着"咩咩"地狂奔，像云团滚在草坡上。牧民的白眼要翻到天上去了，陈又涵却笑得喘不过气来。他拉住人，轻而易举地埋汰道："柯基都跑不过，还想跑赢藏獒？"

叶开愣怔了一下，想起小时候自己和柯基赛跑的片段。那些回忆早就嵌入生命里，打断骨还连着筋。他的心脏因为高原反应而剧烈跳动着，清澈的黑眸与陈又涵带着笑的深沉视线触上。

两个人的神情都怔了怔。

"最起码，"陈又涵静了一秒，轻声说道，"最起码现在的我不是让你痛苦的了，对不对？"

叶开凝视着他,良久,轻轻地点了点头。

那一瞬间,陈又涵紧绷的肌肉放松下来,他半转过身,从兜里掏出了烟盒和打火机。

他低头点烟的姿态不再云淡风轻,抿着烟嘴的样子看上去用力而急切,拢着火的双手努力镇定了,但仍然在发抖。

烟点燃了,他深深地吸了一口,转身向远处走去。

两年来,他就像是一个被困在漆黑隧道里的人,怎么打转,怎么跟黑暗、墙壁、岩石较劲也找不到出路。知道叶开把他当作痛苦的根源的那个晚上,一帘黑幕永久地、坚固地降下,遮住了他人生中所有可能的光。

此时此刻,他的词汇库顷刻之间变得贫乏,只剩下"谢天谢地"四个字。

叶开收回目光在路边坐下,顺手摘了朵在风中摇晃着长茎的小黄花。

等陈又涵回来时,叶开假装刚刚什么事都没有发生,轻快地说:"又涵哥哥,我教你骑摩托啊。"

陈又涵勾了勾唇:"你真的以为我不会?"

叶开掐着花茎狐疑地问:"你会吗?"

陈又涵也就磕巴了一秒,顺从地说道:"不会。"

"我教你!你来!"叶开上扬着嘴角,让陈又涵坐在前面。

陈又涵长腿轻松一跨坐上去,握住车把。腿太长,他只能暂且一只脚踩着踏板,另一只脚支地。

叶开耐心地说:"这是油门,这是刹车,转这里控制速度……"

陈又涵似笑非笑地看着他:"然后呢?"

叶开低咳一声,努力镇定地说:"下面是换挡拨片,这个是转速表,这个是油表……"

第四章 生日

高原正午很热，陈又涵身上只穿了件贴身的短袖T恤，手臂肌肉鼓起，露出的小臂上青筋明显。

叶开赶紧把头盔扔给陈又涵："就……就是这样。"

陈又涵笑出声，抬手扣住头盔，瞥了叶开一眼："你不上来？"

叶开说："不要，我跟你还没到过命的交情。"

陈又涵拧动油门："真的不来？小花老师上课好敷衍。"

叶开被他噎得没话，不情不愿地跨坐上去，用束得紧得不能再紧的头盔来彰显自己的求生欲。在陈又涵出发前，叶开给自己上最后一道保险，以防万一地问："如果出事你会先救我吧？"

陈又涵没搭理他，拧动油门，摩托车咆哮一声，马上就要如惊雷般蹿出去，却又瞬间硬生生地停了下来。

叶开一声"啊"刚叫出口，被惯性一甩一收，身体狠狠地撞上了陈又涵的后背。

他有充分理由怀疑陈又涵是故意的！

陈又涵咳了一声："小花老师？"

"干——什——么？"

"鼻子有没有撞到？"

叶开在他身上掐了一把："撞断了！"

陈又涵笑得放肆，摩托风驰电掣而出。

叶开又发出一声惊呼，死死地抓紧陈又涵。"太快了！"他吓得闭上了眼。

风声呼啸，陈又涵大声地问："什么？"

"我说……太快了——"

这样回答着的时候，叶开仿佛在风里飞了起来，飞向了没有云的晴空和澄澈的少年时代。

摩托车的速度终于渐渐降了下来,叶开睁开眼睛。两侧原野和远处的群山很快地向后掠,余光里一片苍翠。

前方出现一个弧度极大的转弯,对新手极其"友好"。

陈又涵偏了偏头:"怎么转弯?"

"就……把着车头慢慢地控制方向……记得降速!"

陈又涵:"听不清。"

叶开凑上去又重复了一遍。陈又涵:"还是听不清。"

叶开一字一顿地大声说:"降……速!"

这次陈又涵终于笑着说:"好的。"

然而说是一回事,做又是另一回事,他不仅没有降速,反而提醒了一句"坐稳了",猛地加快了速度。

车子以极漂亮的弧线和姿态漂过了那个转弯。

在眩晕和轻微的失重感中,肾上腺素飙升至顶峰,叶开目瞪口呆,后知后觉地问:"你真的是新手吗?!"

半个小时后,他们终于到了那片山谷湖泊的入口处。

叶开心惊胆战,下车的瞬间腿都有点儿软。不是被吓的,是肾上腺素过度分泌后的正常生理反应,他第一次上高级山道滑雪时也是这样。

然而终归丢脸,叶开把气全撒到了陈又涵头上:"骗子!"

陈又涵抱住那只被他狠狠扔过来的头盔,一边笑得呛风,一边一迭声地道歉。

叶开不理他,冷着脸自顾自地往湖边走去。他白色的 T 恤被湖边的风鼓起,更衬得身形瘦削孤单。

"别生气,小花老师,都是你教得好。"

叶开停下,转过身来。他本来也是佯装生气,听到陈又涵低声地道歉,倏地抿唇笑开,额发被风吹得飘扬起,露出干净的眉眼。

在蓝色湖水的映衬下,他的笑如同春风,可以化开透明的冰。

陈又涵看着他的笑,指尖掐进了烟身。他多胆小,连一句"过完生日,然后呢"都说不出口。他不知道叶开这两天的出现是心血来潮,是大发慈悲,还是拿他做戏,是上天听到了他陈又涵的祷告,给他降下了一个奇迹,还是说,是当期限定、过期不候的彩虹幻梦?

他思来想去,在两年前犯下的错误是那么不可饶恕,连幻想叶开会宽容他都显得大逆不道、不知好歹。那么,这大约是叶开最后给他的告别仪式。

陈又涵一厢情愿地这样认定,并坚决不打算在生日来临前破坏这气氛。

太阳开始西落,金色的光线勾勒出天边浓云的金边,两个人乘着柔风回去。

叶开坐在摩托车后座上,在带有余温的暖风里犯起了困。他没有烦恼,安心得快要睡着了,手劲儿松了,被陈又涵察觉。

陈又涵降下车速,偏过脸问:"困了?"

叶开"嗯"了一声。

陈又涵便停下了车。两个人在路边席地而坐,看着长长的青草在余晖下像水波一样荡漾,轻擦出"沙沙"的声响。

瞌睡虫爬上叶开沉重的眼皮。在睡着前,他恍惚觉得自己回到了学校里。他不是骑着单车路过草坪看着别人的过客,而是也在那里坐下了,沐浴着金光。

困倦中,叶开不知道自己发出了近乎呓语的模糊句子:"又涵哥哥,你怎么不来'清大'看我?"

陈又涵抽着烟,静静地看着太阳落到群山之后。

落日只余最后一圈火红弧线。云层被烧出橘色的渐变光彩,看上去像一条凤凰尾巴。但这样的景象持续不了五分钟,就好像燃烧到了尽头的画卷,很快便会成为灰白的灰烬。

两个人在天彻底黑下来前回到了桑吉家。他们出门时都没穿厚外套,这一路温度降得很快,一进门,梅朵就给他们送上了热茶和毛毯。陈又涵握了握叶开的手,很凉,一句话没多说,转身就进厨房去煮姜丝可乐。

"什么东西?"叶开第一次听说。

"姜丝可乐。"陈又涵背对着他,在案板上切着姜丝。他动作娴熟,让一旁忧心忡忡的梅朵瞪大了眼睛。

"什么黑暗料理?不喝。"叶开开始挑三拣四。

姜汤这种东西他倒不是第一次喝,不过以前贾阿姨都是用红糖煮的,又甜又辛辣,味道很古怪。

可乐的甜味随着气泡冒出来时,平措已经倚到门边流口水了。叶开垂首瞥了他一眼。

平措一边舔嘴巴一边说:"小开哥哥,你不喝是吗?"

叶开翻脸不认账,咳嗽了一声,问:"谁说的?"

他是没想到,自己有朝一日居然会跟一个小孩儿抢可乐喝!

陈又涵双手交抱倚在流理台边,闻言轻轻地笑了一声。

叶开转移矛盾,跟平措说:"你怪他,都怪他只准备了我的份。不信你问他。"

在平措伤心欲绝的眼神中,陈又涵清了清嗓子,认下了这个坏人:"我确实只准备了他一个人的份,因为他身体差,吹了风会感冒。"

叶开难以置信:"谁身体差?"

梅朵在旁边听着早已忍俊不禁了。陈又涵哄人的水平一流,又蹲下身对平措说道:"当然,更主要的是因为,你有蛀牙,不可以喝这么甜的东西。小开哥哥像你这么大的时候，蛀牙比你更严重，所以……"

这男人，哪壶不开提哪壶……叶开骂骂咧咧地扭头走了。

到了八点多，不出意外，雨又下了起来。

瞿嘉来电时，叶开正在喝他的第四杯姜丝可乐。他没避着陈又涵，接起电话："妈妈。"

瞿嘉这几年对他既紧张又宽松，既不敢过分禁锢，又忍不住关注他的所有动静。这一次还是他三天夜不归宿，她方知他又去了云省。

即使打电话来过问，瞿嘉也是很委婉温柔地问："怎么才刚回来，就又去云省了？"

当着陈又涵的面撒谎感觉很怪，叶开将手中的玻璃杯握得紧之又紧，语气却镇定地说道："是姜岩这里有点儿事，要当面解决。"

陈又涵偏过头看他一眼，表情似笑非笑。叶开警告性地瞪了他一眼，让他不许出声。

虽然叶开给的是很笼统的回答，但瞿嘉也没有刨根问底，转而语重心长地交代了一些生活上的注意事项："云省天气多变，要穿好衣服，出门记得带雨具，别着凉。"

叶开的舌尖舔了一下唇，余光瞄了陈又涵一眼，声音含混地说："知道了……有人照顾我。"

"谁照顾你？"瞿嘉问。

陈又涵跷起二郎腿，姿态慵懒地等着叶开的回答。

叶开掷地有声："姜岩。"

陈又涵："……"

他索性去洗澡，"哐当"一声，将铝合金的浴室门摔得震天响。

梅朵仍按照昨天那样铺了两床被子。陈又涵冲完澡出来时，叶开已经在被子下"睡着了"。他装睡的演技不怎么高明，还是跟小时候一模一样，眼睫毛都在颤。陈又涵不忍心拆穿他，在关灯前说了一声"晚安"。

窗外虫鸣不止，叶开翻了个身仰躺着，动静在黑夜里很明显。

"还有六天。"陈又涵冷不丁地说。

"什么？"

"我生日。"

雨夜总归是谈心的好时候。

陈又涵闭上眼，问："过完生日，然后呢？"

他问完就后悔了，疑心自己打草惊蛇。说到底，他什么时候这么瞻前顾后、疑神疑鬼过呢？三百亿的地价不能让他在举起拍卖牌时有任何心率波动，这个即将到来的三十六岁生日却能。

叶开将脸转向陈又涵那一侧："什么'然后呢'？"

"然后你是不是就走了？"

叶开张了张唇，把话从舌尖上咽了回去。他知道陈又涵的"走"不是字面意义上的走，而大约是某种永远的道别。

很奇怪，在叶开的认知里，眼前的男人从不会在交手前暴露自己的软肋。但这天，陈又涵犯了这个低级错误——他让叶开如此轻易地捕捉到了他的要害。

叶开压平嘴角，轻描淡写地说："不然呢？"

既然决定假装戏弄，那就索性演得真一点儿——叶开在一秒间做好了决定，用一股全然无所谓的语气说："其实我只是暑假无聊了，所以到你这里散散心。而且我本来是要跟 Lucas 去潜水的，但临出发前吵了架，所以……"

陈又涵那边没有任何声音。

过了半晌，也许是十几秒，陈又涵才发出低沉沙哑的一声笑："原来是这样。"

黑着灯的缘故,叶开看不清他的表情,便忽然感到一阵踌躇。"又涵哥哥……"他想解释什么。

"没关系。"

雨停了。

叶开的一场戏演得很艰难:"我给你添麻烦了,只要Lucas打电话来跟我道歉,我就走。潜水还是要比这里好玩的。"

从他说出这句话开始,Lucas的电话就像一把达摩克利斯之剑,悬在了陈又涵的每分每秒之上。

第二天,他们徒步去神瀑。

从村庄到神瀑,路程有十一二公里,那里是本地村民沐浴祈福的秘境。两个人从桑吉家里出发,沿着溪流缓行十几分钟才到了村尾。一路上,白塔沐浴着晨曦,印着经文的幡布在风中猎猎地翻飞,沙棘林疏密有致,沿着草地蜿蜒,几头挂着铃铛的牦牛在吃草。

两个人沿着沙棘林跨过长满青苔的小桥,便进入了山界。这之后浓荫蔽日,湿润的植被在幽暗的光线中舒展着叶面。

叶开看什么都很新鲜。看到高大乔木上倒悬着淡青色的须络,他问:"这是什么?"

陈又涵瞥了一眼:"松萝,当地人叫树胡子。"

叶开"哇"了一声:"好厉害。"

绿色的藤蔓植物丛中出现了一片黄色心形掌叶,他也大惊小怪:"又涵哥哥,你看!"

一棵通红的红枫间杂在绿色的乔木和金黄的灌木中,叶开掏出手机拍了又拍。

松果和针叶落了一地,叶开捡起两颗松果,用手指轻柔地抹去表面的灰尘泥土:"又涵哥哥,你的午餐。"

陈又涵完全没辙,懒洋洋地说道:"你一个随时要走的人,有劳你费心牵挂我的午餐。"

"哼。"叶开收起了笑容,将两颗松果随手丢下,冷酷无情地说,"你的午餐没了。"

山路越往上越难走,泥土被渗出的溪水弄得泥泞,树根则盘根错节地虬结在地表。叶开走得气喘吁吁,已经落后了陈又涵两步。陈又涵停下等他,等人追上来,伸手拉了他一把。

既然有傻瓜愿意借力,叶开便被惯得越来越懒,登一步只用七分力气,剩下三分都拿来看花、看鸟、看热闹,看背着背篓的村民伏在山涧喝水。

两个人穿过密林,便是雪山环抱中的山坳。

雪山峰的坚冰和白雪被金光曝晒融化,顺着神山坚硬的臂膀蜿蜒而下。起风时,冰凉的水汽会沿着扇形的山崖飘散,形成如烟的水幕,被太阳一晒,便出现了彩虹。这便是神瀑。

瀑布的崖底挂满了五彩经幡,经年累月,一层褪了色,便有新的一层覆上。

一个老爷爷光着上身用瀑布水沐浴。水温接近零摄氏度,他肌肤松弛的双臂却未见颤抖。几个妇女低声齐齐吟唱,祈福的歌声回荡在山谷中。

叶开肃敬地看着这一切,一点儿声音都没有出。

一靠近瀑布底,水声震耳,寒气逼人。陈又涵领着叶开沿着弧形的悬崖底慢慢地走着。

这里,黑褐色的岩石被打得湿润,湿滑的岩壁上也贴了祈福的经文。

叶开抬起头,光线倏然变幻间,有彩虹忽然出现,但在他出声惊呼前便消失了。陈又涵顺着他的目光看过去,只见到一股水汽顺着风被吹散到阳光下。

陈又涵收回目光,在崖底的阴影和被雪山反射的阳光中,看着叶开半明半暗、仰起的脸。

叶开挺翘的鼻尖被阳光晒得几近透明,黑色睫毛下,瞳色极深的眼眸比神瀑下被雪山水浸润了亿万年之久的山石更为纯粹。

"彩虹,又涵哥哥,很淡的彩虹。"

他没有听到陈又涵的回应。

过了两秒,他回神,迟滞地回头,正正好好撞进陈又涵的目光中。

"小开,"陈又涵垂眸凝视着他,"在这里撒谎的人余生都不会好过。你想知道什么,我都可以在这里告诉你。"

两年前到底发生了什么,他是怎么想的,有几分不得已、几分私心、几分狼狈,只要叶开问,他都会原原本本地吐露。

叶开将目光停留在墨黑色的岩石上,轻声说:"不问。"

陈又涵以为他不愿意听。

"我不会在这里逼你的。"叶开顿了顿,又说,"我一个字都不问,你也一个字都不必回答。又涵哥哥,你会好好的,不会受到任何惩罚。"

陈又涵的眼神明显震了震。如果可以,他真想像小时候那样给叶开一个紧紧的拥抱。

在神瀑下,在雪山的光线下,陈又涵闭了闭眼,艰涩而痛苦地说:"我怎么会伤害你?我当时怎么会舍得伤害你?"

鹰唳惊空遏云,妇女们吟唱的声音逐渐混杂为寂寥天际间的一种回响。

午后,桑吉家的大人都不在,只有平措伏在院心的小石凳上写作业。见两位客人回来，一头受了伤的花牦牛叫了一声。过了会儿——不过是前后脚的时间差——吉普车的引擎声从远到近地响起，最后驶进了桑吉的小院。平措在楼下欢呼了一声，放下铅笔跑了出去。

汽车的喇叭响了两声，桑吉从副驾驶座上跳下来，一把抱起平措："去，跟又涵哥哥说，他们的车来了。"

平措跳下地，一溜烟地跑上二楼。在他身后跟随而来的桑吉敲响了房门，爽朗地说："陈先生，你要的普拉多。"

叶开没反应过来，问陈又涵："你要走了？"

他的眼神中充满了难以置信之意，还有一股被欺骗、被敷衍的失落和愤怒。

陈又涵递给桑吉一支烟，命令叶开："去收拾行李。"

"你要走，还要我帮你收拾行李？"叶开不可思议，冷冰冰地瞪他，"自己收拾。"

陈又涵："我的意思是，去收拾好你自己的行李。"他似笑非笑，"当然，如果少爷你一定要我代劳，我也荣幸之至。"

在桑吉看戏的眼神中，叶开蓦然哑火，将嘴紧紧闭了起来，耳郭发热。

陈又涵用一支烟的工夫跟桑吉及随后而来的村支书聊了些工程相关的问题，道谢和寒暄后，他送走两个人，回到了卧室里。

叶开已经将自己的背包收拾好，穿起了冲锋衣，正弯腰系鞋带。

陈又涵失笑："不是让我代劳吗，怎么自己动手了？"

叶开坐起身，将另一只脚伸了出去："请吧。"

陈又涵将末尾半截烟咬进嘴里，蹲下身来。

"系鞋带是不是你教我的？"叶开看着他手上的动作，想起来问。小时候有关陈又涵的事情桩桩件件，他记性再好，也记不住那么多。

"不是。"陈又涵给叶开的登山靴系了个扎实且漂亮的结。

第四章 生日

"啊?"

"我一般给你买'一脚蹬'。"

"……"

陈又涵点了点烟身,弹掉烟灰:"想说什么?"

"不愧是你。"

普拉多驶上盘山公路后,刚才还晴朗如洗的天空马上飘起了蒙蒙细雨。

叶开披着比他大一号的外套,困倦地蜷缩在副驾驶座上。车厢里打了冷气,他整个人都被衣服包住,看上去蔫头耷脑的,十分乖巧。

"不问我带你去哪儿?"陈又涵睨了他一眼。

叶开一张嘴就是威胁的话:"如果是去机场,那你下半辈子都别想再见到我。"

"好险。"陈又涵浑蛋地说,"幸亏你现在告诉我了。"

叶开舔了舔下唇,合上眼睛,懒得理他。

"不过,就算不送你去机场,过完生日,你不是也不打算再见我了吗?"陈又涵扶着方向盘,说完这句话,又想去摸烟盒。

叶开没回他。

窗外,平缓的丘陵一重挨着一重,村寨错落分布在山头,一块块田垄随着起伏的山弧线被切割。悬崖之下,混浊的江水滔滔怒吼,云海极低地掠过树梢,飘向远处天际线下白色的雪山。

三个小时后,雨停了,车子驶下盘山公路,平缓滑入平原间黑色笔直的柏油路。云团压得极低,几乎像是贴地。在明与暗交融的混沌光线中,村庄逐渐密集,两侧原野上开满了火红的狼毒花,黑色的小香猪不怕车,拱着鼻子满地乱钻。

高大的蓝色路牌指示向香原。

叶开从瞌睡中清醒,屁股坐得有点儿麻,睁眼醒了一会儿神。他歪过脑袋看着陈又涵的侧脸:眉骨高,眼窝深,鼻梁挺直。

陈又涵很轻地抿了一下半边嘴角:"再看就要收费了。"

车子驶进香原,沿着古城开了一段,拐进长征大道,向着寺庙的方向驶去。下过雨的街道被最后的落日余晖晒得半干半湿,街上行人和车都很少。两侧房子都修成了藏式碉房的式样,窗外悬挂着红、白、蓝三色条形布幔,四角上插着风马旗,门楣和外窗檐都绘着吉祥八宝的彩绘。

二十分钟后车子逐渐远离市区,进入村庄。这下好了,一路开开停停,车子动不动就被牛羊群给拦住去路。喇叭是不敢按的,按了也没用,他们只能干等。牧民握着鞭子站在路边和他们对视。叶片苍翠的白桦树站桩似的笔直立在谁家院门外。

陈又涵降下车窗,晚风一下子涌了进来。他抽出两支烟,扔给叶开一支,不忘讥诮一句:"好的不知道学,抽烟喝酒倒是学得快。"

叶开娴熟地吸了两口烟,看着前方与他们迎面相遇的绵羊群,淡淡地说:"抽的是大卫杜夫,买的第一款车是帕拉梅拉,威士忌不怎么喝得明白,但仍然是我去酒吧的 first choice[①]。真觉得我学坏了,也全都拜你所赐。就连再认识的朋友,身上也有你的影子。"

陈又涵隐约地嘲讽道:"Lucas 身上有我的影子?别埋汰人好吗?"

叶开失笑:"你怎么回事?"

陈又涵也抬了抬嘴角,手肘漫不经心地搭着窗沿。

叶开冲他轻佻地吐了一口烟:"陈先生,你既自信又不自信的样子很不像你。"

羊群终于离开了。

[①] 首选。

第四章 生日

普拉多在灰白色的水泥路上以二十迈的速度前行,拐过两个路口,寺庙连着鳞次栉比的僧舍建筑群出现在视线内。它们盘踞在半山腰上,连绵的金顶沐浴在雨后的余晖中。黑色的红嘴鸦成群地在上空盘旋。那是一种寓意吉祥的鸟。

叶开没问陈又涵到底要去哪里,一切听他做主。

寺庙门口,正对面的湖波光粼粼,中间沙洲上停着许多白鸭子。普拉多未做停留,背着湖拐过一个大弯,往山下的原野驶去,最终停在一片藏式碉房建筑群中。

"酒店?"

"嗯。"陈又涵应道。

白色高尔夫电瓶车等在路边,礼宾员将他们的背包放上座椅,接他们前去办理入住手续。

酒店的房子都是独栋别墅,疏落地分布在山谷的原野间。套房是一座两层高的木石碉房,门廊上挂着煤油灯。

管家是个藏族姑娘,已等候在门口台阶下。

"欢迎光临,陈先生、叶先生。"她用流利的汉语问候之后,转过身,用一把传统的黄铜钥匙打开门锁。两个人跟着她穿过长廊状的玄关,传统藏式的客厅出现在眼前。

虽然这段时间,叶开总是在这里、那里体验着藏式民居,但显然哪处都比不过这里精致奢华。

过了一会儿,一个背着背篓的小姑娘敲门进来。在暖黄的灯光下,她在壁炉前蹲下,将背篓里码得整整齐齐的木柴铺入壁炉,以松明子打底,用火石点火。火光一闪,浓郁好闻的松油味道便随着烟雾缓缓送出。

管家领着两个人上楼,逐层介绍酒店的设施和服务,最后将钥匙交给陈又涵,按照他的吩咐去准备晚餐。

一天的舟车劳顿下来，两个人并没有什么胃口，便一切从简，叫了送餐服务到一楼。壁炉里的篝火始终以一种温和的速度燃烧着，松香比他们刚进来时要浓郁许多，逐渐弥漫至二楼的书房和卧室。

别墅是子母套间的双卧室布局，黑胡桃木的地台床充满了原生态的古朴风雅韵味。叶开洗过澡换上睡衣，在床上盘起腿，打开了平板电脑。他心里还装着正事，就着顾岫给他的资料问了陈又涵几个专业的问题。

时光好像又回到了他暑假时在 GC 商业集团实习的那一年。那时候也是如此，他请教，陈又涵答，答的人事无巨细，听的人一点即通。

一直认真地请教到十点多方尽兴，叶开将平板电脑锁了屏，听到陈又涵笑了一下：'失策了，我应该保留一点儿。'

'为什么？'叶开抬眸，银色镜框后的双眼看着天真而不设防。

'我都教完了……'

'教会徒弟饿死师父？'叶开装作恍然大悟地揶揄。

跟他的揶揄声同时响起的，是陈又涵平静深沉的一句话：'——我还能给你什么理由找我？'

叶开摘眼镜的动作顿住了。只是还没等他有所表示，陈又涵便站起身，一边从桌子上摸走烟盒和打火机，一边说：'很晚了，你先休息，我抽根烟解解乏。'

他走到阳台上，将玻璃移门合拢，按下了打火机将烟点燃。

叶开注视着他指间的红星好一会儿，忽然自省，自己是不是太浑蛋了？明明自己已经知道了他那两年受的痛苦，也早就知道他的一切为难和不得已之外，却在决定原谅他的前夜，仗着已知他在乎自己这个弟弟，施展如此天真残忍的报复行为。

电话振动了起来。

陈又涵掏出手机，屏幕上闪烁的是管家徐姨的来电显示。

陈又涵吸了一口烟，稳了稳情绪，接起电话："喂。"

"少爷，繁宁空墅的那套房子……"徐姨是训练有素的老人了，很少在陈又涵面前惊慌，"好像进贼了。"

"报警。"

"您要不先看一下有没有少什么东西？"

陈又涵蹙眉："什么意思？"

"屋子里什么都没被动，就是主卧的床乱了。"徐姨为难地说道。

陈又涵明白过来她是什么意思。真丢了什么贵重的东西，都是几十万往上，保洁人员没这个眼力，徐姨也没这个权限。他简短地说："好，我看一下。"

他指间夹着烟，点开了监控的智能后台。

繁宁空墅这套房子的玄关出入口、书房、收藏室都装有全天候摄像头，保洁人员每五天前来打扫一次。既然上次没发现什么问题，那么他只要查这几天的监控录像就行了。

监控画面内，第一天无异常。

第二天也无异常。

陈又涵没有太多的耐心，蹙眉拖动进度条，视线跟着很快地扫过。

第三天也无异常。

他几乎马上就要快进到底，接着整个人便僵住了。

夜深露浓，陈又涵一支烟不知道抽了多久，回来时，黑T恤上沾着夜露的湿气和园地里芳草木的气息。卧室的灯已经关上，只余一盏夜灯为他留着。

陈又涵的一切动静都很轻，包括走到叶开的床边，安静地看了他数秒。

那张病危通知书被叶开看见了，并没有给陈又涵带来什么欣喜、振奋的情绪或幻想。他带给叶开的痛苦是那么不可饶恕，以致他从没有妄想过自己的这些伤痛可以换取被宽容的许可证。

看到监控画面里叶开愣怔、彷徨、失态的样子，陈又涵的第一反应是恐慌。小开会怎么想？会不会觉得恶心？觉得他是故意的，觉得他是把那张纸作为自我标榜的勋章、自我感动的表彰？会不会觉得他寡廉鲜耻，把彼此痛苦的那两年当作沾沾自喜的养料？

如果可以穿越回去，陈又涵宁愿把那张病危通知书撕碎。

陈又涵将那盏落地台灯的光按灭，转身离开。但光灭掉的那一秒，他听到叶开问："又涵哥哥，你这两年真的过得好吗？"

"你没睡着，还是被我吵醒了。"陈又涵微怔，半偏过脸。

"睡了，又醒了。"

察觉到陈又涵要抬手开灯的动作，叶开出声制止："别开灯，眼睛疼。"

陈又涵便将手放了下来。

"上次去看陈伯伯时，他说你这两年的生活方式很糟糕。"

"生活方式很糟糕"这种短语实在很有歧义，陈又涵转身，斩钉截铁地辟谣："别听他乱讲，我这两年一直很安分……"

叶开哑然失笑，用耐人寻味的语气问："陈伯伯的意思，应该是指你昼伏夜出，三餐不准，不爱惜自己的身体，你想到哪里去了？"

陈又涵："……"

"可是上次在丽市，你说你过得很好。"

黑暗中，只余下对面卧室从门缝泄入的一丝灯光。

陈又涵站在这光的窄缝中，一只手挂着门扇，沉默了一会儿，稀松平常地说："真的还可以。'GC'重新回到正轨上，我也有新的事情做，老头子身体健朗，真的没什么好挑的。"他顿了顿，想起叶开已经看到了病危通知书，又补充说，"是生过一场病，下了病危通知书，但既然救回来了,也就没什么好提的了。"

虽然知道这件事,但当陈又涵如此轻描淡写地说出口,仿佛那个生死一线的时刻只是一场寻常网球赛的赛末点,叶开还是免不了鼻腔发酸。

叶开知道自己是在爱里长大的人。他有好多爱他的人,但陈又涵只有陈飞一个。

陈家钩心斗角,陈又涵从一生下来就是靶子。什么长辈的爱、亲友的爱,他都没有。他只有无尽的斗争、斡旋与权衡。

如果陈又涵真的出事,为他而流的称得上真心的眼泪,恐怕连个烟灰缸都填不满。

"顾岫……顾岫对你挺好的吧?"

叶开这个话题起得突兀,陈又涵却好像懂了,"嗯"了一声,温和地说:"他是个很真诚的人,把我当朋友。"

"他知道我们决裂的事吗?"

"知道,是他送我去的医院。那次胃出血,没他我就真死了。"

顾岫是陈又涵的救命恩人。叶开心里静静地想,四舍五入一下,顾岫也算是他的救命恩人。

没有顾岫,陈又涵就会死……这个念头他只是稍稍一想,便如流星擦过夜空,那么轻,却留下了天崩地裂的尾巴。

叶开心口陡然一窒,瞳孔痛缩。

会不会……会不会陈又涵就这么死了,而他永远都不会知道陈又涵的痛苦?他甚至——他甚至会去出席陈又涵的葬礼,去扫墓、送花。

这念头毫无来由,画面却真实得仿佛已经发生过。惊恐在一刹那间夺走了叶开眼里所有的神采,他猛地坐起,胸口剧烈起伏,却觉得吸入身体的氧气越来越少。

"怎么了?"陈又涵抬手打开灯,看到叶开抓着被角,被黑发遮掩的额角上滑下冷汗。

叶开抬起头看着他,脸色苍白,黑色的双眸好像陷入了一个可怕的噩梦中。他看着陈又涵,目光却没有落在陈又涵的脸上,而是落在了某个未知的虚空中。那虚空是个巨大的旋涡,是黑色的泡沫,是深不可测的深海。

那眼神,陈又涵这一辈子都没敢忘记。

"又涵哥哥……"叶开伸出手,似乎想触碰陈又涵,但陈又涵离他那么远。

陈又涵走到他的床边,他空洞的神情忽然有了变化,继而他不顾一切地下了床。

厕所门被撞开,玻璃门撞击墙面的巨响中,传来叶开干呕的声音。巨大的悲伤情绪席卷了一切,他连心都像要呕出来。

肠道和喉管的蠕动刺激了神志。看着顺着脸颊滴落在白色马桶圈上的冷汗,叶开的眼神渐渐清醒。

他清醒地在脑内描摹着那个可能的废墟一般的画面。

很多年后,他会淡忘陈又涵的面目;会轻描淡写地说"我们曾经关系很好,只是后来不好了,这没什么,朋友间常有这样的事发生";会在别人提及陈又涵时礼貌性地惋惜其英年早逝,附和着说"是的,他是一个很好的人,不知道后来怎么会变成这样"。

他永远都不会知道那块滑雪板被和价值千万的藏品放在一起。那是陈又涵珍藏的有关他的十八岁。

陈又涵没有追进来,只是在外面靠墙站着。直到听到里面的抽水声响起,他才仰起脸,闭了闭眼。

过了会儿,里面传来洗手台的水流声。

叶开俯身,用力地漱口洗脸。冰冷的水珠从脸上滑落,他抬起头,从镜子里看到了自己通红的眼眶。大约又过了五分钟之久,他才沉默着走出来，睡衣的衣襟都被打湿了。

陈又涵什么话也没说，只递给他一支刚点起的烟。

叶开看了陈又涵一眼，接过烟，尽量镇定地抿入口中，但夹着烟的手腕克制不住地发着抖。他终究没忍住鼻腔一酸，用沙哑的声音威胁地说："你最好给我好好活着。"

陈又涵笑了笑："我答应你。"

叶开黑白分明的眼眸冷冷地扫了陈又涵一眼。

"我答应你，真的。"陈又涵勾了勾唇，"病危通知书我留着了，就放在书桌上。小开，那时候我下了班就是醉生梦死。出了急救室，医生说：'你想死的话就继续喝。'我还没有等到你的原谅，怎么敢随随便便地找死？我死了，你连个可以怪、可以恨的人都没有了，还怎么开开心心地过新生活？"他平静地说，"我答应你。不哭了好不好，嗯？"

叶开才知道自己哭了。他抬起手，在没有表情的脸颊上抹过。

"你这么关心我，我会多想。"陈又涵哄小孩儿的伎俩还是如此高明，"一个过完生日就打算老死不相往来的朋友，不需要流多余的眼泪。你关心我的死活，我会得寸进尺，以为你肯原谅我。懂吗？我会得寸进尺的。所以，快别哭了。"

叶开却不是小孩儿了。他开口，语气中带着微妙的讽刺意味："我在你门口时也哭了，你怎么不哄我？是那时候的我没有现在有价值吗？"

他说完，等着陈又涵回答。

"我……"陈又涵在心里无声地长叹。叶瑾，你让我怎么办，怎么说？

叶开单薄微红的眼皮闭了闭："到给你过完生日为止，我记得的。人不能两次都被同一个人骗。你怎么想也跟我没关系，因为没用。"

"我可以吗？"

陈又涵看着叶开，看着已经长大的他双手抱胸站着，指间夹着白色的烟。他刚哭过,脸色苍白。

"告诉我,"陈又涵又问了一遍,"现在的我,有没有继续做你哥哥的资格?"

悲伤的情绪如奔流过山隘后的河,激烈过后终究陷入了疲乏的平缓状态中。

叶开没什么表情地勾了勾唇:"没有。你好好倒计时吧。"

第五章 和好

翌日，叶开一觉睡到自然醒。他抖开浴袍，裹上束好，视线在套间内扫视了一圈。

子母套间的两间卧室共享一道横贯十来米的阳台，叶开的目光穿过阳台门，看到了坐在藤椅上喝茶的陈又涵。

玻璃门被推开后，旷野里的风吹动了叶开的碎发。

"醒了？"陈又涵说，"没舍得叫你，以为你要睡到下午。"

现在是上午十一点多，叶开已经觉得头昏脑涨，真睡到下午他能难受死。

茶几上，手工花绘骨瓷壶里泡着红茶，热气袅袅，香味勾着人的神经。叶开端起茶杯喝了一口，才觉得舒缓了些。

"好饿。"他说。

"我叫了餐，在一楼花园里。"

叶开两臂搭着栏杆，俯身往下看。服务生正在布置餐桌。长餐桌的白色桌布上，靛蓝色粗土陶罐子里插着一枝不知道从什么树上折来的淡青色小花。

"看着不错。"叶开回眸，轻轻吹了一声口哨。

陈又涵失笑，将手中的书放下："你让我好好倒计时，我怎么能不珍惜？"

叶开真受不了陈又涵这种任何时候都能游刃有余的本领——像个浑蛋一样。他神色不悦地带着起床气从陈又涵身边走过，丢下了一句话："想看你难过，难如登天。"

酒店提供的是南法料理，与这里充沛的阳光倒显得相得益彰。

饿过头了反而不太有食欲，叶开虽然坐得端正，但整个人从骨子里透出股懒劲儿，也就柳橙鹅肝和煎鳕鱼让他多尝了那么几口。不动刀叉的时候，他就托着腮看着远处的田园风光。

从花园所处的坡地望出去，可以看见错落的村落和青稞地，寺庙坐落在稍远处，白色的院墙托着金顶。阳光和风都很轻柔，从遥远处荡来的风中，有铃铛的声音，那或许是手持转经筒的"叮当"声。

陈又涵用叉子敲了敲玻璃酒杯，唤回他的神志："小朋友，你嘴角有奶油。"

叶开微怔，先用白餐布擦了擦嘴角，继而才反应过来，神色中带着淡淡的恼怒之意："谁是小朋友？"

陈又涵进退有度："过个嘴瘾而已。"

叶开掐指算了一下："还剩三天。"

陈又涵风度翩翩地说："时刻牢记，片刻未敢忘怀。"

叶开的嘴角微微抿起，看上去没了平日的乖巧样子，好像在跟谁赌气。他忍不住讥诮道："你好像恨不得那天早点儿来的样子。"

"怎么会？"

"看不出你有一丁点儿难过和不舍得的样子。"

"我难过得很。"陈又涵垂眸笑了笑，让人看不清他究竟是真心还是假意。

"Lucas还没有打电话联系你？"他继而问。

叶开都快忘了这个随口扯的谎了。他微怔,别过视线:"他刚入职,忙一点儿也是正常的。"

陈又涵在阳光和柔风中咄咄逼人:"他作为你这么重要的朋友,打电话道个歉的时间总是能抽出的。如果是我,我绝不会让你有隔夜气。"

叶开托着腮,将视线从远处转回来,跟陈又涵对视一眼后,懒懒地牵了一下唇:"又涵哥哥,你要跟他比到什么时候?"

放在手边的手机正好振动起来,叶开拿起看了一眼,遗憾地说:"Well①,说曹操曹操到,是 Lucas 的电话。"

他微微歪着脑袋,似笑非笑地看着陈又涵。

陈又涵神情的变化转瞬即逝。他拿起烟盒和打火机,站起身,识趣地说:"不打扰你。"

叶开滑开屏幕,对电话那边叫了声"妈妈",应付起瞿嘉的絮叨来。

陈又涵站得足够远,远到保证自己不能听到叶开的只言片语。他吐着烟,透过丝状的烟雾,眯眼看着叶开的每一个动作、每一个表情。他确实是一个善于得寸进尺的男人,才一夜过去,他已经在心里擅自给自己找好了不爽的资格。

等看到叶开放下手机,他掐灭烟坐了回去,对刚刚那通电话只字不提,而是问:"下午想去哪儿?"

叶开连坐着吃一顿饭都嫌费劲,能去哪儿?

"酒店送了两张寺庙的门票,你想去的话我陪你去。"陈又涵说。

昨天开车经过时,叶开就在门口瞥过了一眼。寺庙在山上,进了景区门后,有一段很陡的上百级台阶。

"不去。"叶开一口回绝,"不跟你爬。"

陈又涵用餐巾擦了擦手,玩世不恭地笑了笑:"那你想跟谁爬?"

---

① 好吧。

"我要走了，Lucas 约我回去自由潜。"

"不准。"

叶开听完这句话，直觉有点儿不妙。他抬起头，看着陈又涵走到他身侧，两手插兜："说好陪我到我生日那天，一天也不能少。"

侍应生被惊动了，回头观望，看到年轻的叶先生捏紧拳气冲冲地走向玄关，陈先生却仍旧是两手插在西装裤兜里的姿态，不紧不慢地跟在叶先生身后。

"砰！"门被狠狠摔上，结实的门楣都被摔得震颤。

陈又涵吃了闭门羹，没气馁，反倒低头无奈地笑了一下。

他没敲门，站在门外等了会儿。

蝴蝶在香槟色月季丛中翩然飞了两个来回。门开了，叶开脸色很臭地站在门内，但眼里并没有多少真正的怒意："王八蛋……我说了来看你只是心血来潮，Lucas 跟我道歉了我就走。"

陈又涵跟他对视了两秒："你真的想走，我会亲手帮你打包行李，只要你告诉我。"

门又被关上了。

这回力道轻了很多，是陈又涵进去后用手掩上的。

"现在，你告诉我，你是不是真的想走。"他微眯着眼，锐利的目光长久地停在叶开的脸上，不放过叶开的神情里的任何风吹草动。

叶开抿着嘴唇，一句"我现在就走"又有什么难的？可是他难以张口，在陈又涵的逼视中败下阵来，选择扭头逃避："这是我的事，你凭什么逼我？我走不走都跟你没关系。"

哪知道他一不留神，脚趾撞到桌腿，他痛得色变，蹲下身倒抽了一口气。钻心剜骨的痛感从脚趾直冲到心里。

陈又涵脸色剧变，很快地冲过来蹲到叶开身前，掰开他捂着脚尖的手指："嘘，嘘，让我看看，让我看看。"

第五章 和好

叶开甩开他的手,讲话的鼻音很重:"滚开。"他被陈又涵一逼,就自乱阵脚,愤怒地说,"给我收拾行李,我下午就走。你别以为我对你有什么不忍心的,什么给你过生日只是耍你的托词,你想留我也没用,想跟我冰释前嫌……"他蓦地抬起脸,既委屈又愤懑地问,"谁给你的勇气?你凭什么……"

"繁宁空墅的监控视频,我看到了。"

陈又涵的话刚说出口,满屋子都安静了下来,似乎连风都绕道而行了。

陈又涵半蹲的身躯绷得死死的,脸上却一派平静的表情。他怕叶开真的提起行李走了,也怕自己打草惊蛇。但唯唯诺诺、畏首畏尾这样的行为,向来不是他的风格。揪准一个口子,哪怕这口子比针孔更小,比发丝更细,他也要乘胜追击——这才是他。

"你知道我在乎你这个弟弟,你已经亲眼看过了。"陈又涵说。

叶开的目光无处安放。他一会儿从撞红了的脚趾看向陈又涵,一会儿又慌乱地垂下眼眸。脚趾一阵一阵地疼,难以舒缓。他看向陈又涵握着他的足弓的手:"监控视频……你都看过了……"复述了一遍事实过后,他吞咽了一下口水,像是突然被惊醒,不顾一切地想起身跑掉。

陈又涵拽着他的胳膊一拉,将他强行按住。

"你看到了我的病危通知书,也看到了我收藏了你的雪板,所以你出现在我面前。我可不可以这么理解?"

叶开闭了闭眼:"我只是同情你。"

"同情我?你为什么不同情你自己?被伤害的人是你,你有权利不原谅、不同情任何人,为什么要对我心软?"

叶开呼吸滚烫:"别逼我。"

"最后一次。"

"不公平。你比我多了十六年的人生经验，用这些经验和技巧从我嘴里逼出真心话，不公平。"

"我把所有的经验和技巧都用在这里，只要能听到你的一句真话。"陈又涵寸步不让，态度坚持、固执、锋利，用一切坚硬和冷静来粉饰自己此刻不宁静的心情，"你今天就算说讨厌我这么逼你我也不管。对不起，以前我觉得尊重你、保护你才是第一位的，但今天如果不逼你一把，不孤注一掷地去争取一回，将来我会后悔。我怕我将来后悔得过不好这一生。除了我爸，你是我身边最亲的亲人了。"

叶开回视过去，指尖一阵一阵地发麻。漫长沉默过后，喉结滚了滚，他冷冰冰地说："去死。"

陈又涵怔了怔，嘴角向上抬了抬，呼吸却渐重。他抹了把脸，笑了一声，转了几步后，抬起一臂，将额头抵到了挂着唐卡的墙上。

叶开看不到他胸腔的深缓起伏，却如此分明地听到了他长长的、深深的吐息声。

他的世界，从此以后拨云见日了。

叶开抄起茶几上的烟盒，弹出两支，问："抽烟吗，又涵哥哥？"

他抛给了陈又涵一支，又娴熟地将自己这支点燃，咬着烟嘴，垂眼问："什么时候知道的？"

"昨晚。管家来电话说繁宁空墅那边进了小偷，我让她报警，她说这个小偷有病，什么都没翻，光在我的床上睡了一觉。"

叶开脸色瞬间僵了僵，烟都快被他咬断了。太尴尬了，他只能用逞凶来掩饰："我只是喝多了！"

陈又涵点了点头："看出来了。"

"指纹……不是被你删了吗？"叶开倚着壁炉，把两肘搭在上面。他用这种看上去很松弛的姿态来掩饰自己的不自然表现。

"可以通过云端还原。"

陈又涵顿了顿，想再说什么时，叶开止住他："别问我为什么去你那楼，也别问我为什么想打开你的门。我醉了，什么都不知道。"

"好。"陈又涵十分干脆，末了，说，"酒品挺好，睡相很乖。"

叶开被烟呛了一口，偏过视线不自然地问："你……你删掉了吧？"

陈又涵在沙发上坐下，反问："你觉得可能吗？"

听到叶开低声骂脏话，陈又涵慢悠悠地补充说："等你二十岁生日宴时，就放这个，你觉得怎么样？十乘十米的高清LED屏，从宾客入场开始循环，一直放到晚宴结束。"

太狠了。叶开无语，用夹着烟的两指警告地指了指他。

"你知道我最喜欢哪一段吗？"陈又涵掌控着谈话节奏。

叶开不自觉地顺着他的问题，回顾自己当晚半醉半醒的失格举动。不过是一个醉鬼鬼鬼祟祟的行为罢了，他实在想不出有哪些值得欣赏的片段。

"我最喜欢你从吧台走到阳光房的那一段，虽然看上去跟梦游一样，但让我觉得一切都没变。"

叶开心里浮现挂了黄的香水柠檬的画面。那些丰硕的果实，在朦胧的晨曦中好像会发光。

"看到你去了书房和收藏室……"陈又涵停顿了将近三秒，让人疑心他是忽然忘词，但其实是因为他再度被第一次看见那个画面时那种激烈的情绪所冲击，他抿着唇深呼气，才继续说，"很庆幸，很……不知道，"他笑了笑，"可能是很感谢哪路神仙。"

叶开一臂横揽胸前，夹着烟的右手搭在上面，轻轻弹了一下烟灰："又涵哥哥，如果只是知道了你那两年过得很惨，我会动摇，但不一定会来找你。我会觉得你只是单纯后悔了，但伤害过后的后悔，不值钱。"

陈又涵笑了笑。这样的话，确实是叶开会说的。

"我后来去看了陈伯伯。"叶开瞥了他一眼，"当时看到你的病危通知书，第一个想见的不是你，而是陈伯伯。不知道为什么，一想起他在急救室外签下病危通知书的样子，我就觉得恐慌……想去看看他这两年过得好不好。"

陈又涵知道了，叶开去找陈飞一不是为了打听自己的过往，而是他与生俱来的家教、涵养和善良驱使他不得不去探望一位差一点儿晚年丧子的叔伯。

这也是叶开的风格。

"他让你来劝我。"陈又涵说。

叶开笑了一下："嗯，他说如果是我劝你的话，你会听。"

"然后呢？"

"然后他说了很多小时候我已经忘记的，或者我还没记事前的事。他说，我的到来，是你生命里的礼物。"阴影中，叶开的脸色看着有些苍白，他停顿了一下，才继续说，"从他口里说出的你对我这个异姓弟弟的在乎，像是让我拥有了一个印章。那一瞬间我跟自己和解了。过去两年，我一直挣扎在你骗我、利用我的痛苦里。我想找到你真实在乎我、珍视我的证据，一点一滴地回想你为我做过的一切，又亲手一件一件地打碎、磨掉滤镜。陈伯伯说的话，让我解脱。"

空气安静了下来，只有细小的灰尘在光线里起伏飘飞。

花都开着，窗帘飘动，风送进浮有香气的阳光，吹散了两个人间的烟味。

叶开扬起了一侧嘴角，疲倦地说："告诉我，你当初说的每个字都是骗我的。你从来没有利用我。"

他的眼前出现陈又涵的左手，掌心那里有一个不规则的圆形疤。

"那时候烫的。"陈又涵看着他轻描淡写地说，"在乎你的所有话是真，觉得你麻烦的所有话才是假。"

香原的天空常常是这里晴着，对面那朵云却在下雨。他们在寺庙这边度过了一个晴好的上午，古城却已下过了一场雨。等他们走进城门时，正好雨过天晴。

最近的一家药房就在长征大道和古城北门交会的路口。叶开在外面等着，等陈又涵给他买氧气瓶和红景天、葡萄糖。

叶开的烟抽了半截，陈又涵出来了。

一件黑色高领短袖针织T恤被陈又涵穿出了时装男模的效果，可惜纸袋上印的logo[①]不是那么回事。叶开笑了一阵，被烟呛得咳嗽起来。

陈又涵从他手里接过半截烟掐了，眯眼看着他："有高原反应，还抽烟，谁教你的？"

叶开舔了舔下唇，祸水旁引："Lucas教的。"

两个人向古城里走去。

之前的一场大火，让这里呈现出了半新半旧的割裂状态。未被烧毁的部分还保留着黄泥墙、木房梁、青瓦檐的原始面貌，新建的部分却只过去了几年，过度雕饰的门楣檐角似乎还散发着油漆的味道。

叶开手里端了杯手磨咖啡，光闻，不喝。因为他有高原反应，暂时被陈又涵剥夺了吸收咖啡因的权利。

这里的每一条狭窄的巷道里都能找到一家咖啡店。临街的铺面总是要漂亮一点儿的，有着令人向往的二楼露台，屋檐下挂着星星形状的灯，到晚上便会一闪一闪地亮起。

跟咖啡店一样多的，是背着登山包的外国背包客。

两个人沿着石砖铺就的路慢慢闲逛，真认真逛起来也觉得无聊，店

---

① 商标。

铺里的东西千篇一律，都是玉石、银饰和古玩，很少能打动他们。

阳光充沛，绘着圣象的白墙表面那点儿水印子马上便被晒干了。光线点缀着塔尖，转经筒被游人转动，发出一连串"咕噜噜"的滚动声。

叶开趁陈又涵不注意，偷偷抿了一口咖啡，点了点头，味道不赖。

陈又涵勾了一下嘴角，拆台："挺好喝吧。"

"不喝了……"叶开泄了气。

"没关系，你可以一边喝咖啡，一边吃止痛药。"

叶开的太阳穴现在还因为高原反应而痛着呢。他又轻又快地摇了摇头，以视死如归的姿态将咖啡递了出去："不要了！"

陈又涵掌心朝上式地勾了勾手指，叶开不明所以，凑近过去，听到陈又涵说："别这么可爱。"

两个人沿着坡道往下，两侧都是黄泥老房子，屋顶上长满了杂草，开着格桑花。格桑花是五颜六色的，但还是粉和白的多一些，在柔风中轻轻晃动着纤细的茎梗。因为在城市里见不到，看着这种植物，叶开总会忘记他们的来处和终将回去的地方。

公园的大金色转经筒在阳光下令人瞩目。

叶开被阳光晒得眯起眼，用手背挡了一下，考陈又涵："又涵哥哥，你知道那个是什么吗？"

陈又涵抿了抿唇，配合地说："不知道。"

"是非常有名的转经筒！很厉害吧！"

陈又涵点了点头，用一种冷静但浮夸的语气说："哇哦。"

叶开："……"

叶开总觉得这个语气有点儿耳熟。他花了两秒想起来了，他的幼儿园老师在他三岁年幼无知时也是这么敷衍他的。

"小开，有时候真的觉得你一点儿都没变。"陈又涵看出他有点儿生气,轻声哄道,"小时候花园里飞进一只蝴蝶,你也这么说:'又涵哥哥,你见过这——么大的蝴蝶吗?'"

太阳太晒,叶开被晒得脸皮发烫。

"从游乐园回来说:'又涵哥哥,你知道我今天坐了一个多高的跳楼机吗?'"

叶开深吸了一口气,脸上的表情十分精彩。

陈又涵故意停了两秒,才学着他的语气清晰缓慢地说:"有一百米那么高……"

叶开终于忍无可忍:"陈又涵!"

陈又涵笑出声,哄着说:"你怎么这么可爱?嗯?是不是吃'可爱多'长大的?在别人面前也这么可爱吗?"

黑亮的眼眸里都是气鼓鼓的怒意,叶开气死了,大声说:"对!可爱死了!"

游客都看着他们,只觉得两个人之间的氛围太好了。

公园脚下,叶开顺着台阶抬起目光。因为山体太高,他的下巴也微仰了起来。从山脚到转经筒也有近百级台阶,他有点儿后悔,应该在最后一天再来打卡的。

他因为高原反应而苍白的脸颊,在阳光下几乎像是一块透明的冰,即将被晒化。陈又涵打开药房的纸袋封口,从里面取出一支葡萄糖口服剂。

叶开之前在姜岩那儿喝过,两块钱一支,齁甜,但管用。

他拧开封口,一口气喝完葡萄糖后,迈上第一步。

沿阶两旁种着苍翠的松柏,他们并肩从绿意和阳光中慢慢地经过,向前走着。

五层楼高的转经筒纯铜镀金,在游人的推动中缓慢地旋转,每转一圈都会发出"叮"的声音,干净,圣洁,如白鸽穿过云层。

导游的声音洪亮:"筒壁上浮雕篆刻……筒内藏着一百二十四万条经咒……顺时针转一圈相当于……"

叶开在树荫下看了十几分钟,风把他的汗吹干了。他始终没有前去加入这支队伍,即使周围攒动的人群那么热闹,有那么多的游客跃跃欲试,加入又退出。

在听了不知道第多少圈的"叮"声后,或许是四十五声、六十声、六十六声,他起身,说:"走吧。"

他许下的愿望很简单,神明已经听到了。

而且,愿望已经实现了。

香原的时间走得很慢,日也慢,夜也慢,一阵阵不均匀的阵雨切割着时间,唯有傍晚时,寺庙报时的钟声准时传过大地。

心血来潮时,叶开就拉着陈又涵跑到深夜的古城里晃荡。

月亮高升,银白色的月辉笼罩着白塔,湿漉漉的街面上一个行人也没有,只有几家窝在二楼的酒吧亮着灯,传来隐约的鼓声。

两个人上了二楼,找到最靠近舞台的桌子坐下。

酒吧是英国人开的,band① 成员也来自英国,风格却很杂糅,一会儿是蒸汽波风格,一会儿是英伦风格。主唱唱累了,下来找他们这唯一的一桌客人聊天。陈又涵说起英文来自如流畅,发音纯正,像他说中文一样绅士而充满风度。

"你……你……"叶开被震惊到,半晌,佩服地问,"在哪儿报的班?"

末了,他不太敢信地问:"为了去国外看我?"

---

① 乐队。

陈又涵这种人主张效率为王,不论到哪儿,都会有专业接待和翻译,他实在不必浪费宝贵时间去学英语,练一口地道的发音。

"以为你在国外念书,我幻想着哪一天会在异国他乡假装跟你偶遇。"陈又涵不以为意地笑了笑。鸦青色的星空下,他的剪影有些慵懒。

两个人开车回酒店,寂静的长街上空无一人。普拉多开得很慢,叶开单手支着脑袋,在安静运转的暖气中冷不丁地说:"又涵哥哥,可是如果到八十岁我还叫你哥哥,别人会不会觉得我有神经病?"

陈又涵说:"放心,别人尊老爱幼着呢,顶多在心里骂骂,面子上还是会叫您一声爷爷的。"

叶开弯了弯一侧的唇。

"当然,叫我的名字也可以。"陈又涵说,"试试看?"

"陈又涵?陈又涵,陈又涵,陈又涵,陈又涵……"

"别叫了,在。"陈又涵声音温和低沉地回应他。

"生日快乐。"

时针和分针都指向了十二点,在叶开繁复的表盘上并成短短的一道线。

陈又涵愣怔了一下。车子驶进村庄,他笑了笑:"你还真是准时。"

"那你快乐吗?"

"唱个生日歌吧。"

叶开清了清嗓子,一边轻轻地拍手一边唱,还是那些词,一字不差。

"Happy birthday to you.[①]

"Happy birthday to you.

"祝你幸福,祝你快乐。

[①] 祝你生日快乐。

"Happy birthday forever.①"

安静的车厢里，夜空下，他的声音像一尾游荡在银河中的鱼，透亮，清甜，每一个音节都像是游弋而出的星光，闪闪地在空中消散。

"陈又涵，以后每个生日，你都不用再自己一个人喝酒了。"

洗了热水澡出来，叶开看到陈又涵手里拿着他的手表，像是很认真地研究着。

叶开不是没有讶异的。那块表是专业级潜水腕表，他虽很喜欢，但东西本身不贵。正常来说，这个价格的表根本不值得陈又涵多扫一眼。

陈又涵将手表放回托盘里："青铜系列？"

墨绿色表盘，透明蓝宝石水晶玻璃，有很浓郁的工业复古风格。

叶开一边擦着头发，一边点了点头："你竟然知道。"

"你十六岁生日那年，叶瑾不是送了你一块他们家的古董藏品表吗？我那时候就记得。"

叶开随即笑了笑，眼睛看着沛纳海，心里想到的却是另一块表。他忽而问："护照带着吗？"

陈又涵出远门带护照已经成了一种习惯，点头问："想出国？"

叶开"嗯"了一声，思绪已经飘到了温哥华。

陈又涵给自己点了一根烟，深吸了几口后问："不想回家？"

迟迟没有听到对方的回应，陈又涵难免自嘲地勾了勾唇。他大概能猜到叶开不想面对家人的心情。

叶开这才回过神来，问："你刚才问我什么？"

陈又涵说："没什么。"

叶开好笑又无语："怎么了？怎么突然从赤道搬南极去了？"

---

① 永远生日快乐。

陈又涵笑了笑，抬手指了指他的湿发："真的没什么，快去吹头发。"

叶开想了一下，没猜透他突如其来的低落情绪，边擦着头发边说："明天先去丽市，看看哪边转机去温哥华比较方便。"想了想，他用有点儿无奈的语气说，"可能还是要回宁市飞。"

陈又涵垂下手，身体站直，沉默了一会儿，问："你……要去温哥华？"

叶开应声："外婆好久没见你了，她看到你应该会很高兴吧。"

在叶开随着走动忽远忽近的声音中，陈又涵忽然想，这个生日着实不坏。

出发那天，两个人在阳台上懒懒吃完一顿 brunch①，开车去了丽市，从丽市飞回宁市，再从宁市转机飞温哥华，真是够折腾的。

头等舱宽敞舒适，叶开裹着毛毯睡醒后，忽然想起那年新年的场景。他偏头看了陈又涵一眼，发现这人在看项目资料，便摘下耳机凑过去戳了戳陈又涵的胳膊，小声地说："又涵哥哥。"

陈又涵"嗯"了一声，视线停在平板电脑上没挪开："还有五个小时，保温杯里有热水。"

"你那时候一个人飞过来，是不是很无聊？"

陈又涵笑了笑，终于侧目瞥了他一眼："现在才感动？"

那是一次漫长的飞行旅程，是他百忙之中拼凑出来的空闲时间，是他一时脑热神志不清。过海关，候机，上舷梯，在飞机震颤的引擎声和起飞的超重感中，他才问自己：图什么？

他告诉自己什么都不图。可直到看到叶开的那一瞬他才知道自己

---

① 午餐。

图什么，图叶开的一个笑，图叶开黄昏中惊喜的眼神，图那一声心无旁骛叫过千万遍的"又涵哥哥"。

叶开得了便宜还卖乖："你这个哥哥当得也太劳民伤财了。"

"以后改正。"陈又涵散漫应道，手指滑动，翻过页面。

见叶开没动静，他瞥过去一眼，觉得好笑："说改正，也要生气？"

叶开不乐意听这话。大概是起床气未消，他冷冷地"哼"了一声，将薄毯裹好，面朝舷窗跷起腿。

陈又涵放下平板电脑，话锋一转，很没原则地说："飞十几个小时就为了给你送副眼镜，确实有点儿劳民伤财，但架不住我乐意。再来一次，我还天天去校门口接你上下学，等你十八岁，全天翼中学都知道你有个开兰博基尼的……"

他顿了顿，叶开心里都浮现"哥哥"两个字了，谁知他悠悠地说："司机。"

叶开忍不住笑了出来。

陈又涵见他笑了，也跟着笑了一声："高兴了？没高兴我再编几句，编满五个小时。"

叶开无语，冷眼看着他："你编，五个小时够你编到八十岁。"

陈又涵对这些信手拈来，但有股漫不经心的真诚感。他牵动嘴角："八十岁有什么好编的？喝喝茶，养养花，夏天去看雪山，冬天去海边晒太阳。这么一算，我得活到九十六岁。"他垂眸，玩世不恭地笑了笑，"酒是戒了，从明天起，烟也戒了吧。"

飞机在黄昏时降落在温哥华机场。

兰曼和瞿仲礼在出口处迎接他们，见了人，兰曼率先上去拥抱陈又涵。

人的岁数上来，身高总会越来越萎缩。

陈又涵觉得兰曼似乎矮了许多，绅士地俯下身与她抱了抱。兰曼清瘦的身子被他搂在怀里，她苍老但保养得当的手在他的后背上轻拍了拍："又涵，我们等了你两年了。"

陈又涵被她这若有似无的一句轻叹弄得哽咽了一下。

陈家没有这么年长的长辈，陈又涵的母亲宁姝是个身世成谜的孤儿，奶奶早逝，爷爷年轻时心力耗得厉害，也不是很长寿。他一直把叶家的长辈当作自己的长辈来对待。

兰曼的体温、香水味、柔软的发丝、慈爱的目光，前所未有地让陈又涵觉得自己是个小辈。

瞿仲礼随即也抱了上来。兰曼有点儿失态，眼睛很红，瞿仲礼把她抱进怀里，哄小姑娘一样地说："不哭，不哭了，曼曼，你看又涵是不是快赶上我年轻时那么帅了？"

兰曼破涕为笑："你比他差远了！"

四个人都笑了。

叶开说："又涵哥哥，你还没有打招呼。"

陈又涵便依次叫过"外公""外婆"。

兰曼看他的眼神温柔得似要溢出水，她从包里摸出一个很厚的红包递给陈又涵："这是宁市老一辈的礼节，知道你不缺钱，但这个你必须收下。"

陈又涵多少年没收过利是了，两手接过，英俊的面容上挂着笑。

叶开适时凑上来，搭着他的肩大惊小怪地说："哇，外婆，你偏心！"说着他一把从陈又涵的手里抢过红包，拆开封口，"我来看看有多少……"

六千六百六十六块，老版的人民币，看这崭新的样子，应该从没有在市场上流通过。

这套钱的岁数比叶开的年纪都大。

叶开把红包拍回陈又涵的胸口，故意唉声叹气地说道："白高兴了，一张都不能用。"

兰曼白他一眼："小财迷。"

四个人说笑着往停车场方向的直梯走去，叶开和陈又涵并肩走着，又跑上去拍了兰曼一下："外婆！你有没有让Mary给我准备海盐曲奇？"

两个背包被扔在后备厢里，瞿仲礼开车，叶开主动申请坐副驾驶座，把陈又涵旁边的座位留给了兰曼。

车子驶上柏油路，天气不热，瞿仲礼把车窗降下了半截，风顺着窗缝温柔地涌入。叶开翻看着他的车载CD，听着后座上兰曼跟陈又涵的交流声。

兰曼问："这几年怎么样？我看你好像瘦了点儿。"

陈又涵规规矩矩地报了体重，说："轻了几斤。"

叶开没忍住，"扑哧"一声笑了。跟几年前比，陈又涵被一个红包搞得缴械投降，那股举重若轻的范儿没了，反倒跟个正儿八经的小辈一样拘束了起来。

兰曼透过后视镜瞪了叶开一眼，又拍了拍陈又涵的手轻声说："不理他。"

兰曼陆陆续续又问了许多问题，问公司，问陈飞一，问陈又涵这两年在忙什么，身体好不好，嘘寒问暖了一路。陈又涵拣简单的、好听的、有意思的话哄她，心情渐渐平复，终于找回了游刃有余的感觉。

兰曼这两年把花圃重新翻修过，把香叶园和菜园都移到了后院，再不像原来那样樱花树下插着大萝卜。玫瑰品种是越养越娇贵了，开足了三百多天，花圃里一年到头都是姹紫嫣红的。倒是白篱笆没有变样，似乎还被重新粉刷过。

第五章 和好

几个人下了车，华裔管家 Mary 已经带着家里的帮佣和工人们候在门口。佳佳乖巧地蹲坐在一旁傻乐，一看到叶开就冲了上去，一爪子就要把叶开扑倒，幸好陈又涵在他身后护着。

佳佳又绕着陈又涵来回地嗅，嗅到了点儿熟悉的气息后便开始扒拉着陈又涵上蹿下跳。它比猎猎年轻，猎猎是个"老绅士"了，它还是个"小姑娘"。陈又涵蹲下身，轻车熟路地跟它玩起来。

瞿仲礼得意扬扬地说："佳佳记性好，还记得又涵！"

叶开吃醋地对陈又涵说："你完了，你等着吧，它早上肯定来找你。"

兰曼顺势亲热地问道："又涵，这次不住酒店了吧？"

陈又涵站起身，带点儿笑意地说："听您安排。"

兰曼只觉得一颗快老到头的心脏"怦怦"地猛跳了两下，转身再度对瞿仲礼说："你比他差远了！"

瞿仲礼一脸蒙，在叶开喘不上来气的笑声中无辜地摊手，耸了耸肩。

老人岁数大了腿脚不方便，前年翻修时便新安了部家用电梯，里面站两个人刚好，三个人嫌挤。客卧在三楼，两个老人牵着佳佳坐电梯上去，陈又涵和叶开走楼梯，Mary 落后几步跟在后边。

陈又涵终于找到机会质问叶开："外公、外婆都知道了？"

叶开手里不知道什么时候顺了一小串青葡萄，扔了一颗塞进嘴里，云淡风轻地说："早就知道了。"

陈又涵也摘了一颗，不知道是什么品种，吃着有股玫瑰花香和蜜桃的余味。他问："什么时候知道的？"

"那年暑假。"

瞿嘉那时跟兰曼说叶开最近状态不对，要去温哥华散散心。她哪里知道温哥华也是个伤心地，叶开非但没想通，反倒病得更严重了。

兰曼情感细腻,跟叶开聊了几句就猜到了因由。

陈又涵微怔。也就是说两位老人两年前就知道了,不仅知道了前因后果,也见过叶开那副样子,却完全没有在这天为难他。

说话间两个人到了三楼,三楼有两间相对的独立套房,内嵌一条回形长廊和两个小起居室。中庭中空,可以俯瞰一楼的下沉式阶梯和步入型客厅。

兰曼引着陈又涵到了左边的客卧:"小开和小瑾都住惯了二楼,你委屈一下。"

空气中有一种很高级的佛手柑和松木混合的香味,很沉静,像是和夏天唱反调。

"我呀,问宝宝你喜欢什么香氛,结果他倒好,什么都不懂,"兰曼说着说着,带着笑意地瞪了叶开一眼,又扭头继续关照陈又涵,"要是闻不惯你就和 Mary 说,我们换一个。"

"喜欢。"陈又涵想了想,随即用不确定的语气报出个品牌名,听发音似乎是法语,"不知道我猜得对不对?家母生前也喜欢。"

兰曼显然眼睛一亮,意外且惊喜地问:"真的吗?"她问这句话时,神态和眼神还是很有小女生的天真感。

陈又涵不敢哄骗她,温和沉稳地说:"真的。"

气味是比记忆更长久的存在。正是因为印象深刻,陈又涵闻到这个味道便会想起宁姝在病房里很痛苦的那几个月,和她混合着香味以及消毒水味的苍白的双手。他后来再也没碰过这个品牌的任何产品。但他一句话都没和兰曼提。

兰曼双手合十,微仰着下巴,清亮的眼里都是为这桩巧合而感到不可思议的神色。半响,她赞叹道:"难怪,难怪……"

叶开看了陈又涵一眼,看到他脸上倦怠的笑意,忙推着兰曼说:"外婆,外婆,我饿了,晚上吃什么?我想吃海鲜烩饭,"说完又冲瞿仲礼使眼色:"外公,那个……"

瞿仲礼笑着接话:"该带佳佳去散步了是不是?"

"对,对,对,"叶开猛点头,"你看佳佳又要发脾气了。"

兰曼看了佳佳一眼,佳佳乖巧地坐在楼梯口歪了歪脑袋:"佳……"

叶开截住她的话,吹了声口哨,说:"佳佳!快,让曼曼带你去玩!"

佳佳得令,像火箭一样沿着楼梯蹿了下去。

兰曼不得已,边被瞿仲礼推着往外走,边不忘回头数落:"又涵,不是,你怎么也穿起了T恤?!明天我带你去买衣服……哎呀,瞿老先生你不要推我嘛!"

没等人声远去,叶开就笑出了声。

他们虽然收拾过,但还是一副刚从深山老林里历练回来的样子。陈又涵哪有第一次见兰曼时的绅士精致样子,也难怪兰曼要如此痛心疾首。叶开低笑着摇了摇头:"完了,完了,扣分了。"

两个人透过窗户可以看到两位老人牵着佳佳小跑出栅栏的身影,兰曼白色的连衣裙摆在浓重的晚霞下飞扬。

叶开目送着他们转过开满鲜花的街角,转而问:"那个牌子叫什么?我忘了。"

陈又涵说了个品牌名,顿了顿,问:"怎么了?"

"闻着伤心的话,晚上可以跟我换房间。"叶开了解陈又涵。这房间里的一切既然都是兰曼精心布置的,那陈又涵即使再睹物思人,也不可能开口让兰曼换了。

陈又涵没忍住勾起了嘴角:"你是不是想让我变成负分?"

叶开怪聪明地说:"趁他们起床前我们再换回来。"

陈又涵:"不错,真不愧是高才生。"

"别提,"叶开打住他的话题,像个大少爷似的抱怨,"累死我了,天天学到后半夜,觉都睡不够。"

Mary 小心翼翼地敲门，陈又涵应了一声，Mary 便端着小餐车进门。她的中文带点儿东南亚那边的口音，她礼貌地笑着说："晚餐在准备了，两位少爷不介意的话不妨先用点儿下午茶。"

　　推开门有个连通的大阳台，地上高高低低地摆了很多石膏像，两张藤椅中间放着一张铁艺锤纹玻璃茶几。Mary 在这儿干了十多年，跟叶开很熟了，训练有素地把茶具和餐具摆好后，开玩笑似的叮嘱道："陈少爷，你千万看着点儿小开少爷。他贪吃。"

　　叶开扶额，半真半假地认真说道："Mary，不要第一天就拆我的台。"

　　Mary 收起托盘，做了个给嘴巴拉上拉链的动作，然而走之前没忍住又说："小开少爷，你笑起来比那时候好看多了。"

　　Mary 一走，陈又涵拣起一块曲奇饼，掰了一小半夹在指间，宛如递出张扑克牌似的递到叶开眼前。

　　叶开："你喂猫呢？"

　　陈又涵失笑，将整个盘子都往叶开面前推过去："全给你。"

　　"吃多了挨骂。"叶开眼睛盯着饼干，心动，但嘴上很矜持地说道。

　　陈又涵老神在在地给自己倒了杯茶："就说是我吃的。"

　　叶开管不住嘴的下场就是吃撑了，幸而兰曼猜到他们一路舟车劳顿，想必没什么精力好好吃一顿饭，便只让 Mary 简单准备了一些饭菜。

　　吃过饭，两个人陪长辈在院子里散了会儿步。分别前，兰曼特意叮嘱陈又涵明天上午有重要的事找他，让他晚上休息好。她卖关子，谁都猜不透她要干什么，只有瞿仲礼在月光下笑而不语。

　　陈又涵回到卧室，用人已经帮他准备好了浴缸里的水。这一家子人从上到下都受到兰曼的精致熏陶，即使泡澡这样的日常小事也充满了仪式感，不仅点了一排香氛，还给醒了红酒。陈又涵估计他要是个女的，Mary 就给撒上花瓣了。他是这么解嘲的，殊不知刚泡进去没两分钟,就收到了叶开的短信。

叶开:"我说玫瑰花怎么一转眼秃了一半!"

点开附图,陈又涵差点儿被红酒呛到。橙色灯光下,是满满一浴缸的玫瑰花。

叶开又发了条消息:"不行,我突破不了心理障碍。"

兰曼永远会想一些奇怪的招数对付他,从前是什么兔耳朵、毛绒拖鞋、粉红色睡衣,这天更过分了。

叶开怀疑是因为叶瑾和瞿嘉都没什么少女心,让兰曼一腔热情无处发挥。他年纪小且没工作,兰曼只能逮着他欺负了。

陈又涵知道他想说什么,冷酷地回:"别上来,这里没你的位子。"

叶开:"……"

他估计是生气了,之后再也没理陈又涵。过了会儿,朋友圈显示有更新,陈又涵点进去,看到叶开发了那张玫瑰浴缸图,配文:"我自闭了。"

这么晚了叶瑾还没睡,给他留言:"小王子秒变小公主。"

陈又涵哪敢点赞,只能自己忍笑。

叶开一直消失到后半夜。

想了想最近的行程,陈又涵怀疑叶开是倒头就睡死了过去。过了十二点,他潜意识里还是惦记着叶开,迷迷糊糊地醒来,第一反应就是去摸手机。

叶开果然发了几条消息。

"睡了吗?"

"居然不理我。"

"你怎么睡这么早啊?"

"老年人作息。"

最后大概是绝望了,叶开发了一句"叔叔晚安"过来。

陈又涵笑着叹出一口气。

第二天清早,陈又涵见了叶开的第一句话就是:"谁是叔叔?"
叶开穿着一件潮牌白T恤,显得整个人清爽干净,就是眼神怏怏的,脖子上还有一道浅浅的红印子,怪突兀的。
陈又涵问:"怎么了?"
叶开有气无力地回:"狗挠的。"
"佳佳?"
佳佳一大早没去骚扰陈又涵,还是耀武扬威地直奔叶开的床头,先是用湿乎乎的狗鼻子顶了顶他搭在床沿的手,继而跳上床,两只前爪发奋,誓要把叶开从被窝里刨出来。
叶开转过眼神,可怜地问道:"你刚刚问我什么?"
陈又涵没打算放过他:"我问你,谁是叔叔?"
叶开当着他的面老实了,不逞凶了,说:"狗是叔叔。"
陈又涵无奈:"骂狗还是骂我呢?"
两个人到了客厅,瞿仲礼刚好牵着佳佳进来,兰曼则正在插花。
叶开接过狗绳,说:"我带它出去。"
瞿仲礼伸长了脖子在身后喊:"哎……我刚遛回来!你让它歇歇!"
叶开头也没回,扬了扬手。
陈又涵没忍住笑,从花篮里拣起一枝长茎淡紫色月季递给兰曼,又插兜在沙发扶手上坐下,看着她插花。
兰曼接过月季,在中段斜切后将其插入玻璃瓶中,问:"小开带佳佳干吗去了?"
陈又涵咳嗽了一声,没好意思说叶开是去找狗的碴儿了。他十分温柔自然地打岔道:"外婆的花越养越好了。上次从温哥华回去,我心里头最惦记的就是这片花园。昨天夜里在阳台上打电话,觉得吹过来的风都是香的。"

瞿仲礼笑道:"一园子几百朵,你觉得香,我都已闻不出了!"

兰曼的嘴角翘了翘。她心头有三宝,一是花园,一是佳佳,一是瓷器,谁跟她聊这些就能哄她开心,相对的,谁要是得罪了这些……

陈又涵用了心哄,以盼她老人家心情能好些,免得等一下罚叶开太厉害。他又递过去一枝花,问:"这是迪奥还是蓝色阴雨?听说蓝紫色的月季都容易开散。"

月季何止几百种品种,陈又涵能问出这种问题,连瞿仲礼都肃然起敬:"不错,你也养花?"

陈又涵谦恭地说:"看外婆的花园打理得这么漂亮,之前也异想天开地买过一些,不过都没活过一个月。养月季是门学问,可惜我一没时间,二没耐心,比外婆差远了。"

兰曼教他:"月季娇贵,你对它好,它就漂亮,你要是将它带回家又怠慢它,那就是辜负了它。"

陈又涵失笑,连声说"是"。等叶开牵着佳佳回来时,他发现他们已经从新买的别墅该牵什么花墙聊到了如何在面试时分辨一个园艺师是否合格。

佳佳跟在他身后,气鼓鼓的,黑豆似的一双眼里充满了困惑。

它觉得它失宠了,因为在它最爱的 gelato[①] 窗口前,叶开买了两支它最爱的冰激凌。店门口的长椅上,一人一狗,一个蹲着,一个坐着,一个吃得慢悠悠,一个口水一串串地流。

佳佳"哼哼唧唧"了二十分钟,表情从雀跃到严肃,觉得"狗生"灰暗。它一路走回来,等到了兰曼面前,眼里都没光了!

兰曼大惊失色:"谁欺负佳佳了?"

[①] 意大利语,冰激凌的意思。

叶开有点儿炫耀"犯罪成果"的意思，坦然高声地说："我。"

兰曼架上老花镜，眯起眼问："干什么了？"

"买了两支佳佳最喜欢的冰激凌，当着它的面吃完了。"

陈又涵扶了一下额，瞿仲礼则爆笑出声。

兰曼拿着花枝追在叶开身后抽，边抽边赶："赶紧再去买两支！"

叶开一边躲，一边控诉："它早上五点就来吵我！"

"那是它喜欢你！"

"它还挠我的脖子！"

"那是你躺错了地方！"

"……"

那些月季玫瑰的刺早就被处理掉了，岂能真抽着人？何况兰曼万万也是下不了手的。在清早十点左右的阳光中，花枝徒洒了一地斑斓芬芳罢了。

十分钟后，叶开半蹲着，一只手递着明黄色的双球 gelato，有气无力地说道："亲爱的佳佳，对不起，请你原谅。"

陈又涵倚着沙发双手抱胸斜立，落井下石地笑了。

"你也不救我。"叶开歪过下巴，把脸贴在搭着膝盖的肘弯上。

陈又涵慵懒地欠了欠身："救了，谢谢。陪外婆聊了十五分钟的花，穷尽平生所学。"

吃过早午餐，瞿仲礼要去公司转转，顺便把叶开一起捎上了。他和兰曼经营着一个独立设计师品牌，主要做高级成衣和高级定制礼服。

兰曼前几年还偶尔会去时装周转转，这一两年已经完全把日子过成了与世隔绝的隐居模式。她最得意的学生凡妮莎接手了品牌，成了设计总监，但瞿仲礼依然把控着品牌经营方面的权限。

"年纪大了，偷懒上瘾，去公司的时间越来越少。"瞿仲礼打转方向盘,将车驶出车库,笑着继续说,"凡妮莎今年过了观察期后就会正式升为主理人,将来你和小瑾只要当股东数钱就可以。"

叶开哄道:"让姐姐找国内娱乐圈的明星带货。"

瞿仲礼"哈哈"大笑:"好主意!"

实际上他们的品牌一直不缺少在欧美名利场的曝光机会,只不过他和兰曼精力有限,实在没力气去开拓国内市场了。

瞿仲礼的打算是等他们百年之后,公司便交给姐弟俩控股,实际的经营和设计还是交给专业人士去打理。或者——现在的确也有国际知名集团有意向谈收购,但兰曼不舍得卖。非要卖,那还是等她两腿一蹬闭了眼之后吧,清净,省得她闹心。

"等一下见了凡妮莎,你跟她好好聊一聊。"

叶开听瞿仲礼的意思是认真的,便也收起了玩笑的神色,不过还是问道:"外婆找又涵哥哥干什么呢?"

瞿仲礼似笑非笑地说:"这我可就不知道咯。"

陈又涵跟在兰曼身后,见兰曼走楼梯走得有些吃力,上前搀住了她。到了二楼,兰曼拍了拍他的手背,带他到了走廊尽头的房间。

门一打开,陈又涵了然,这是她的工作间。

兰曼戴起眼镜。她的老花镜是金丝全框的,和她银白但柔顺的及肩复古鬈发很相称。别的老太太都恨不得一月焗三次油,她是主动将头发染成了银色,配上她高挑清癯的身材,感觉可以去T台走秀。就是年纪越大变得越矮,她已经伤心得很久没去量身高了。

她从架子上随手取下了一根白色软皮尺:"站好。"

肩宽、臂展、腕口、颈围、胸围、中腰、直档、横档、中裆、腰围、臀围、腿围……她量得非常仔细,耐心、且利落。她靠近时陈又涵能闻到她手腕间淡雅的香水味,雨后青苹果的尾调,闻起来充满少女的气息。

陈又涵对这套程序不陌生,收起了自己的惊讶情绪,不露声色地问:"外婆,您是要……"

兰曼把皮尺挂在脖子上,看了他一眼,低头用铅笔在纸上记录着数据,应道:"很久没做衣服了,你是小开的哥哥,外婆没什么好送的,想来想去,只有这个最擅长。"

陈又涵怔了怔,心里被一股震颤感觉冲击,一时之间甚至都没想到说什么场面话。

从量尺开始,设计、选料、剪裁、缝订……纵使只是男式无尾礼服,一件高级定制的衣服也是极其耗费心神的。

兰曼拉起陈又涵的手,带他移开工作室的里层隔间。这里的冷气更低,灯光华美,长毛地毯纤尘不染,四面镜子映照出中间的一个黑色人体模特,上面的白色婚纱如花瓣般层叠。

"你看,这是我给小瑾准备的。"兰曼提起这事又很伤心,"这孩子主意太强,眼看着朝四十岁去了也不结婚,我看她是够呛。"

"宁缺毋滥,她也不是会将就的人。"陈又涵宽慰道。

"我们这样的家庭,女孩子结婚比男孩子难。多少婚姻名存实亡?她的确是个不会将就的人,比她差的人,总担心是不是图钱,比她好的人,又怎么甘心居她之下?上个月她在我这儿住了几天,已经说是不打算结婚了。"

兰曼拉着陈又涵的手,盯着婚纱絮絮叨叨,半晌,眼尾的皱纹紧蹙后又舒展,她的目光眷恋惆怅,带着释然的遗憾:"算了,儿孙自有儿孙福。"

她移上隔间的推门,将话题重又放到了叶开身上:"跟小瑾比起来,小开就还是小孩子心性,还会跟狗斗气。"

陈又涵笑了起来:"二十岁确实还是孩子。"

"可是你知道吗？两年前他在我这里都没笑过。我每天陪他喝茶、种花、散步、遛狗。他呢，从前多会跟我们撒娇的？都不撒娇了。又涵，我那时候就站在一楼客厅的窗户前看他，他就披着毯子坐在花园里，黄昏的太阳光照着他，没有人比他更孤独。有一次他跟我说：'外婆，我要你用那套最好看的茶具喝茶。'我给他沏上茶，他喝了两口，眼泪就这么流了下来。"

她说着说着就开始抹眼泪，随即深吸一口气说："算啦，都过去了，看到他又能跟佳佳玩，没有人比我更高兴。之前有个叫 Lucas 的人，也住在这个街区，他比你小不了两岁，倒也偶尔能叫动小开，常约小开去滑雪……"她握着陈又涵的手，絮絮叨叨地说，"我说滑雪有危险，你们外公还笑我，说看那个 Lucas，他年轻时就摔过一次，都动手术了！医生讲他以后不能潜水，不能跳伞，不能格斗……他看着倒也不像会玩格斗的人。"

陈又涵的手劲儿紧了紧，兰曼被他捏得回神，问："怎么了？"

陈又涵低头，目光有些玩味："Lucas 不能潜水？"

兰曼不明就里："对呀，我跟小开遛狗时碰到他妈妈，他妈妈讲的。"

陈又涵没忍住笑："他现在身体还好？"

"好是好的，就是不能上天，不能下海。"兰曼眯了眯眼，察觉了些不对劲，"你见过他了？你们气场合不来？"

"哪有的事。"陈又涵的半边嘴角控制不住地上扬。他低咳了一声，欲盖弥彰地说："见是见过，还不错——但他当然比不上我。"

叶开和瞿仲礼在下午三点多回来时，兰曼把自己锁在工作间里画设计图，叶开只好径自去找陈又涵。

陈又涵在三楼开视频会议，叶开没防备，叫着"又涵哥哥"猝不及防地就入了镜。画面那头是陈为宇和顾岫,两个人都看到了叶开一闪而过的身影。

陈为宇没反应过来:"那不是……"

顾岫咳了一声,连忙说:"两位领导,已经差不多半个小时了,要不来个 coffee break[①] 吧。"

陈又涵"嗯"了一声,抬腕看了一眼表:"三点四十五继续。"

等他挂了视频,叶开拉过椅子坐下:"为宇哥看到我在这里,要紧吗?"

"为宇哥?"陈又涵微挑眉,"你跟他很熟吗?"

叶开好笑地说:"他是你的堂哥,不叫哥难道叫叔?"

他说完想溜,被陈又涵拽住了胳膊:"昨晚上谁发短信叫我叔叔的?"

"好,好,好,为宇叔叔。"叶开投降,揶揄着说,"那他不是平白比你长了一辈?不然还是叫为宇哥哥好了。"

"你试试。"陈又涵冷冷地说道。

叶开迅速摇头,乖巧地说:"不试,不熟,不敢。"

书桌上放着 Mary 准备的果盘。陈又涵夸过一句昨天的葡萄,她这天就细心地盛了一整串。叶开摘了一颗,刚送进嘴里,就听到陈又涵审问犯人似的问:"那你叫 Lucas 哥哥吗?"

葡萄汁水在舌尖漫开,叶开呛了一下。

又来了,又来了。

"叫的呢。"叶开保持镇定,"Lucas 哥哥,嗯……"

天地良心,他没叫过。

陈又涵玩味地看着他。

---

① 茶歇。

叶开被看得脊背蹿起一股酥麻感，心里无端发虚。他聪明地转移了话题："外婆上午找你干什么了？"

陈又涵没搭理他，继续问："跟 Lucas 潜水，比跟我在云省待着有意思多了，是吗？"

没完了是吧！

叶开黑了脸，硬着头皮编道："对……对啊，那当然。你又不喜欢潜水，上次在斐济，你都宁愿留在船上钓鱼……"

"所以说，我要谢谢他跟你吵架，"陈又涵玩世不恭地抬眸，"要不要当面请他吃顿饭？"

"别！"

"你这么激动干什么？"陈又涵懒懒地问道。

"我……他有社交恐惧症，见不了生人。"叶开编道。

"怎么会？我看外婆挺喜欢他的，他不是还去你家做客了？"

"你气场太强。"叶开胡言乱语，"他招架不住你。"

"我又不找他打架。"陈又涵慵懒地陷回转椅中，"你这么护着他，那他对你有没有礼尚往来？送过你礼物吗？"

"当然送过。"叶开心里一松，嘴硬地找场子，"酒啊，画啊，衣服，鞋子，手表……乱七八糟的可多了。"

陈又涵玩味地勾唇："什么手表？"

叶开完全被他牵着鼻子走，也没想过自己凭什么就要一五一十地交代，总之陈又涵怎么问他就怎么绞尽脑汁地去现编。他心里一慌，余光在手腕上扫过，来不及多想，硬着头皮说："沛纳海……"

"这块青铜？"

叶开咬牙点头。

陈又涵"啧"了一声："真抠。"又用纨绔的语调问，"那你回了什么礼？"

叶开左思右想:"一束花。"

陈又涵心里暗爽,表面却正经地说:"怎么比他还抠?我可没教过你这种交朋友的道理。"

叶开没招儿了,破罐子破摔地说:"你有意见?君子之交淡如水不行?"

陈又涵低头失笑:"行,当然行。"

时间到了,陈又涵要继续开视频会议,叶开赶紧趁机跑掉。

陈飞一已经处在半退休的状态,陈又涵将以常务董事的身份重返董事会,对整个GC集团进行实际上的管理和决议把控。

陈又涵当初从GC商业集团卸下职务,既是急流勇退,也是功成身退,但所有人都知道他终有回来的一天。环伺的敌手没有一天放下戒备心,他的心腹也从没有一天放下过对他重返GC集团的期待心情。

鲜花掌声也好,质疑诘难和烂摊子也罢,白雾茫茫,静水流深,他做好准备了。

叶开也知道一定会有这一天。他握着门把平静地看着陈又涵的背影,微微勾动嘴角,离去前帮他轻轻地带上了门。

叶开下二楼时,兰曼正巧从工作间出来,一副腰酸腿疼的样子,老花镜也忘了摘。叶开连忙迎上去帮她揉肩,乖巧又讨好地问:"外婆,你跟又涵哥哥说什么了?"

兰曼睨他一眼:"你怕我欺负他?"

"当然不是!"他在兰曼和瞿仲礼跟前要会撒娇得多,"外婆最温柔、最可爱、最喜欢又涵哥哥了,怎么可能会欺负他?"

兰曼用细葱似的指尖点了点他的额头:"你少来,不许再欺负佳佳,听见没有?"

叶开连忙点头,一连"嗯"了几声,挽住兰曼的肩头说:"外婆,又涵哥哥的妈妈很早就过世了,你给他换一款香好不好?他会睡不着的。"

兰曼怔了怔,在叶开的搀扶下下着楼梯,问:"昨天怎么不说?"

"怕你失望。"

兰曼想了想,嗔怪地说:"见外!"

两个人在小偏厅里坐下喝茶,刚好金黄的阳光西晒过来,把古典家具和地毯都涂抹得漂亮。兰曼随手抄起本时尚杂志,一边翻阅一边问:"什么时候回去?你妈妈今天给我打电话,她以为你还在云省。"

叶开想了想,回道:"大后天吧。"

兰曼抬头看他,透过老花镜的眼神苍老却仍澄澈:"不怕挨骂?"

叶开笑了起来:"怕什么?"

兰曼又低头翻了片刻的杂志,淡淡地说:"有什么问题给外婆打电话。"

过了一个多小时,陈又涵才结束会议。太阳临近落山,外面没那么热了,叶开坐不住,从仓库里拖出两辆公路自行车,要跟陈又涵去环湖骑行。叶开倚着白篱笆调座椅的高度,白色polo衫①是他从衣柜里翻出来的,不知道哪年剩在这儿的,他一穿上像个高中生。他头上戴了顶黑色渔夫帽,帽檐不宽,没多大会儿就被晒得脸红。

陈又涵才不傻,双手抱胸挨着立柱,站在门廊的阴凉下看他折腾。

过了会儿,叶开跑回来,接过Mary递上的冰气泡水猛喝了半杯。

陈又涵戏谑地说:"匹诺曹同志,忘了跟你说了,我……"他风度翩翩地颔首,遗憾地说,"并不会骑车。"

叶开被呛了一口水,暂时都没来得及察觉"匹诺曹"是什么梗。

"你不会骑车?"叶开一边咳嗽,一边又问了一遍。

---

① 马球衫。

陈又涵再次确认事实。

叶开觉得匪夷所思:"你不是玩机车吗?"

陈又涵冷酷地说:"两回事。"

叶开震惊到忍不住丢出一句脏话,旋即与 Mary 对视:"Mary,你见过不会骑车的人吗?"

Mary 摇头,叶开又一阵风似的跑到小客厅,声音大得陈又涵在门口也听得一清二楚:"外婆!你知道吗?!陈又涵不会骑车!"

不知道兰曼应了声什么,他又忙着飞奔到二楼书房,"咚咚咚"的脚步声感觉要把地板震塌。

瞿仲礼的书房的窗户开着,正对着花园这一侧,里面隐约传出叶开的声音:"Jesus①,外公,你知道吗?!又涵哥哥竟然不会骑自行车!"

陈又涵在 Mary 好笑的目光中抚住了额。过了会儿,兰曼和瞿仲礼都到了门厅处,他不得不站直身体,认真且无奈地再度承认道:"真的不会。"

叶开"啧"了一声,很得意地问:"外婆,我是不是五岁就会了?"

兰曼点头,陈又涵很给面子地鼓掌:"厉害,聪明,不愧是天才。"

兰曼指了指门外那条僻静的马路:"就是在那里学会的。"

陈又涵精神一凛,觉得大事不妙,果然下一秒,叶开就心血来潮地说:"又涵哥哥,我教你吧!"

兰曼和瞿仲礼都说这个主意好,叶开趁热打铁,胡诌道:"一个人怎么可以不会骑车呢?!不会骑车的人的人生是不完美的!"

陈又涵不吃他这套,转身离开:"维纳斯还没手呢。"

叶开急中生智,激他道:"你是不是小脑发育不全,所以四肢不协调啊?"

---

① 天哪。

第五章 和好

场面一下子非常安静，陈又涵停住脚步半转过身，难以置信地问："你说什么？"

对一个参加校队第二年就为天翼中学拿下校史上第一个省联赛冠军的 MVP[①] 来说，这话听着多少有点儿像骂人了。

瞿仲礼拍了拍兰曼的肩膀，兰曼跟他对视一眼，两个人相互搀扶着忍着笑偷偷离开。

陈又涵深吸一口气，大步走向叶开，压低声音问："就这么想看我出丑？嗯？"

叶开迎视他的目光，歪着下巴微笑道："人上了年纪，身体机能确实是会退化的，叔……叔。"

陈又涵挑了挑眉："赌什么？"

"谁输了就叫对方一声大哥。"叶开不假思索地说。

陈又涵轻笑一声："幼稚鬼。"

"赌不起啊？"

陈又涵勾唇："一声怎么够？要赌就赌叫一天一夜的大哥。"

叶开浑然不觉自己打的是一个注定会输的赌，反而自信满满地说："我等着了。"

他故意使坏，放着好好的公路自行车不用，反而从车库里拖出了兰曼的女式自行车。

这是一辆白色的复古自行车，前面有一个藤筐，后面则安了一张皮质座椅，拨片被拨动后，铃铛声清脆。兰曼常在藤筐里装满鲜花，慢悠悠地骑着车在温哥华的街巷间穿行。

陈又涵跟这车格格不入，腿都伸展不开。他一坐上去叶开就笑，一边笑一边打开手机摄像头。

---

① Most Valuable Player，最有价值球员。

光线正美，镜头里，陈又涵右手插兜，左手肘撑在手刹上，正懒洋洋地看着叶开折腾。

快门被按下，画面被定格。

黄昏静谧的街道上响起一串铃声，陈又涵漫不经心地拨动着铃铛，问："小花老师，还教不教了？"

既然有了这么危险的赌注，叶开这个老师当得就很心猿意马了，恨不得陈又涵这辈子都别学会骑车。但天不遂人愿，赌局的结果是，太阳还没来得及落山，陈又涵就学会了这个"如果不会人生就将不够完美"的鸡肋技能。叶开一天叫的"大哥"比过去两年叫的加起来都多。

在温哥华的日子不比在云省的雪山脚下过得快。无所事事时，两个人就窝在影音室里看电影。

"公益学校的项目推进得差不多了，回国后我就会回'GC'董事会。"陈又涵将烟灰弹在不知道从哪儿顺来的瓷盏里。

叶开早料到有这么一天，没感到太意外，只替他高兴。

屏幕上正在演一部漫长的文艺片，有些枯燥，但两个人都没想起换片，只是有一搭没一搭地聊着天。

"下午顾岫问我是不是跟你和好了。"

叶开将视线从银幕上转开，问："你怎么说？"

陈又涵懒洋洋地笑了笑："我说是的，他问我是不是有病。"

顾岫下午时的原话比陈又涵转述的激烈得多，什么好了伤疤忘了疼，什么那两年喝过的酒是不是都成了脑子里进的水，听得陈又涵忍不住考虑起回去后的第一件事是不是就是给他降职、降薪。不多，把薪水降低百分之五十，意思意思就行。

但考虑到顾岫虽不情不愿但还是事无巨细地说了之前见叶开时的情形，陈又涵决定还是当个好老板。

"上次见顾岫，他让你不愉快了？"陈又涵问。

"他误会了，不怪他。"

"扣他的季度奖金。"

叶开笑了起来："良心呢？"

陈又涵也跟着笑："他下午都说了。"

本来上次在视频会议里看见叶开，顾岫就已经震惊得烟都掉了，这回听陈又涵主动问起叶开，他虽然不敢有隐瞒，将上次两个人见面的来龙去脉一五一十地说了，但还是忍不住问："你认真的？"

陈又涵瞥他一眼："这种事有什么认真不认真的？"

顾岫忍不住骂脏话："不是，我也有弟弟，还是亲的，但我扪心自问如果闹得像你们那么难看，那我至少得到下半辈子才考虑跟他和好。我是真不懂你们这种被对方伤得遍体鳞伤还能一笑泯恩仇，顺便再继续兄友弟恭的套路。"

"清大"毕业的人，到底词多。

他一通输出，陈又涵不仅没生气，反而自嘲地笑了一下："所以我要感谢小开的宽容和心软。"

顾岫在电话那头结结实实地愣了一下："你感谢他？"

"不然呢？"

顾岫眨了眨眼睛，安静三秒后，察觉到些许不对劲，茫然而试探地问："不是他做错事伤害了你、触碰了你的底线之类的……whatever①，然后你们才决裂的吗？"

陈又涵公式化地微笑："有意思。"

知道了真相的顾岫的脸从黑到白，最后开始窘迫地泛红。等陈又涵讲完，有一肚子词的顾总助已经组织不了完整的句子："所以当初宁

---

① 无论什么。

通商行的两百亿授信是……那为什么那时候我打电话找他,他不接?"

"他生病了,应激性失语加肺炎,大部分时间是昏迷的,说不出话。"

顾岫抹了把脸,意识到自己罪孽深重,错得离谱。

"所以,他让我先帮他致歉,等你回国后,他会郑重跟你道歉。"陈又涵向叶开转达顾岫的负荆请罪之意。

叶开向来通透宽容,不会用别人的误解、看法来惩罚自己或试图自证。顾岫的举动其实并没有给他留下什么长久的不悦心情,但叶开从陈又涵这里学足了识人断事的本领,知道自己如果不给顾岫一个机会道歉的话,顾岫大概这辈子都翻不了这篇了。

叶开想了想,说:"好啊,让他挑个最贵的餐厅。"

他就是这样,善良,通透,同时又透着坚忍和一点点锋芒。

影音室的灯光很暗,唯有银幕布上的光影流转,故事里的风正吹过英格兰平原上的萋萋长野,陈又涵回眸看,见被光影勾勒轮廓的叶开脸上一派平静的表情。

察觉到他的目光,叶开也转过眼神,展颜笑了一下:"干什么?"

"没什么,"陈又涵歪过啤酒瓶,跟叶开手中的碰了碰,"我们小花老师真是大人有大量。"

"你第一天知道啊?"

陈又涵勾了勾嘴角:"第一天前所未有地深刻地知道。"

"啊?"叶开蹙眉迟疑,心里生出不好的预感。他很熟悉陈又涵的讲话风格,一听到他这样漫不经心地含着戏谑的语调,就知道这男人多半是又掌握了什么确凿无疑的把柄。

"今天下午外婆跟我聊到 Lucas 了。"陈又涵下巴微收,微微调整坐姿,一只手搭着沙发靠背,面对着叶开,"小开老师真是交友有方,能让一个做过脑部手术的人，主动约你去自由潜。"

他的姿态分明有些玩世不恭，但散发出的气场让叶开感到无处可躲。

"……"叶开舔了舔嘴唇。他的脑筋一向动得很快，此刻他却编不出话来。揪小辫子也就算了，这人怎么还嘲讽人呢？

"还是说，你们是过命的交情，他宁愿冒着生命危险，也要陪你下潜到水下三四十米？"

叶开很识相地放弃狡辩，顾左右而言他："看电影。又涵哥哥，快看，男主角……"

陈又涵轻轻地笑了一声："从一开始，你来云省找我，就是为了找我而来的，不是因为跟他吵架斗气，也不是去不了潜水后退而求其次，对吗？"

叶开闭了闭眼睛。纵使屋内一片昏暗，陈又涵也依稀能辨出他脸上精彩纷呈的表情。

"为什么骗我？"

"只是顺着你的话……"叶开底气不足。

"好玩吗？"

"好玩。"叶开理直气壮地说，"能报复你当然好玩。"

陈又涵无奈而讶异地挑眉："爽吗？"

"当然。"叶开爽快地承认，"能看到你吃瘪，当然爽。"

"那……"陈又涵低头笑叹，"我再陪你多演几天？"

等那部冗长的文艺片放完，夜不知不觉已经很深，周围一片黑，衬得天幕上的几颗星星尤其明亮。

两个人去阳台上吹了会儿风，叶开安静抽着最后一支烟。

"烂片。"叶开夹着烟笑道。

陈又涵同意他的评价："你完全可以换一部。"

"懒得换。"叶开靠着栏杆，背对夜空而立，面对着陈又涵，"如果电影太好看，我还怎么跟你聊天？"

陈又涵怔了怔，似乎没预料到叶开会这么说，倏地又低头笑了笑："谁教你这么说话的？"

叶开吐了一口烟，语气里充满了一股深夜的倦意："你猜。"

说完，他和陈又涵对视，又率先忍不住自己先笑了起来。

有一件事，他原本打算走的那天再做的，但好像这一刻内心的冲动超过了一切预先的计划。

叶开掐掉烟："又涵哥哥，其实我带你来温哥华，是有东西要送给你。"

他引着陈又涵轻手轻脚地穿过阳台、起居室、回廊，走下楼梯，来到自己的房间。

门被轻轻推开，紧闭的门窗很好地保留住了冷气。

高大宽敞的罗马窗正对着月亮。窗外是满月，月光摇曳在地板上。窗户下是一张美式古典书桌，叶开就着月光拉开了书桌抽屉。

陈又涵站在他对面，垂首看着他。月光下，两个的身影清晰地映照在地板上，像几年前叶开十八岁生日的那个夜晚。

绒布珠宝盒被打开，陈又涵微怔，身体站直。

宝玑手表在月光下熠熠生辉，精致繁杂的表盘，罗马十二位数字，铂金指针，蓝色波纹在月光下如海浪翻涌。

"你送我的。"叶开抬眸。

"我以为你把它扔了。"

那一年，退回在繁宁空墅门口的纸箱里的只有滑雪板和蓝宝石，这块表是当初叶开心血来潮顺手问他要的，还是他戴过的。他以为叶开厌恶他厌恶到直接把这块表扔了。

叶开从珠宝盒里摘下手表，抬起陈又涵的手腕："想扔的。那时候天天戴着，后来想，不能再这么下去了，就将表留在了温哥华。六百多天，前两天我偷偷来看过，发现时间很准，原来外婆一直在帮我上链。"

陈又涵看着他把手表扣在自己的腕上。

他把这六百多天，送回到了自己身边。

他们在温哥华又待了三天，兰曼果然舍得拿出最好的茶叶和最好的茶具招待他们。手工镏金，花鸟彩绘，这是超过四千摄氏度连续烧制才出现的淡蓝花纹浮雕，茶杯和托盘相碰时会发出让人听了上瘾的清脆声，比海风下的风铃还动听。

夕阳是最好的，浓墨重彩，带着和风，让人看一眼都觉得奢侈。花也是最好的，争相开着，名字都漂亮极了，紫雾、圣埃泽布加、莫奈、玛尔丽斯城堡、真宙——当然陈又涵最喜欢的还是朱丽叶。

有时候，他们在日落后去环湖骑行，也会开车到史丹利公园后再沿着海岸线骑车。

叶开想起多年前在这里的冬季雨夜，自己当初问的那句"我的十七岁会像你一样坏吗？"以及陈又涵回的"不会，我的十七岁一团糟糕，你的十七岁花团锦簇，坏的十七岁都被我带走了，你的十七岁一定什么都很好"。

叶开想，自己真的很受眷顾，原来故事的开始就已经预写了完美结局。

两个人回国的那天，仍是兰曼和瞿仲礼开车送他们到机场。临过安检，兰曼与叶开拥抱，哽咽低语："别怕，宝宝，一切都刚刚好。"她又与陈又涵拥抱，在他耳边轻声说："又涵，永远保护好他。"

陈又涵戴着腕表的手轻抚了抚她满头的银发，只说了一个字："好。"

第六章　合同

飞机穿越雷云暴雨，终于有惊无险地在宁市机场落地后，滑行速度逐渐降至缓慢，暴雨在深夜的舷窗上形成了鱼鳞状的水渍。两个人取了行李后，陈又涵安排的司机已经在到达大厅出口等待。

车子破开风雨，低调地驶出机场环线。司机询问目的地，问是去繁宁空墅那边，还是回陈家主宅。

"先去思源路。"陈又涵刚吩咐完，就感觉身边的气氛一下子冷到了南极。他回眸，撞见叶开毫无表情的脸。

陈又涵："……"

叶开一言不发。

陈又涵试探地问："那去繁宁空墅？"

叶开跷着二郎腿，双手抱胸，明显一副拒人于千里之外的架势，冷冰冰地把脸别向窗外。

他快被紊乱的时差折磨疯了。从温哥华回宁市又没有直飞航班，他们转机时在机场延误了近八个小时，飞机凌晨一点落地，他的困倦酝酿成一腔烦躁的情绪，在宁市闷热的滚雷声中升级成了不可理喻的起床气。

第六章 合同

陈又涵立刻改口，斩钉截铁地吩咐："去繁宁空墅。"

司机应了一声，默默在导航上更改路线。

到市中心近一个小时的车程，叶开戴着颈枕，闷气生着生着就打起了瞌睡，等醒来时发现车已经到了繁宁空墅的地下停车场，对面就是业主的专属直梯。

叶开半眯着眼凭本能下车，陈又涵在后备厢那边取背包。

一片深夜的静谧中，叶开听到陈又涵很轻地问："这么困？"

叶开连眼睛都懒得睁开，闭着眼点了点头。

陈又涵笑了一声："没用。"

他随即冲司机招手。司机挨近，听到他压低声音吩咐："黑色双肩包夹层里有个卡包，里面有张纯黑的业主卡，帮我拿出来。"

剩下的不用他再吩咐了。

黑卡贴上机器，门禁解开，陈又涵架着叶开步入电梯轿厢，从司机手里接过卡包和业主卡。电梯门合上，电梯带着他们直升二十六层。

眼前的一切如旧。

刚才还困得站不住的人这会儿精神了，叶开抢先握住指纹锁，将大拇指贴了上去。他像小学生一样幼稚，语气毫无起伏地学着电子声与它同步说："欢迎回家。"

门锁应声而解。

叶开冷冷地说："你看，你家锁又坏了。"

陈又涵哪能听不出他在阴阳怪气，将背包扔在玄关处，稳声说："不坏的话，小偷也进不来。"

叶开得理不饶人，睨他一眼："谁是小偷？"

陈又涵垂眸，嘴角弯了一下："说错了，你不是小偷，你是……监守自盗。"

叶开反应了会儿，轻轻地笑出了声。

草草洗过澡后，两个人各自回卧室睡了个昏天暗地。第二天下午，两个人被饿醒，叫了外卖随便吃了两口，又一口气睡到了晚上九点多。这一次，他们点了个薄底比萨认真吃了，之后便各自开始处理公务。电话视频此起彼伏，两个人各安一隅，互不打扰。临到半夜，两个人终于空闲下来后，坐在阳台上喝了点儿酒后继续去补觉。

第三天上午，叶开八点就醒了，听动静，陈又涵应该是还没起。

叶开翻身下床，去客厅里倒了杯水，继而走进厨房。冰箱里什么都有，应该是陈又涵回国前就让管家采买好的。

叶开没什么下厨的天赋，看他做的蛋糕的那糟糕劲儿就能猜透，但他自觉早餐还是可以挑战一下的。不就是煎蛋和煎培根吗？

第一个煎蛋在煳味溢出时就宣告失败了。

陈又涵被这危险的气味惊醒。叶开手忙脚乱地"毁尸灭迹"，回过神时，发现陈又涵正双手抱胸倚着中岛台看着他。

陈又涵眸带戏谑，语含嘲讽："实不相瞒，我以为家里着火了。"

烦人。

叶开扔了筷子，逞凶说："饿了，快点儿！"

陈又涵笑着摇了摇头，终于走进厨房："你这样子以后出国留学的时候怎么办？安排个管家跟过去？"

叶开从没跟陈又涵聊起过留学的事情。此刻听对方冷不丁地提起，他怔了怔，下意识地问："你怎么知道的？"他不是有意瞒着陈又涵，只是一直没找到合适的时机。

陈又涵从他手里接管过被祸害得乱七八糟的灶台和流理台，似笑非笑地说："猜的。"

叶开只好坦白道："已经在准备材料了。"

将打散的蛋花下锅，陈又涵按下抽油烟机的开关。见他不说话，叶开便也没出声。

直到煎蛋出锅装盘,香气四溢间,陈又涵才笑了笑,说:"幸好,英语也不算白学。"

叶开接过装了鸡蛋的西餐盘,挑了挑眉:"就这么打发我?"

将冰箱门打开,陈又涵重新取了鸡蛋和鲜奶:"先把蛋吃了,松饼要等一会儿。"

叶开低头咬了口鸡蛋,沉默着,嘴角却渐渐地翘起。

陈又涵将蛋和奶混合打发后,空气里开始出现香甜的味道。

他回到中岛台前,给叶开冲了一杯燕麦咖啡,自己喝意式浓缩。

"有没有想过学别的?"

"我修了第二学位。"

"是什么?"

"文学类的。"

"我不是问这个,我是说……"陈又涵顿了顿,语气温和而认真,"不一定要学金融管理类的专业。除了宁通商行,你其实可以去做自己喜欢的事情。"

叶开听懂了。陈又涵是担心他身上的担子太重,囿于继承人的身份而过着不自由的人生。他笑了笑,用手托着腮,故意问:"要钱的。你给我啊?"

陈又涵停了两秒才说:"也不是不可以。"

"哈?"叶开不满地在西餐盘上敲了敲银色叉子,嫌弃道,"这种问题还要考虑一下才回答的吗?"

陈又涵喝完咖啡,慢条斯理地拿乔:"大少爷,我不是捡个弟弟,是养个祖宗,吃要吃最好的,穿要穿最贵的,冬天要滑雪,夏天要潜水,还喜欢收藏表。等闲的看不上,一年送两块,几百上千万就花出去了。"

他话还没说完,眼前就伸出了一只手掌。

叶开歪着脑袋:"别光说不做,今年还剩四个月,表呢?给你按半年度任务算,一块就行,嗯?"

瞧他这得寸进尺的劲儿。

陈又涵"喷"了一声,拍了一下叶开的掌心,不正经地嘲讽道:"真不愧是姓叶的。"

直到喝完咖啡,叶开才认真地说:"金融挺有意思的,我很喜欢。"

陈又涵动作一顿,放下心来。

吃过早饭后才真正有了在国内活过来的感觉,两个人在阳光房里喝茶,消遣时间。叶开接到瞿嘉的电话,一心只装作自己还在温哥华,过的是北美时间。

瞿嘉哪知兰曼已经跟这个外孙"沆瀣一气"、达成共识,把她这个亲闺女蒙得严严实实。

聊完电话,陈又涵抬腕看了一眼手表确认日期,不经意地问:"五天后是我妈生日,有空吗?"

他一直给宁姝过生日,而不是忌日。

叶开愣了愣,笑了笑:"阿姨的生日跟你的挨得好近啊。"

"我小时候最喜欢八月,吃完蛋糕再过半个月又可以吃蛋糕。祸可以随便闯,架可以随便打,自己过生日时有一份生日礼物,等我妈过生日时又收一份,光拆礼物就能拆到九月。"

这听着就很开心。

叶开紧张起来:"阿姨喜欢什么花?我提前去订。"

"向日葵。"

"阿姨会不会觉得很突然啊。"叶开乖乖巧巧地问,"她应该很久没见过生人了。"

陈又涵隔着小圆几将目光停在叶开身上,微微笑了笑,说:"不会，她只会遗憾你居然不是她亲生的。"

"那……你打算怎么介绍我？"叶开轻声问。

陈又涵很认真地想了一下："瞿嘉的儿子，叶家的长孙，宁通商行的继承人。"

叶开无语，刚才的感动瞬间烟消云散："没了？"

陈又涵笑了一声，对叶开伸出手，低声温和道："过来。"

叶开依言过去，听到陈又涵继续说："善于撒谎的匹诺曹，监守自盗的小偷，待在象牙塔里的勇敢的小王子。"

叶开笑出声："阿姨记得过来吗？"

陈又涵注视着他，说完了最后的介绍词："当然，最重要的……是我的弟弟。叶开，开心的开。"

陈又涵顿了顿，含着些微笑意地问："你觉得怎么样？"

给宁姝过生日的那天是个艳阳天，湛蓝的天空如画，市中心的高楼将天际线切割成高低错落的繁华景致。云团很低，盛开在远处的玻璃大楼间，像一盏盏白玉兰。

这样的云不常在宁市出现，让叶开想起在云省高原的那段日子。

陈又涵在准备早餐，叶开开着他那辆帕拉梅拉去取花。

半个小时后，入户门再度被打开，叶开怀里抱着一大束向日葵出现在门口。他穿过玄关，走过客厅，剪裁独特的挺括白衬衫把他的身形衬托得清瘦挺拔。

通透的大平层到处都是阳光，陈又涵在晨曦中回头，看到叶开在离他不远处站定，带着笑的脸几乎要被埋在金色的花束里。陈又涵走向叶开，接过他怀里那捧灿若烈阳的向日葵。

两个人简单吃过早餐，陈又涵换了副驾驶座坐着会更舒服的兰博基尼，驱车开往市郊的墓园。

叶开后知后觉地想起，以往这个时候约陈又涵出去玩都会被拒绝，原来是因为宁阿姨的生日。

私人墓园的管理严格有序，来访者需要进行严格的身份验证和登记，再由黑衣的工作人员驱高尔夫电瓶车将人载往指定区域。风很柔和，眼前是漫长的、一望无际的绿茵地，以及高耸入云的杉树和开着白花的灌木丛。小白花不经风，被吹得到处都是。

十分钟后众人终于下车，工作人员撑着伞陪同，被陈又涵谢绝。他接过宽大肃穆的黑伞，手里拎着蛋糕盒，叶开怀里则抱着向日葵，两个人顺着洁白的大理石台阶拾级而上。

绵延起伏的草坪尽头，方形墓碑简洁无雕饰，上面简单刻了宁姝的名字和生辰卒年，前缀是"吾爱"。黑白照片上的她眉目温婉舒展，是个如叶开想象中一般有韵味的美人。

陈又涵用白色手巾在墓碑上细致擦过，在照片已经有些模糊的边缘停顿，用指腹摩挲，随即退开一步。"生日快乐。"他轻声说。

叶开把向日葵放下："宁阿姨，生日快乐。初次见面，我是叶开。"

陈又涵点起烟深吸一口，用闲聊的口吻介绍道："瞿嘉和叶征的儿子，叶瑾的弟弟，今年二十岁。"

这怎么跟说好的不一样？那么多好听的 title[①] 和前缀都不提了，叶开隐约失望，拉长调子问："就这样哦？"

陈又涵笑着说："向日葵是他买的，喜欢的话就起个风吧。"

他作弊，风就没停过。

两瓣金黄色的花瓣被卷在柔风中，陈又涵示意叶开："你看，别紧张，她还是喜欢的。"

他在母亲面前有一种极度放松的散漫和随意感。

---

① 这里是称号的意思。

叶开被陈又涵像是照顾小朋友的语气弄得难为情，觉得照片上的宁阿姨正含笑凝视他。

两个人当着宁姝的面有一搭没一搭地闲扯着，站得累了，就在带着芳草香的草坪上席地而坐。

叶开跟宁姝拆台，一桩一件地抖着陈又涵的黑历史。陈又涵莞尔妥协："给我留点儿面子。"

到了十二点，是正经过生日的时候了。叶开拆开蛋糕盒，里面是白色的牛乳蛋糕，用草莓果酱在上面写着"宁宁生日快乐"，歪歪扭扭的小学生字体，一看就是疏于练习、临时上阵的结果。

陈又涵终于找到机会报复，似笑非笑地说："他亲手做的，别勉强，实在太难吃的话，等我们走了你就扔了吧。"

叶开回头瞪他一眼，镇定地说："才不会难吃。"他用指尖蘸了一点儿奶油抿入嘴里，下一秒变了脸色。

没等陈又涵说什么，叶开就先沉痛地说："阿姨对不起，糖又放多了，我去给你买个新的……"

陈又涵笑出声，也用指腹蘸了一点儿奶油，点了点头道："某种程度上也是一种天赋。"

一场生日过得安静，只有偶尔的白鸽飞过，发出"咕咕"的叫声和翅膀的"扑棱"声。

蛋糕不能留，否则没半天就该招得蚂蚁和虫子乱爬。叶开盘着腿，一边把丝带重新系好一边迷茫……微积分也不过是随手一解，做蛋糕为什么这么难？

陈又涵跟宁姝说着告别的话语，回忆了一下："是不是还漏了什么？"

叶开深觉大事不妙，紧接着便听到陈又涵清了清嗓子："忘了说了，正经介绍，这位是……"

匹诺曹、小偷、小王子、我的弟弟……叶开一个箭步冲上去，捂住他的嘴："别说了！"

陈又涵快被他笑死，眼底写满无辜神色。叶开不吃他这套，警告性地瞪了瞪他，才敢松开手。

陈又涵只好略过这一堆限定词，总结陈词道："总而言之，是个重要的人。"

叶开怀疑他是故意的，咬牙切齿地压低声音："这个可以不'总而言之'。"

陈又涵"啧"了一声："看到了吧，挺难伺候的。"

距离开学还剩不到半个月，叶开有预感瞿嘉会来催他，果然便在从墓园回市区的路上接到了她的电话。这回他不能再搪塞，否则瞿嘉能亲自飞加拿大去抓人。他漫天扯谎，说是晚上的航班，明天就能到宁市。瞿嘉不疑有他，终于满意地挂断电话。

"这么说的话，明天回家？"陈又涵眼神中含着些微笑意，瞥他一眼。

"嗯。"

"等你开学了，不如让'GC'在京市成立分部，入职第一天我就宣布，为了公司业务发展，陈又涵先生未来两年将base[①]在京市……"

叶开"扑哧"一声笑了出来："那再过两年，业务是不是该拓展到国外去了？"

陈又涵"啧"了一声："海外有点儿麻烦，不过也不是不可以。"

虽然如此开玩笑，但他们彼此都知道这是不可能发生的事情。陈又涵有无尽的公务缠身，叶开也有自己的学业。竞赛、课题、实践、

[①] 这里是常驻的意思。

托福、绩点……高中的日子好像只是换了个地方,被雷打不动地搬到了大学校园里。从前叶开努力过的,如今要重新努力一次。

瞿嘉虽然一直隐忍不说,但叶开知道,她对陈又涵一直有怨言。在她眼里,叶开本应早已在大洋彼岸的世界一流名校里"鲜衣怒马",而不是现在这样不得不再一次夙兴夜寐地去争取。

"又涵哥哥,"叶开想了想说,"我们和好的事,还是晚一点儿再跟他们说吧。"

陈又涵沉默的时间很短,转瞬即逝,可能只有零点几秒。在叶开察觉之前,他就笑了笑,说:"好。"

"你不问问我为什么吗?"叶开转过脸去看他。

"不需要问。"

两侧的原野和村庄在视线中不断后退。过了数公里,车流在收费口堵上,红灯绵延近一公里。陈又涵降速挂 P 挡,扶着方向盘回眸:"怎么不说话?"

叶开拧开矿泉水瓶递给他,而后说:"等 offer 下来,我会亲口告诉他们。"

"你定。"

叶开静了静,终于坦白:"我不想重蹈覆辙。"

"你怕瞿嘉骂你?"

叶开总算展露点儿笑意,半真半假地说:"对啊,我们家瞿嘉烦死你了。"

"搬出外公、外婆也不够?"

"远水救不了近火。"

"那……"陈又涵想了想,扬起半边嘴角,"有爷爷的支持够不够?"

叶开倏然瞪大眼睛,原本深陷在座椅中的身体坐直:"你说什……"

车流动了,他的尾音被淹没在背后响起的连串喇叭声中。

"爷爷……"叶开再度问了一次。他是如此迫切地需要答案,以致连声音都不自觉地拔高。

陈又涵半笑着瞥了他一眼,"嘘"了一声:"回家再说。"

深灰色的兰博基尼穿过收费亭,进入宁市市区的快速干道。两侧城中村中的握手楼高低错落如犬牙交错。

回到繁宁空墅,叶开再难忍受,没等车子完全停稳就解了安全带。

"爷爷知道什么?他怎么说?谁告诉他的?"他吞咽了一下口水,目光染上焦躁之意,"是你说的?"

陈又涵扔给他一支烟:"冷静一下。"

叶开看着陈又涵,两秒后,将烟抿入口中。他胸膛随着深呼吸而起伏,夹烟的那只手抵着额头,流露出一丝显而易见的疲惫和脆弱之色。

抽了几口烟后,叶开真的冷静了下来,微微苦笑:"你又瞒着我做了什么?"

"我告诉爷爷,我做了一件错事,深深地伤害了你。我向他道歉,坦白一切来龙去脉,告诉他,我不知道你肯不肯给我机会弥补,但如果那个机会出现,请他不要阻挠。"

叶开的目光在这句话之后静止不动:"你疯了。"

叶家所有人都看重叶开,但如果要评一个"最",那只能是爷爷叶通。自从明确叶瑾只想分股权而无意于将重心放在宁通商行上后,叶通就将宁通商行的未来赌在了叶开的身上。那年夏天,叶开的失常大家有目共睹,瞿嘉夫妇用尽一切力气才瞒住了叶通,甚至不惜忍痛将叶开送到温哥华疗养。哪怕是当初孤注一掷地行事的叶瑾,也胆寒于让爷爷知道真相。

叶通年事已高,又有旧疾在身,如果让他看见了叶开那副失语应激的样子，没有人知道会发生什么。何况……知道了叶开被陈又涵伤到如此地步，他老人家还肯原谅、高看陈又涵吗？

"我没疯，我用了一年半的时间去完成这件事。"陈又涵掰着他的肩膀冷静地说，"吓到了？"

一年半……就是说，几乎是那个暑假刚过，陈又涵就开始徐徐图之了。

跟爷爷摊牌并不是件容易的事，否则叶家其余人不会不约而同地选择隐瞒真相。

叶开微妙地沉默了一下。

陈又涵问："怎么了？"

"想到了那两幅字。"

"哪两幅……"陈又涵恍然大悟，笑出声来，"我记得你说过是爷爷一定要让你亲自来送？"

叶开扶额，一脸惨不忍睹的表情。

爷爷早就在给他们铺台阶！

难怪Lucas第一天来家里做客，爷爷就表现出相当冷淡疏离的高姿态，那时候叶开还以为是爷爷不喜欢跟华裔打交道，现在想想，分明是有陈又涵珠玉在前，爷爷看Lucas不爽……再联想到爷爷旁敲侧击地问他为什么这几年和陈又涵忽然就疏远了……

叶开面无表情地说："他在帮你。"顿了顿，他幻灭地又重复了一遍，"他居然在帮你跟我破冰。"

"你好可怕，"叶开第一次觉得身边这个男人深不可测，"你连宁通商行的董事长都能收买……"

虽然这话听着不太像是夸他，但陈又涵还是风度翩翩地欣然接受："过奖了。"

"你当时跟他说那些话时,他没打你?"

"没有。"

"没有发火?"

"也没有。"

"你才是他的亲孙子吧?"

"正因为不是亲的,他才没有跟我计较。"

"那他也没有跟我计较。"

爷爷不仅没计较,还一直装作自己不知道的样子,看孙子在自己面前装模作样、出尽洋相。

兜兜转转,又回到了最初的问题。叶开心里不是滋味:"又涵哥哥,你到底图什么?"

他又是学围棋,又是学茶道地去哄老人家开心,用长达一年半的时间一点一滴地暗示试探,承担着可能会把一个高血压老人气进医院的风险——到底是为了什么?

叶开注视着陈又涵:"我真的不懂。当初我在门外,你说的那些话,每一句都是冲着跟我一刀两断而来的,为什么又要多此一举,在之后告诉爷爷,说你会来求我原谅?"

陈又涵收起开玩笑的神色,凝视着叶开的双眼:"你那时候跟我说过一句话,你说我可以不那么讲信用,这句话现在还作数吗?"

叶开脑子里乱糟糟的,想了一下没想起来,潦草地点头:"记得,大概……你想说什么?"烟燃到了尽头,他在车载烟灰缸里将其摁灭。

"我可以不守诚信一回吗?当一个没有商业信用的人。"陈又涵目光柔和,笑了一下自问自答,"我早就没有诚信了,先斩后奏跟失信也没有区别。"

叶开思绪混乱地看着陈又涵:"什么意思?"

"我答应过叶瑾的。"

叶开的眼底泛起茫然和不解之色:"你答应了她什么?"

"这些事,应该由她亲口跟你说。你和她这两年,是不是不怎么愉快?"

叶瑾破天荒地扔下了自己的经纪公司,把所有精力都投入了宁通商行的业务之中。宁通商行向北方的纵深拓展,以及向四线地市乡镇下沉耕耘的过程中,她都功不可没。即使是寒暑假回家,叶开跟她见面的机会也不多,她再也不会像以前一样在周五晚上推掉一切应酬等在家里,两个人也再也没了窝在四楼影音厅里一起看文艺片讨论电影的时光。

浮云易散,琉璃易碎,而好光阴存不住。

有时候两个人难得一起在家里吃饭,闲聊几句,也都是无关痛痒的话题。叶瑾会旁敲侧击地问他的大学生活,但叶开的应对永远很敷衍,很封闭。久而久之,两个人间也就真的没什么可以聊的话题了。

不过叶开还是经常收到她的快递,比如球鞋、衣服、乱七八糟的礼物、新出的电子产品、一本他以前会喜欢的好书。

叶开从很短暂的走神状态中回过神来,冷淡地说:"还可以,就那样。"

"小开,不是每个兄弟姐妹都会在成长的过程中走散,不要觉得这样渐行渐远是正常的。"

叶开犹如一头被突然扒开了周围的沙土的鸵鸟,孤零零地面对突如其来的残忍真相。他打开车门下车:"你是她的合谋者,没有资格劝我。"

突然从受害者被推到了合谋者的对立位置,陈又涵深呼吸,还是决定要把这个恶人当到底:"你和她从小关系多好、感情多深,不用我说,你比我更清楚。将来你的外公、外婆、爷爷、爸爸、妈妈都注定要先走一步,叶瑾将会是你唯一的血亲,你们是相依为命的关系,小开，不要这么折磨自己。"

"我努力过。"在昏暗滞闷的地下车库里，叶开深深地掐着一支未点燃的烟，"我努力不去怪她。应激性失语那段时间我想了很多，我几乎就要原谅她，但真的做不到。

"伤我最深的两个人，一个是你，一个就是她。你知道我什么都跟她说，我天真地以为她会支持我。她回报我的是什么？是背叛，是戏弄！你知道我当初听到她说拿两百亿逼你的时候我心里是什么感受吗？你的刀子没有捅下来，她的刀子已经扎进了我的身体里。"

"小开，你连我都能原谅。"陈又涵深吸了一口气，"你连我都能原谅，为什么要跟她过不去？我不愿意看到你越走越孤独，"他顿了顿，声音疲倦，"我只想把你完美的人生拼回去。"

叶开闭上眼睛："怎么拼？我不敢想，有时候晚上做梦我都会惊醒。我梦到你留下那封信跟我告别，我怎么找都找不到你。"

那些在白天藏好的后怕心情，在晚上的梦里会争先恐后地再现，让他即使在两年后裂缝已然愈合后的夜里梦到时依然感到恐惧。

叶开疲惫地说："不要劝我，她犯的错很小，她的初衷很好，但我承受不起……我真的承受不起。"

叶通因为金融峰会去上海出差。他年事已高，叶征陪同而去。因而叶开抵家时，偌大的别墅里显得很冷清。

叶开顺着旋转楼梯上楼，经过二楼时发现瞿嘉在对着走廊里的一幅画沉思。听到脚步声，她回头看了一眼，见是叶开，眼睛亮了亮。

叶开弯起嘴角，问："在看什么？"

他沉默寡言惯了，忽然主动问起什么，瞿嘉一下子觉得意外且受宠若惊，磕巴了一下才说："妈妈在看这幅画，上周刚拍回来，但好像挂在这里不太合适。"

一幅现代主义的抽象画作,光影暧昧,没有任何人物,压抑中却好像有费洛蒙的味道。画要配氛围,也要配人。这幅画显然和瞿嘉的气场不合。

叶开主动索要:"我喜欢,挂在我那里好不好?"

瞿嘉愣了一下,说了个"好"字,反应过来后,又惊喜干脆地补充了一次:"当然好。"

这几年他们的相处不温不火,没有像他和叶瑾那般疏离,但也不如从前那样亲密。瞿嘉对他有些畏首畏尾,不敢过分管制,关心的话题也不敢越界,偶尔流露出关心叶开的感情生活和心理状态的倾向,也都隐藏得小心翼翼。

叶开一般不会主动给她打电话,也不再如往常那样陪着她,哄着她。

瞿嘉猝不及防地就被迫接受了儿子一夜长大的现实。

从陀螺般忙碌的事业中静下来时,瞿嘉也会迷茫。搜索词条上她的第一个头衔是教育家,她摸索着公立和私立精英教育之间的平衡,改变了不知道多少孩子的命运,却难以处理好和自己儿子的亲密关系。

叶开刻意地忽视掉了瞿嘉眼里的光,轻描淡写地说:"妈妈,听说高三教学楼马上要拆了是吗?"

瞿嘉不知道他为什么忽然问起这个:"年头到了,该重建了。"

叶开想了想:"我好久没回天翼中学看看了。"

瞿嘉微怔,不敢相信。压下内心巨大的惊喜情绪,她试探着问:"那……妈妈明天陪你去看看?"

叶开的手还停在楼梯扶手上,仿佛随时要走的样子。他矜持地问:"你明天不忙吗?"

"不忙……不是,我刚好要去一趟天翼中学。"

叶开笑了笑,没有探寻这句话的真假:"好吧,那就听你的。"

回到三楼，叶开挨着墙在走廊上坐下。实木人字纹地板被擦得纤尘不染，在灯光的照射下，映出叶开屈膝而坐的影子。

楼梯上传来拖鞋的踢踏声，慵懒，轻盈。叶开淡漠地往楼梯上瞥了一眼，见叶瑾穿着真丝睡袍，大波浪鬈发很松垂地披着。她没料到叶开在走廊上坐着，脚步微一凝滞，若无其事地笑了笑："怎么坐在地上？小心着凉。"

叶开收回目光，没有回答她。

叶瑾脸色微妙，红棕色的实木扶手衬得她用力的手苍白而过分瘦削。

裙摆消失在楼梯拐角，叶瑾很快地下了楼。

瞿嘉戴着眼镜在看一本教育心理学的外文书，见叶瑾走进书房，摘下眼镜问："怎么了？"

"公司拿了几张票，你很喜欢的那个欧美女明星要来，去吗？"

欧洲文艺电影在大陆院线上映是挺罕见的，国内的发行方和叶瑾投资的经纪公司是合作关系，便送了几张票。瞿嘉是那个女星的粉丝，叶瑾没兴趣，借花献佛地拿来哄瞿嘉开心。

"电影结束后有见面会，晚上是晚宴，你如果不想看电影，直接去晚宴也行。别说是我妈，否则一堆人缠过来能烦死你。"

瞿嘉揉了揉眉心："不去，最近忙。"

叶瑾挑眉："你确定？她可是不经常来这里的。"

瞿嘉一丝犹豫都没有，拒绝得很干脆。叶瑾收回信封，耸了耸肩："算了，我的妈咪可真难伺候。"

瞿嘉听她撒娇，笑了一下，又想劝她结婚，没想到却意外听到了叶开的声音："给我吧，我想去。"

两个人都惊诧地回头，叶开站在阴影里，往前一步走进书房，身子终于被灯光照亮。他脸上没太多表情，只对叶瑾再问了一次："可以吗?"

叶瑾看了一眼手上的信封,如梦初醒:"可以,当然可以。"

"只去见面会,晚宴可以不去吗?"

叶瑾点头:"没问题,你去的话我还不放心,被那些经纪人和导演盯上是很麻烦的。"

她开了个含蓄的玩笑,叶开没给面子,无动于衷地接过她手上的黑色烫金信封:"谢了。"

见他转身要走,叶瑾连忙问:"等一下!你……跟谁一起去?"她想了想,问,"Lucas?"

叶开半转过身:"怎么?有问题?"

叶瑾没回答,反倒是瞿嘉说:"没问题!怎么会有问题呢?让Lucas有空多来玩。"

听了这句话,叶开不知道为什么有点儿想笑。他戏谑地勾了勾唇:"好,我会跟他说的。"

回房间洗过澡,他翻出了之前换下的手机,把这两年相册里的照片全部同步了一遍。照片不多,也就一百多张,而且很多他并没有出镜,只是单纯的风景照和生活记录照而已。做完了这一切,他给陈又涵发信息约陈又涵去电影见面会。

后天下午两点到五点,陈又涵原本有安排,但不算太重要,便将时间空了出来。

时隔两年再见到天翼中学那栋老旧的高三教学楼,叶开也仍能回忆起当初在教室里上课、聊天、考试、埋头上晚自习的样子。

印刷标语的红漆脱落得斑驳,电子计时牌停留在"距离高考还剩1天"的画面上,时间好像凝固了。

从中庭的走廊缓慢穿行而过,微垂眸就可以看到白色的鸡蛋花和树冠繁茂的老榕树。从前出教室去洗手间，会路过高三（4）班和高三（5）班的教室，总有人倚靠在栏杆和窗台前晒太阳、闲聊，上活动课的男生拍着篮球追逐打闹着跑过。

当叶开经过，这些声音便会微妙地静止几秒，目光和阳光一样，都很轻盈地落在他身上。迎面也有人跟他挥手搭肩，说一声"hello[①]"，问一下数学作业最后一道题的答案。所有人的笑容和言行都恣意而散漫，有一种好像青春不会散场，这一切都不必珍惜的模样。

所有人的面容都消失了，只留下一眼看得到头的空旷长廊和模糊的光影。

"以前又涵哥哥会来接我放学。"叶开推了推教室前门，门被锁上了，指腹沾上一层灰。

瞿嘉的表情有点儿僵硬，但她并没有出声。

叶开低头抹了抹指尖上的灰："有天晚上，十点三十八分，试卷的最后一题是概率解析题。解完这道题后，我想，他应该不会这么恰好在深夜的这个时候走进这扇门。当我抬头的时候，我听到有人叫我，他就站在门口，手里挽着件西服。"

瞿嘉不知道说什么，不只是出于忏悔，更是出于遗憾，说："是妈妈不好，妈妈应该每周都来接你。"

叶开笑了笑："你来接我有什么用？我会骗你今天要跟同学一起复习。"

瞿嘉板起脸："还好意思说！"

叶开往前走，声音里带着笑意："怎么不好意思说？你不知道的事多了。"

这是两年来他第一次和瞿嘉主动聊起陈又涵，瞿嘉心情复杂，

---

① 你好。

问:"怎么突然提起他了?"

"没什么,只是突然想起来。整个高中不知道和他见了多少面,有时候熄灯了会接到他的电话,然后我们就在后门见面。现在我还能想起来那时的后门很安静,周围只有蟋蟀和青蛙的叫声。妈妈,其实我还偷偷陪他出去吃过夜宵,你都不知道吧?"

瞿嘉当然不知道,哪怕时过境迁,现在听见也有股血气翻涌、血压飙升的眩晕感。她扶住太阳穴按了按:"你行行好,说点儿让我高兴的事。"

叶开回头看她一眼,心情无端很好,甚至过去搀住了瞿嘉:"高兴啊,我现在就在说高兴的事情。"

两个人从教学楼东面的侧门出来,就是陈又涵出资捐建的图书馆,很气派。那年高考结束时,叶开的海报就是在这里挂了一整个夏天。

"又涵哥哥捐建的图书馆还可以吧?"

瞿嘉没好气地"嗯"了一声,语气很重地敷衍:"可以,你的又涵哥哥还捐了上万册图书。你还想问什么?助学金?好得很,选拔过来的生源都不负众望。"

"我听说今年省里的文科状元是贫困生,也是他的助学计划里的吗?"

瞿嘉胸闷气短,不情不愿地说:"是的。"

叶开翘起半边嘴角,一副与有荣焉的样子。

"宝宝,别聊他了好不好?我过敏!"

阳光刺眼,瞿嘉从包里掏出折叠遮阳伞抖开。叶开从她手里接过伞,撑在两个人的头顶。瞿嘉挽着他的手,需要仰视才能找到他的双眸。她很深地叹了一口气:"要跟我聊这些,何必来天翼中学呢?"

叶开陪着她沿着草坪往体育馆走:"只是顺便说说,你不想聊的话就不聊了。"

瞿嘉拍了拍他的胳膊，眼里蒙上忧虑之色："你想聊就聊吧。你肯聊，也是一件好事……"

"爷爷还不知道吗？我病得那么重，他没有看出来什么？"

"不知道。谁敢让他知道？你也别说，过去了就过去了，听到没有？别平白让他操心。"

叶开抿起嘴角，意味深长地应了一声："哦。"

瞿嘉扭头，眯着眼看他半天："你不对劲。"

叶开躲过她审视的目光："我对劲得很。"

两个人顺着坡道上行，经过他们做课间操的大操场和足球场，偌大的校园一个人都没有，樟树的叶片都被晒得反射出细碎的粼光。

前面就是当初文艺会演的剧馆，瞿嘉主动转移注意力说："还记得你演那个……"

名字到嘴边了她又突然想不起来，叶开接过话："《威尼斯商人》。"

"对，《威尼斯商人》。你刚出来时妈妈都没发现，校长还在旁边夸你呢。"瞿嘉陷入回忆中。那时候的叶开真正是一个闪闪发光的人，天真，纯粹，一眼能看出不俗的涵养和品行，又乖，会和家里人撒娇。她从前杞人忧天，总发愁最后会是什么样的姑娘能得到他的心。

"又涵哥哥也在。"

瞿嘉沉浸在那晚舞台的光影回忆中，冷不丁又被打断，不悦地翻了个白眼："你怎么又——"她突然停顿下来，恍然大悟地看着叶开，"叶开，你给我说实话，你今天是为了什么才来这里的？"

叶开不说话，笑得好看又无辜。

陈又涵这个名字，于瞿嘉来说永远跟两年前的事画上了关联线，只要一听到，她眼前就会浮起叶开说不出话的模样。她胸闷气短，叶开扶着她在花坛边的长椅上坐下，为她撑起伞，拧开一瓶矿泉水递过去，故意问："到底是中暑还是生气啊？"

瞿嘉被他搞得很混乱，只能顺着说："中暑！"

叶开笑了一下，屈膝蹲下，手搭着瞿嘉的膝盖。这让瞿嘉想起他小时候的样子。那时候他也是这样，乖乖巧巧的，仰起巴掌大的脸看着她，问一些稀奇古怪的问题，连"萤火虫会发光是因为吃了一颗星星"这种话都会笃定地相信。

只是现在叶开已经这么高了，半蹲下时视线甚至能与她齐平。

瞿嘉太久没有认真地看过叶开了，面对他沉静的眼眸，内心翻涌的复杂情绪竟也渐渐平息，目光也由疑惑转为清明。

母子俩对视着，叶开捏着她保养得当的掌心，平静地说："我知道你听了一定会生气，但我和又涵哥哥见过面了。"

瞿嘉反手攥紧他的手，"噌"的一下站了起来："叶开！"

遮阳伞跌落在绿茵地上，仰面朝天，伞柄上好看的穗子不住地晃动。

叶开也慢慢地站起身，面无表情，眸色晦暗。他盯着瞿嘉，忽视了她由于上了年纪而不再强硬，反而惊慌失措的样子，平和、坚定地说："两年前的错，我要亲手拨乱反正。"

瞿嘉的脑子和心情都很复杂，对"拨乱反正"这定性的四个字，她一时之间也说不出辩驳的话，只问："是他又来找你？"

"当然不是。"叶开轻描淡写地说，"是在上次陈为宇的订婚宴上碰到的，后来爷爷又让我给他送了幅字画，我们就联系上了。"

瞿嘉狐疑地盯着他："爷爷，让你给他送了幅字画？"

叶开无辜地抿唇，挑了挑眉："如你所见，事情就是这样。"

"For god's sake[①]，"瞿嘉顿觉天旋地转，"爷爷知道了？"

"知道了。"

---

① 天哪。

"他是不是还不知道陈又涵跟你说了什么话?"

"大概……也知道。"叶开持肯定态度,"但爷爷看重陈又涵,能看到他的本质,所以知道那些俗气的话不是他真心要说的。"

瞿嘉听出他的弦外音:"你说谁看不到陈又涵的本质呢?"

叶开单手插兜,悠悠地说:"不怪你。你没有看过他在山区里建的学校,也没有看过他是怎么让那些衣服破得漏风的留守儿童上得起学、读得起书的。何况,'GC'十年前是什么样子,现在又是什么样子?"

瞿嘉穷途末路,此刻终于明白了,从教学楼里的忆旧到图书馆前的对话,叶开的每一句话、每一个动作,甚至每一个表情,都是有预谋的。

她不得不用冷笑来遮掩内心的惊诧情绪,有点儿嘲讽地说:"宝宝,原来你是真的长大了。"

这不是什么好话,但叶开照单全收。他颔了颔首,微勾起嘴角:"两年前我就说过,我是一个独立自主、可以安排自己的人生的人,你和叶瑾不信,我只好现在一一证明给你们看。"

第二天下午是电影见面会。

陈又涵见到叶开戴的丝巾时,第一反应是觉得眼熟。

叶开穿着白色T恤,领口半露出一点儿锁骨,看着肩宽体直。修长的脖颈间反了一条牛油果绿的丝巾,燕尾结垂在颈后,手腕上搭配了一块白色陶瓷腕表。很慵懒优雅的风格,与他的气质完美贴合。

他不常搭配丝巾,陈又涵想起来,不太确定地问:"之前看《天鹅湖》时,你戴的是不是也是这条丝巾?"

"嗯。"

距离入场还有点儿时间,两个人在楼下的咖啡厅里坐了会儿。里面人不多,大部分是"网红"在意犹未尽地自拍、互拍。

第六章 合同

过了会儿,有人来给叶开递名片,上面印着什么经纪公司,叶开没仔细看。那人似乎既不怕冷,也不怕热,穿着一丝不苟的米色亚麻英伦西装三件套,刻意谦虚的语气里有藏不住的自得之意:"柯屿就是我们旗下的艺人。"

陈又涵正在露台上接电话,余光瞥见那人,分神观察了几秒,见叶开神色如常便继续专注到了公务中。

叶开拒绝得委婉,但那人显然修炼到家了,并不气馁,反而在空位上坐下,对叶开说:"你可能没有概念,听我说……以你的外形、气质,加上我们辰野的运作……"

不是他死皮赖脸,也不是他没见过世面。一定要找个原因的话,便是阅人无数的他已经太久没看到能让他心里掀起波澜的好苗子了。

然而他的耐心并没有获得对等的回报。

"我对娱乐圈没兴趣。"叶开直言。

陈又涵打完一个电话,对方仍未离开,甚至隐隐有越挫越勇的劲儿。陈又涵推开玻璃门回到临窗的卡座,适时出声:"怎么了?"

陈又涵一开口,两个人都抬头看向他。叶开刚想回答,刚才还缠着他的经纪人瞬间起立,由于过于吃惊甚至有点儿结巴:"陈……陈总?"

陈又涵指间夹着根没点燃的烟,闻言,他一边在脑子里过着纷杂的社交信息,一边气定神闲地在桌子上磕了磕烟。

见陈又涵超过两秒没有回答,天生上位者的气场已经压得人喘不过气,对方微弯了点儿腰,客气地说:"我是辰野的 Max,麦安言。"

陈又涵随即笑了笑,伸出右手:"麦总,好久不见。"

他的这声"麦总"解了尴尬,麦安言甚至隐隐松了一口气,从陈又涵不动声色但迫人的打量中解脱了出来。

"陈总怎么会在这里?"

陈又涵搭着二郎腿坐下:"坐。"他说完,麦安言才跟着坐下。

陈又涵始终没想起来什么时候跟这个姓麦的人有过交集，神情有着漫不经心的笑意，简单地说："看首映。"

麦安言是个聪明人，懂得借力打力。他看向叶开，说："原来叶先生跟陈总认识，难怪。我刚才还说，像叶先生这样的人，不当明星真是我们娱乐圈的损失。"

他这一下就操起了整个娱乐圈的心，陈又涵似笑非笑地顺着问："叶先生，出道吗？"

叶开端起咖啡杯浅浅地抿了一口，故意问："出道了，陈总给我投资拍电影吗？"

麦安言见切出个口子，急切地抢话说："这还用说？！陈总肯定捧你当大男主！"他不能不急，柯屿要跟辰野解约。

柯屿虽然演技有待提高，但话题度一直不断。现在柯屿铁了心要走，他必须立刻找到能和柯屿对打的人。

叶开听完这句话后，笑了一下说："是吗？"说罢也不等对方再说什么，而是拿起手机起身，目光在陈又涵的脸上扫过，对麦安言勾了勾嘴角，客套道："那等陈总能拿出两百亿投资电影时，我再考虑吧。"

麦安言被这个数字砸晕，晕晕乎乎地看着对方起身离开。他还想说什么，但被陈又涵一个眼神震慑，张了张唇，什么话术都忘得一干二净。等回过神来，他只看到玻璃门晃动，两道身影一齐消失在商场的人流中。

这是GC集团旗下的高奢商场，麦安言想起这一事实，觉得等一下首映礼还是得豁出老脸再加把劲儿。

一段插曲结束，两个人总算是赶在电影开始前入了场。

欧洲文艺片在国内院线上映的确罕见，以前叶开需要跑到香岛去看，这次在内地看大银幕，的确有种不一样的感觉。他和陈又涵一起看电影的时机少。他反复回想，也只有那年生日的半场，陈又涵还睡着了,最后两个人在保洁阿姨"快点儿让我下班"的眼神中看完了片尾字幕,唱完了生日歌。

两个小时的电影不算太长,片尾曲唱响,灯光轰然大亮,在如潮的掌声中主创团队登场。将近二十分钟的访谈,多数人是冲着那位欧洲文艺片女王而来。现场配有翻译,叶开听得还算入神,毕竟这是瞿嘉钟爱的影星,回去还是要哄她开心。念及此,他想提醒陈又涵,但随即发现陈又涵其实也听得很认真。

他碰了碰陈又涵的肩膀:"你也喜欢她?"

陈又涵回神,对他笑了笑,温言道:"为了讨瞿老师欢心,也得勉强听一下。"

专访结束,不少人压着兴奋情绪。晚宴在楼上的酒店行政酒廊进行,这是经纪人、演员、制片人和投资人的猎场。叶开并不打算去凑这个热闹。

人潮涌动着散场。顺着通道往外走时,叶开被各种目光打量得有点儿不耐烦,觉得这天没戴口罩是真的失策了。

但如果戴了口罩的话,他又怎么能保证叶瑾能直白、迅速、避无可避地看到他和陈又涵呢?

他在叶瑾震惊到失语的目光里微微翘起半边唇。

陈又涵几乎是立刻反应过来,叶开是故意的。从答应来这场首映礼,到他刻意与两年前一样的穿着打扮,他都是故意的。

周围嘈杂兴奋的人群与三人之间微妙静谧的氛围形成诡异的对比。

他们在对峙,暗藏汹涌。

谁都没轻举妄动,叶开只用眼神与叶瑾交锋。然而随即便有一个不和谐的男声插入:"叶总,这次就不要跟我抢人了吧?"

叶开怔了怔,与陈又涵回头看去,怎么是麦安言?

只有叶瑾无动于衷。她身着定制的孔雀绿西服,时尚利落,八厘米的红底高跟鞋和大波浪鬈发增强了她的气场,戴着全套珠宝的右手捏着一个荔枝纹橙色手包。她听见麦安言的声音,目光一无所动,只是冷冷一笑地问:"有你什么事?"

麦安言对叶开志在必得。他耸了耸肩,故作轻松地笑道:"既然是我先对叶先生抛出了橄榄枝,那么也请叶总讲究一个先来后到。"

叶瑾听完这句话,锋利的目光从叶开身上扫至陈又涵身上,最后才轻飘飘地落在麦安言身上:"你说什么?"

"叶先生首要考虑的是我们辰野……"

叶瑾没有温度地冷笑了一声:"不好意思,他是我弟弟。"而后她将麦安言从头到尾扫视了一遍,"要不然你问问他,有没有兴趣把你们辰野买下来?"

上位者在经年累月的高高在上的生活中会变得铁石心肠。麦安言是什么表情没人有空去理会,只有叶开给他递了一个柔和的眼神,真要仔细观察的话,也不过是眼尾的弧线略微下垂了些。

娱乐圈的人最不缺的就是脸皮。麦安言硬着头皮说了几句好听的场面话后,固执地再度递出名片:"既然如此,这么说来叶先生也算是半个圈内人了。如果哪天改变了主意,请一定要记得先来找我,"他睨了叶瑾一眼,虽然又怵又怒,但仍是耸耸肩开了个玩笑,反手掩唇道,"叶总公司的路线,不适合你。"

麦安言一走,被打破的局面再度紧张起来。舞台侧面有几个挂着证件的工作人员欲言又止。叶瑾往那边递了个眼神,立刻有人小跑上来附耳说了几句话,提醒她不要错过晚宴的红毯活动。

叶瑾点了点头,但并没有动作。

工作人员退开,她终于用只有三个人能听见的不大的音量问:"什么时候和好的?"

第六章 合同

在陈又涵出声前,叶开云淡风轻地说:"需要向你汇报吗?"

叶瑾的太阳穴跳着,她没头没尾地笑了一下,说:"我明白了。"而后她对陈又涵伸出手:"我没想到你会食言得这么彻底。"

她的手掌纤细修长,绷得笔直,在室内冷气的作用下苍白冰凉。

陈又涵没握住她的手,只是漫不经心地拍了一下:"抱歉。"

工作人员再次打手势催促,叶瑾深呼一口气,转身离去。高跟鞋踩在地毯上悄无声息,她的步幅和速度都一如既往,她的脊背绷得笔直,抓着手包的手指用力收紧。

负责一对一接待的工作人员迎上,看到叶瑾对他很利落地笑了一下点头致意,他提得很高的心终于落下。

仅从背影看的话,她的状态无可挑剔。

纤尘不染的 VIP 电梯门开合,映出一张冷肃的面容。高奢酒店冷得像冰窖,冷气将她的真丝套装浸透,西服下的身体一阵又一阵地战栗,皮肤上起了些鸡皮疙瘩。

她呵出的气息过于灼热,又或许是周围太冷,几乎有白雾。

她在工作人员的带领下穿越空无一人的、弥漫着香氛的走廊,厚重的软包隔音门被推开,一个五光十色的世界轰然出现在眼前——斑斓的晚礼服、盛着灯光的水晶酒杯、旋转的舞蹈与裙摆。

叶瑾深呼吸,面对此起彼伏的闪光灯与快门声,她微笑着走入门内。

她当晚并没有回家。

第二天临近中午,叶开才再度见到叶瑾。她的晚礼西服竟然没换,只是经过一晚上烟酒和汗水的洗礼,已经不复最初的光彩。

瞿嘉去教育部门开会了,别墅里除了叶开,只有用人留守。贾阿姨很心疼叶瑾,老远迎过来时就嗔怪地说:"我的大小姐,你怎么又一晚上不回?!"

她不仅彻夜未归,而且连妆都没卸。浓妆半残的时候,她看着真正像个三十多岁的女人了。

姐弟俩从小就被贾阿姨照顾得很好,她早就安排人准备了醒酒汤和美龄粥。叶瑾抓着手包上楼,经过叶开身边时脚步迟缓了一瞬,但最终仍是什么话都没说。

叶瑾昏昏沉沉的意识里忽然掠过一丝极细的疑惑——为什么叶开会在楼下的客厅里坐着?然而她真的太累,累得难以仔细思索,连澡都没洗就倒在了床上。

她再醒来时暮色已深。她住四楼,偌大的空间里没有一丝人声,只有冷气机运转的声音。手机屏幕亮起,上面有无数条消息,经纪公司的、制片公司的、出品方的、宁通商行的,纷杂得不让她有喘息的机会,只有昨天试图合作的男演员给她发了一句问候话语。

真情或假意,叶瑾不去分辨,勉强纵容自己沉浸了一秒,便近乎无情地清醒了过来。

厨房已经备好了晚餐,只等她下楼。

瞿嘉和叶开在餐桌边坐着喝茶,空气中弥漫着一股若有似无的桂花香气,原来是普洱中放了干桂花提香。

瞿嘉示意用人上菜,继而好笑地睨了叶瑾一眼:"这位小姐,听说你昨天晚上又彻夜未归。"

叶瑾形容慵懒,反手撩了把头发后笑着说:"又是谁告的密?贾阿姨,是不是你?"

瞿嘉白了她一眼:"你有空整天给这个明星打赏给那个明星投资,不如正正经经地给我谈个恋爱。娱乐圈里的人就娱乐圈里的人吧,家世清白干净,人品好就行,别的我也不挑了。"

叶瑾的笑容淡了些,问:"卖剩菜呢,您这买一送一的劲儿?"

瞿嘉已经基本放弃让她结婚的打算,有时候顺嘴唠叨两句纯属惯性使然，当即转移话题问道："昨天的见面礼怎么样？"

气氛很微妙地冷了一瞬，叶瑾莞尔："就那样啊，你的女神虽然老了但风采依旧，我站旁边都比不过……怎么样？要不要给你看一下呀？"

瞿嘉戴起眼镜接过叶瑾的手机，叶瑾凑过去帮她滑动页面："你看，这个是她的先生，这个是导演……"

母女俩絮絮叨叨，只剩叶开在安静喝汤。

瞿嘉看了一阵，冷不丁地问："你们昨天没碰上？"

叶瑾愣了一下，叶开放下白瓷调羹："碰到了。"而后他略带冷意地瞥了一眼叶瑾，眼神里带有嘲讽之意。

叶瑾低头搅动汤盅里的花胶虫草："看见了。"

瞿嘉不置可否地应了一声，想了想，并不打算把叶开和陈又涵的事拿出来讨论。她知道姐弟俩关系微妙，从两年前起关系就不冷不淡的，让她看了闹心。

相差十六岁的姐弟关系并不能以常规情况去揣摩。

从叶开小时候起，叶瑾就承担了太多超过姐姐的职责，也就难免倾注了更为深重的感情，甚至超过了姐弟间平衡的界限。一个是责任心、控制欲过盛，一个又在创伤中，还未走出应激反应的尾声，陈又涵是一切的源头，也是绝对的禁区，瞿嘉觉得这个时候如果再让叶瑾搅和进这件事，叶开可能会更极端。

想到这里，一切食物都味同嚼蜡，瞿嘉放下筷子，叹了一声气。

叶瑾擦了擦嘴，放下餐巾挽着瞿嘉的胳膊撒娇："妈咪，多叹一口气就多一根白头发，快笑一个补回去。"

瞿嘉皮笑肉不笑地扯起嘴角："怎么笑？你们一个两个的都不让我省心！"

还剩几天开学，叶开还要赶暑期的实习报告。吃过晚饭散了会儿步,他重新坐回书桌前打开文档。他敲下三行字符时,屏幕上映出一道阴影。

他没有回头,停留在键盘上的手指顿住,继而毫无情绪地问:"有事?"

"妈咪不知道你和陈又涵和好了?"

叶开勾了勾嘴角:"你说呢?"

叶瑾不见外,在小沙发上坐下。很多年前也是这样,她坐在沙发上,叶开在写作业,她确认了他的想法,也下定了自己的决心。两个人从此形同陌路。

叶开重新开始构思自己极度官方、公式化的报告,同时冷冷地说:"你可以去跟她说——反正你很擅长,不是吗?"

他说完这句话,书房里一时间没了声音,只有敲击键盘的声音行云流水般机械地响起。

叶瑾忽然意识到,从她走进房间的那一刻起,叶开一直没有回头看过她。

她的指腹停留在白色A4纸的边缘,因为思索而无意识地缓缓摩挲,倏地顿了顿,指上用了力道,几乎把纸压弯。一息之间,那力道松了——裹在睡袍里的纤长双腿重新站起。

叶瑾无声地走到叶开身后,将手上那沓纸扔至叶开眼前。白纸在键盘上散落开,覆盖住叶开的手。

白纸黑字,条例分明,钢笔签名力透纸背,红色印章印记清晰。

叶开的一颗心重重地提起,又回落下去。他很平静,并不意外,只是问:"这是什么?"

叶瑾的声音清脆而冰冷:"合同——两年前,我跟陈又涵签的合同。"

二楼的黑胶唱片流淌出歌声，随着夜色暧昧地飘浮至三楼书房的窗口，从未闭拢的窗户中飘了进来。

玻璃窗落下，歌声和夜风一并消失，只留下室内沉默的对峙场景。

是叶开起身关了窗户。

做完这一动作后，他的目光才落回到那一沓凌乱的纸上。他伸出手想拿起的瞬间，纸面又被另一只手抢先压住。

叶开抬眸："你是什么意思？"

叶瑾在桌面上坐下，赤脚跷起二郎腿。她拢了拢头发，从书桌上抄起烟盒。烟盒是白色的，上面有大卫杜夫的 logo。

"介意吗？"

没等叶开回答，她自动捡起桌子上的打火机，低头点烟。她卸了妆的面容在灯光下显得苍白，唯有抿着烟嘴的唇瓣有淡淡的血色。

叶开拉开椅子重新坐下，一只手搭着椅背，另一只手在桌面上漫不经心地轻点，等着叶瑾说第一句话。

"你呀，真是没出息。"叶瑾吐出第一口烟，目光落在指间的白色烟身上，笑了笑，"大卫杜夫有什么好抽的？"

叶开没说话。

叶瑾不以为意，娴熟地弹掉烟灰后问："陈又涵先来找你的？"

"反了。"

"我不信。"叶瑾往后半倾上身，纤细的手掌撑住桌面，一头长发随着仰头的动作从肩头落下。她看着天花板，语气淡淡的："以你的个性，陈又涵跟你说了那些话，你不可能还对他抱有耐心。"

房间里白雾缭绕，烟草味很快就弥漫了满室。叶开觉得喉咙干痒，低头吸了一口烟，继而把手搭在了桌面上。从叶瑾的角度看，他这个姿势显得封闭而抗拒。

叶瑾犹豫了一下，伸出手拨弄了一下他细软的黑发。

"你怎么会去重新找他？你是最骄傲的，陈又涵把话说成那样，你早就该看透他了。"

叶开沉默得够久，直到现在才有所回应，也只不过是轻描淡写的一句话："让你失望了。"

"彻底和好了？"

叶开抬眸，没应声。叶瑾点了点头："我明白了。"

她从桌子上捡起那沓合同，垂首看着它们的边缘在掌心并齐，轻声说："两年前到底发生过什么事，因为签了合同的，所以我想陈又涵应该还没有跟你坦白。我用两百亿切断了他的退路。他说了很多话伤你的心，你也不必当真，都是演戏。你最后那晚去找他，在门外，我看到他把烟头按进了手掌心里。"

见叶开并无意外之色，她微怔，继而自嘲地笑了笑："你都知道了。其实后来看到你病得那么深，我真想都告诉你。"

所有的"早知如此"都不值得动容。叶开无动于衷："你没有。"

"对，我没有。"合同如一副扑克牌般被叶瑾缓缓捻开，"我信不过陈又涵。在商言商，我拿了宁通商行的两百亿授信，瞒着爷爷去做了这件事，如果什么承诺都没有，那就太天真了——这份合同，就是保障。当年宁通商行的 VIP 室里，知道这份合同存在的，除了两位律师，就只有我和他。"她看了叶开一眼，"现在加上你。"

她再度亲手递出合同。

屋子里静了两秒，叶开摁灭烟头，伸手接过。

合同不长，甲乙双方的权利和义务条款明确，只是违约条款那么长，数字庞大，几乎能让陈又涵把所有的身家都搭进去。

叶开一目十行很快地扫过，心里默念：未经甲方允许，乙方不得擅自会见、接触、联系叶开先生；未经甲方允许，乙方不得对叶开先生提及相关事宜，包括但不限于事实真相、细节、牵涉人员；……本合同一式两份，甲乙双方权利和义务保留期限至——瞳孔一瞬间紧缩，叶开捏着纸的手不自觉用力——叶通先生去世。

叶瑾又点了一根烟，抿了抿烟嘴，清冷的声音里听不出情绪："我怕他出尔反尔，跟你说出真相。事实证明，他果然还是违约了。"

"为什么是直到爷爷去世？"叶开始终垂着头，面容掩在暗影下，令叶瑾无法窥见他的表情。

"因为我不能让爷爷知道这一切。这所有的一切——你的想法，我的处理方式……都太糟糕。"叶瑾的声音低了下去，"我不想爷爷对我们失望。而你，一旦知道真相，一定会去告诉爷爷，我说得对吗？"

她似乎听到了一声嗤笑声。

"叶瑾，爷爷让你处理两百亿授信的事情，不是让你暗度陈仓、假公济私的。于公于私，他本来就有资格知道真相。而你呢？因为单方面觉得我会不顾大局去找爷爷'告状'，所以你再一次替我做了主，剥夺了我知道真相的权利。"

叶开紧紧地攥着纸页，双肩轻轻地颤抖，仿佛在竭力忍耐什么："你好顺手啊，叶瑾，安排我的人生，主张我的大事。不，我还是小看了你，不仅我，你连爷爷也都安排进去了。"

很快，叶瑾就知道了，他竭力忍耐的是笑意。他很快便放肆地笑出了声，仿佛见到了什么天大的荒诞而好笑的事情。

叶瑾愣怔地把烟从嘴边取下，蹙眉："你疯了？你笑什么？"

叶开站起身，扔出合同。在明亮的灯光下，他的唇控制不住地上扬："我笑什么？我笑你自作主张、自作聪明、自以为是，我笑你输了，你知道吗？——"他不知道为什么那么高兴，仿佛恢复了无忧无虑的样子，就连挑衅地上扬起的嘴角都让人觉得可爱。他看着叶瑾，又重复了一遍："你真的输了。"

一纸合同在手，叶瑾无论如何都不会输。她甚至可以让陈又涵倾家荡产。

然而她没有深究叶开这句话的深意,而是看着叶开,目光柔和下来,说:"是的,我输了。"

而后,她一只手捏着合同,另一只手按下打火机,如同点烟般慵懒地点燃了那五页纸。

火光亮过灯光,叶瑾半侧着的脸被火光照耀。火舌蹿得很高,但纸很快燃到了尽头,叶瑾松手,渐渐偃旗息鼓的火舌卷着剩余的白纸落在地板上,在那里完成了最后的燃烧。

白色的纸变成了黑色的灰烬,在昂贵的人字拼地板上留下了深色印记。

"我说过了,这份合同只有我和陈又涵知道。"叶瑾撑着桌子赤脚跳下,穿过那一片零落的灰烬,准备离开,轻柔婉转的声音回荡在屋内,"回头转告陈又涵,作为商业合作伙伴,我对他违约失信的行为深表痛心,下次再想合作的话就没那么容易了。"

叶开神情复杂,混合着深深的惊异之色。最终,他意味不明地说:"你当初,明明可以有更好的处理方式。"

走至门口的背影果然僵住,叶瑾没有回头,而是沉默了两秒,最终轻声地承认:"是的。"

叶开自她身侧经过,脚步略一停顿:"喝一杯吧。"

第七章 复还

一墙之隔的起居室内,倒悬的花瓣水晶灯亮起灯辉。

叶开打开橙色马鞍革的酒柜,从中取出一瓶威士忌。他没回头看叶瑾,径自从冰桶里夹出剔透的冰块。微凉的液体在灯光下如同金色,被轻晃着倒入水晶杯。

叶瑾面无表情地接过他递过来的酒杯。

"试试?"叶开挑眉,冰块随着他的动作发出好听的碰撞声。

他在等叶瑾跟他干杯。

两个菱花水晶杯在灯光下交碰。

叶开倚着酒柜,长腿交叠,单臂抱胸,端着酒杯的姿势娴熟而放松:"我三月份花了六十九万拍下来的。不瞒你说,当时我想的居然是哪天可以再跟他一起喝酒。"

叶瑾无言以对,舌尖苦涩,自嘲:"这么说,给我喝浪费了。"

叶开对她的说辞不置可否,淡声回敬道:"你同样浪费了我的信任。明明有更好的处理方式,但你不相信我。"

"我只是不相信以你十八岁的年纪,你可以处理好自己的人生。"

"所以你觉得你有权为我安排好一切,即使方式粗暴。"

"怎么会粗暴？如果陈又涵肯用心地劝你出国，说这是为你好……"叶瑾的声音轻了下去。

"你以为让陈又涵来劝我，就不是介入我的人生了吗？"

叶瑾怔了怔，抬起眸来。

"你、妈妈，或者是陈又涵，哪怕搬出爷爷来说，本质上又有什么区别？在听到我想留在国内时，你的第一反应就是怎么改变我的选择。你本能地觉得我不成熟，我考虑欠缺，你觉得你有资格凌驾于我的意愿之上，左右我的人生，或者说——"叶开顿了顿，目光直直地望进叶瑾的眼底，"你有义务矫正我的所思所想，如同矫正一种病。"

最后一个话音落地，叶瑾的身躯僵住。半晌，她的目光避着叶开，声音比之前更轻："我承认我做得不对，但你不用这么上纲上线。当初爷爷答应帮陈家一把，跟两百亿授信比起来，让陈又涵劝你留学这个条件，根本就很恩惠，算得了什么大事？"

"你还是不懂。陈又涵从来不是一个会用'为你好'自我粉饰的人——他不屑。拿了两百亿授信来说这番话，冠着为我好的名义，多么卑劣。"

叶瑾身上冷汗频出，十分焦躁，却还是倔强地"哈"了一声。

"既然你既不觉得有错，也不觉得这是什么大事，那么，你为什么一定要让又涵哥哥做呢？"叶开沉着地一字一顿地问，"你自己来，不也一样吗？"

他并不咄咄逼人，相反，语气里的情绪很少，堪称心平气和。可是叶瑾躲开了他的追问和眼神，高明又怯懦地掉转了话语主体，反问道："你会听我的吗？"

叶开勾起唇，笑了一声。这一声是那么轻，让叶瑾怀疑是自己的错觉。

"就算我不听，你跟妈妈也有的是方法逼我就范，实在不行，还有爷爷。"叶开淡淡地说，抬起眼眸，"爷爷也一心要让我出国，胜算在你这里。你，为什么不自己做这件事？"

叶瑾迫不及待地张开唇，有一句话似乎马上就要说出口了，但她又紧紧地抿上了唇，脸色急剧地苍白了下去。

"你说不出口，我帮你说。"叶开俯身，离她很近，"你心里比谁都清楚，操控我的人生是错误的，即使你有很多种办法，你也不用，而是让陈又涵当枪手。因为你知道，无论谁，只要做出这件事，就会永远在我心里失去位置。你叶瑾不想当这个坏人。你也不想让妈妈当坏人，让爸爸、爷爷当坏人。所以，这个人只能是陈又涵。"

在这如同法槌落下的瞬间，叶瑾闭上了眼，嘴角浮现虚弱的讽刺的笑容："陈又涵……果然还是什么都跟你说了。"

叶开不置可否，不露声色，掩在灯影中的目光如此洞悉冷静。

"我确实就是这么打算的，怎么了，有错吗？"叶瑾咬牙扬声道，"事情难道跟陈又涵一点儿关系都没有吗？由他出面解决，有什么错？叶家帮了他两百亿的大忙，他回馈这么一点儿，很难吗？是他固执，明明只要打着为你好的名义随口劝你两句，你就会听他的话，但他不干，偏偏要弄成这么鱼死网破的局面。事情办得不漂亮，是他的问题！凭什么让我，让妈妈去当坏人，让你讨厌？何况，"她用力吞咽了一下口水，深吸了一口气，"何况，跟我们这种真正的家人比起来，他这个没有血缘关系的哥哥又算得了什么？我们逼你，当然比他逼你更让你痛苦……我只是……我只是……"

叶开捏紧了威士忌杯而不自知，只觉得心口冰凉、艰涩得可怕。

"所以……"他缓了缓，才继续说，"那天在他门外，他才会说，从头到尾都没有人逼他，唯一的坏人只有他一个。"

叶瑾骤然紧闭上嘴。

"叶瑾，到了那种时候，他还在维护你……不，"叶开感到不可思议地笑了一下,"他是在维护我。他那么想让我亲爱的姐姐——你,能在我面前继续当一个好人。"

"有用吗?你现在还是知道真相了。"

叶开用一种近乎怜悯的目光看着她:"别误会了,陈又涵一个字都没说,刚才那些都是我猜的。"

叶瑾蓦地抬眼,近乎陌生地看着叶开:"你诈我?"

"从你这里学到的一点儿手段。"叶开彬彬有礼地说道。

室内静了许久。

叶瑾放下杯子,缓缓地在沙发上坐下,喃喃地说道:"你恨我。"

"我不恨你,只是不知道怎么跟你相处。你知道我跟陈又涵是怎么再联系起来的吗?"

叶瑾的眼珠子转了转:"他违约,主动找你。"

"不,我跟又涵哥哥是追尾事故碰到的。不过就像你推测的那样,我已经在努力 move on①,所以没有给他任何机会和好。后来我去云省调研,他刚好也在。你知道那种地方要怎么过去吗?"

见叶瑾摇摇头,叶开继续说:"要坐飞机、大巴、面包车、拖拉机,最后步行。你甚至不能在地图上找到那个地方。你知道吗?又涵哥哥也胆小了。他那种人,对上我竟然也会畏首畏尾、患得患失,遮遮掩掩地不敢让我看穿。"

叶瑾想到了陈又涵按进掌心的烟头。

"但我依然没有给他机会和好。"叶开低头笑了一下才说,"因为我觉得他无耻,两年前说了那种话,现在怎么能当作若无其事?"

他的笑容难以描述,掩在暗影里的双眸没有笑意,连五官看起来都那么冷。叶瑾心口仿佛被蜇了一下。她意识到他的这一个笑容,是

---

① 向前看。

在嘲笑他自己。

"后来,我看到了他的病危通知书,"

叶瑾身躯一震,垂下目光,继而低下头,用掌心托住僵硬了的脸。

叶开对她流露出的软弱样子无动于衷:"你做错的每一步、每一个初衷,我都能理解,包括你觉得打着为我好的旗号就能名正言顺地控制我。你唯一错得离谱的,是认为陈又涵在我的生命里的分量很轻,轻到一次决裂就能把他剥离。但是叶瑾,不是这样的。一句'又涵哥哥',我刚会说话时就学会了,我们之间的兄弟之情是一辈子的事。"

"别说了。"叶瑾的声音闷闷的。

叶开面无表情地看着她,抓着杯口的手指用力:"你知道我为什么说你输了?"

"因为你的意志不受我管辖。"叶瑾机械地呢喃。

"不。"叶开仰头喝完杯中的酒,目光穿透灯影,"是因为陈又涵已经跟爷爷说了一切。你跟他签合同的立场,你设定期限的逻辑,都已经不复存在。爷爷已经知道了真相。"

叶瑾的五指蜷着,面孔苍白:"爷爷知道了?"

叶开抿了一下唇,冷冷地给了她一个微笑。

"爷爷知道了。你不敢去承担的责任、去做的事,陈又涵替你做到了。现在,道歉。"

叶瑾一瞬间睁圆了眼睛,在不解中僵硬地说:"他从来没有问过我。为什么?"

叶开的眸色越来越深。他没有出声,冷冷地提了一下嘴角,继而恢复了面无表情的模样。与叶瑾惊弓之鸟的状态比起来,他是真正从容。

"为什么?你自以为自己聪明又掌控一切,但是对不起,我来告诉你真相——不仅爷爷知道,妈妈也知道我和陈又涵重归于好了,比你更早一步知道。你看妈妈告诉你了吗?她为什么不告诉你?我亲爱的姐姐，用你聪明的脑子仔细想一想，为什么？"

叶瑾茫然地看着叶开："妈咪知道。"她喃喃地重复了一遍。

"对，她知道——"叶开俯下身，双手撑住沙发靠背，将叶瑾禁锢在狭小的空间内，"那么你觉得，她为什么要瞒着你呢？"

叶瑾仿佛从梦境中清醒，受惊地眨了一下眼睛，而后才看向叶开。她竭尽所能地在这场对峙中维持着所剩无几的平静："我不知道。"

"你知道。"叶开微微眯眼，竭力压着声音里的怒意，"因为妈妈觉得你控制欲强，做事冲动，因为她认为你的处理方式只会让事情变得更糟，因为你不值得信任……姐姐，爷爷也早就知道了来龙去脉，他又为什么瞒着你？你一心一意要保全叶家的温馨氛围，到头来，谁都被你搞怕了，谁都信不过你。你觉得妈妈与你同一阵营？可是这一次，她第一个瞒你——被至亲背叛、欺骗的感觉怎么样？好玩吗？"

叶瑾已经有了细纹的眼眶很用力地睁着，嘴唇颤抖，她却找不到自己的声音。

她最珍视、努力维系的东西，此刻被撕得支离破碎。

叶开直起身，声音里没了火气："谢谢你销毁合同，放弃追究责任，只是这不是你自以为的施舍，而是忏悔和悬崖勒马。现在，我想听你说一句'对不起'，姐姐。"

叶瑾弓起腿，在叶开的目光和等待中，整个人在沙发上缩成一团，嘴唇颤抖着："对不起，小开，是我的错……对不起……对不起……对不起……对不起……对不起……"

这是叶开第一次看到叶瑾哭。

她是那种再痛也会把自己锁到房间里，等哭够了再假装若无其事地走出来的人。

叶开静了静，将不住发抖的她轻轻地搂进怀里。

"你根本对宁通商行的业务没兴趣，这两年你一直往三四线城市跑,废寝忘食地拓展业务,为什么?你寄给我的书我都看了,我也很喜欢。你寄来的球拍也很好,我用它打过几场比赛,很适合我。"他停顿了一下,在此刻温情地拆穿了她,"你一直在后悔,为什么要这么倔强?我知道你来学校偷偷看过我,那次在阶梯教室上大课,你在窗外,我看到了。"

叶瑾呜咽着摇头,再说不出一个字。

"没事了。"

门被轻轻地合上,叶开把起居室留给了叶瑾。他想他的姐姐还是更习惯在没人看到的地方哭。他靠着走廊把剩下的半截烟抽完,瞿嘉刚好上来。她犹豫着问:"吵架了?"

叶开站直身体,揽着瞿嘉的肩膀下楼:"嘘。"

瞿嘉眨了眨眼睛,做唇形问:哭了?

叶开无辜地抬了抬头。

瞿嘉忧心忡忡地回头看着,叶开温柔地扣着她的后脑勺儿让她专注于眼前,温言哄道:"别看了,看了她明天又要发火。"

把人送到二楼安顿好,还没出卧室门叶开就接到了陈又涵的电话。瞿嘉眼皮跳了跳,不冷不热地问:"陈又涵?"

叶开当着她的面接起电话:"又涵哥哥。"

瞿嘉翻了个白眼。

电话那端,陈又涵说:"出来见一面。"

"现在?"叶开看了瞿嘉一眼,坦然自若地走到窗前。月白色的纱帘被掀开,院子里空无一人,只有路灯下的飞蛾和喷泉。

"你在哪里?"

"山坡上。"

叶开没忍住笑了一下,见瞿嘉凶巴巴地瞪着他,不得不低咳一声,而后才说:"马上。"

瞿嘉的脸拉得老长:"马上什么马上?"

叶开攥着手机,嘴角勾着一丝若有似无的笑意:"马上去见又涵哥哥。"

在瞿嘉发火前,叶开明智地火速逃之夭夭。离开前,他想了想,又后退两步,握着门框回身说:"晚安,妈妈,睡个好觉。"并且很善解人意地轻轻带上了门。

从别墅正门到雕花庭院门有差不多五十米的距离。叶开慢悠悠地走着,继而小跑起来。夜风吹拂起他的黑发。他的头发长了,先前烫的卷渐渐回直,被风扬起好看的弧度。

思源路的山坡长长一道,花枝掩映间坐落着红砖洋楼,里面住的都是宁市非富即贵的人物。叶开推开侧门,轮值的安保对他致意,叫他"少爷"。

深灰色的兰博基尼就停在坡道上。陈又涵正倚着引擎盖半坐着,两手插兜,嘴里叼着烟。

叶开一阵风似的跑过去:"你怎么来了?"

陈又涵取下烟:"有点儿担心,来看看你。"他从空气中嗅到了丝丝酒意,问,"喝酒了?"

叶开仰着下巴:"一点点。"

临近半夜,四下皆静,只有蟋蟀声此起彼伏。

见他身上还穿着衬衣,陈又涵问:"怎么这么晚还没洗澡?"

叶开糊弄道:"忙着写报告,忘了。"

陈又涵神色认真地看了他几秒:"叶瑾没有为难你?"

"没有。"

"她没找你?"

"没有,谁知道她怎么想的?"叶开赶忙转移话题,"带我出去玩。"

"玩什么？该回去睡觉了。"陈又涵反而比他还严格。

"不要，我好不容易溜出来的。"

陈又涵挑眉："二十岁了还有宵禁？改天我得跟瞿嘉商量商量。"

叶开眼前一下子掠过了瞿嘉无可奈何又气急败坏的脸。他这两天捉弄瞿嘉够多了，已经不知道要买什么礼物哄她开心了。

"别废话。"他轻轻地踢了陈又涵一脚。

陈又涵笑得厉害："行，那就跟我要笔债去。"

引擎被启动，车子在夜空中如野兽般低声轰鸣而去。

听到陈又涵说要带叶开过来时，乔楚一瞬间以为自己听错了，开始惶恐起来，心里想什么便直接问了出来："用不用哥们儿提前打烊清场啊？"

陈又涵失笑："不用，我带他去玩。"

乔楚"哒"了一声："我不信。"

皇天去年改了调性，到了晚上，堪称是全宁市最热闹的地方，灯光一开，音响一按，实在算不上清静。

按陈又涵的说法，叶家这位少爷就是一位像玉一样剔透的小朋友。何况叶家作为宁市颇为低调的豪门，又是搞教育、慈善，又是开银行的，就差把"稳重"两个字印在脑门儿上了，这种家世出身的小少爷，陈又涵怎么可能把他带过来？

陈又涵慢条斯理地扯出一笔陈年旧债："玩不玩的无所谓，主要是我在这儿还存着一瓶麦卡伦。"

乔楚愣了会儿神，扭头问 Kiki："他在这儿存了瓶麦卡伦？"

陈又涵这两年忙着搞慈善，实在有阵子没来光顾过，酒应该早就清了。

陈又涵在电话那头听到他问话，笑了一声："赌注是一瓶酒，价值三十六万。之前打了个什么赌来着?我忘了。"

乔楚:"我也忘了。"

陈又涵悠然续上后半句话:"赌是忘了,酒我没忘。"

乔楚:"……"

他就知道这种朋友不能交!

过了晚上十点,落洲从白天的沉睡中清醒,连江边荡着的风中都有了酒香。车子在门口停下,陈又涵把钥匙扔给了泊车的门童。穿着黑衣、戴着耳麦的侍应生为两个人打开了门,音乐声轰然涌出,让人耳朵的鼓膜连着心脏一起跳动。

叶开一进门就被灯光晃得晕头转向。

这是他第一次来这种地方,大学时他喝酒都是在那种 livehouse[①] 或者美式餐吧。他初来乍到,饶是见惯了大场面的眼睛里也有些迷茫之意。

上千平方米的超大空间被灯光切割出迷幻空间,人群拥挤,穿着制服、打着领结的侍应生举着托盘自如地穿梭其中,如入无人之境。重音像打在心脏上,正中央的舞池里,黑压压的人群正跟着歌手的节拍一起摇头晃脑。

叶开一时间连眼睛都不知道往哪儿放,乖乖地跟在陈又涵身后,眼里只看着他的背影。

到了吧台前,陈又涵为两个人介绍:"乔楚,乔亦初的爸。叶开。"

叶开上身只穿了件简单的 T 恤,浑身散发着一股恰到好处的疏离感,但并不让人觉得高傲。他伸出右手,问好:"你好,乔叔叔。"

乔楚跟他握手,从嘴角取下烟说:"我比这姓陈的大不了几岁,怎

---

① 现场音乐酒吧。

么他是哥哥,到我这儿就成叔叔了?"

陈又涵睨他一眼:"想听他叫你哥哥啊?"他用指尖轻点桌面,递话给Kiki:"叫,一声一千。"

Kiki刚叫一声乔楚就受不了了:"行,行,行,他是老板还是我是老板?"

Kiki小声嘀咕:"谁给钱谁是老板。"

刚说完,Kiki就听到一声笑,抬眸看去原来是叶开。叶开坐在高脚吧台椅上,一只手托着下巴,正懒洋洋地看着乔楚和陈又涵两个人打机锋。

"小开想喝点儿什么?"Kiki主动招呼道,"来点儿特别的?"他这几年被乔楚送去国外进修过,已经是皇天的金牌调酒师,有不少人慕名而来。

叶开还没来得及说,陈又涵打断道:"乔老板,麦卡伦开好了吗?"

乔楚被气笑了,冲Kiki招手,随后递出一张门禁卡:"去把他那瓶酒拿过来。"又转向陈又涵,单手叉腰,咬牙无奈道:"你说你一个身家千亿的总裁光惦记我一瓶三十来万的酒,算什么出息?"

陈又涵咬着烟,用手指轻叩台面:"好说。"

Kiki将酒取了过来。纯银打造的底座像冰封雪山,红木打造的箱子上镶嵌着酒行的铭牌,上面雕刻着年份。

乔楚一声"哎——"还没喊完,水晶瓶塞发出脆响——已经被陈又涵随意地拔了出来。

乔楚痛心疾首:"三十六万啊,大哥!让我多看两眼行吗?!"

"没出息。"

叶开安抚地转过乔楚的注意力,问:"乔亦初还好吗?听说他去了'京大'。"

乔楚的注意力果然迅速被吸引了过去:"有什么好不好的?锯了嘴

的葫芦都比他话多！别人家孩子是报喜不报忧，他是一个字都懒得跟我说！心里的主意比我还大，我这个爸爸对他来说吧，也就是个吉祥物。"

"乔亦初很厉害，毕业这么久了，天翼中学的学弟、学妹都还知道他。"叶开真心实意地夸道。

乔楚不免翘起嘴角，谦虚地回道："哪里！让他去——"他觉得有哪里不对，一扭头，发现另一个酒杯已经倒上酒了，顿时急了："陈又涵！你——"

没等他骂出脏话，陈又涵风度翩翩地对他举杯："Cheers。"

剔透的冰球在杯中碰撞，听在乔楚耳朵里都是钱打水漂的声音。

一楼太闹腾，叶开坐不了半小时就觉得气闷，陈又涵关心他："要不要回去？还是去二楼？"

乔楚说："包间也可以，给你们留了。"

叶开不习惯众星捧月般受瞩目，起身道："去二楼吧。"

原本支着高脚椅的长腿点地，他转身，手中握着威士忌酒杯，与舞池中一道目光不期而遇。

所有人都在跳舞，只有那个人安静地站在边缘，一动不动，看着很怪异。

灯光模糊了细节，叶开想了一会儿，不确定地看向陈又涵："是伍思久？"

陈又涵只是瞥了一眼："不知道，记不清了。"

他连这三个字都要想一会儿才能对应起原本的名号，是小九，但所有的印象也就止步于此。再深入一点儿，无非是拉扯起一些不太愉快的回忆。

叶开看到伍思久张了张唇，垂在身侧的手似要抬起的样子，确定了："是他。"

伍思久变了很多，相貌还是一样好，但眉宇间沉静了许多。

视线相交的瞬间,叶开迟疑着,最终对伍思久轻轻地点了点头,算是打过了招呼。

镶嵌了灯带的楼梯在眼前蜿蜒上升,通往二楼的软包窄门。

叶开不由自主地又回头望了一眼,见伍思久已经被别人拉回了卡座。

皇天的二楼和一楼根本就是两个世界,就连空气都是不一样的,叶开算是领教了。乔楚搭着栏杆,遥遥指了一间酒吧的露天卡座:"还记得吗?"

"什么?"

"那天你在那里跟朋友喝酒,又涵就坐在这个位置。"乔楚点起一根烟,吐了一口,摇摇头嘲讽地说,"他那副样子真是见鬼了。"

叶开想起来了:"他都看到了。"

陈又涵正跟一桌客人打招呼,可能是相熟的朋友。叶开看着他跟对方互相拍了拍肩。什么社交礼仪他做起来都赏心悦目,十分有风度。

叶开将目光停在他笑着的侧脸上,忽然问:"又涵哥哥这两年没少给你添麻烦吧?"

"麻烦倒不至于,不过他那副样子我也不想见第二次。"乔楚似笑非笑地说。

"不会了。"

乔楚的嘴角有点儿笑意,他又继续仰头看天,心道:这个年轻人态度沉稳又进退有度,真不愧是陈又涵从小陪伴到大的弟弟。

陈又涵在那边已经拉开椅子坐下,不知道聊到了什么,他和客人一起朝这边看了一眼。见叶开也在看他,他的嘴角便勾起一丝笑。

叶开回应他一个笑,冲客人颔首示意,又对乔楚低语了一句"失陪了",便握着酒杯走向陈又涵那桌。

"认识一下,Leslie;小开,这是 Lee,这是 Mark,他们都是从香岛过来的建筑设计师。"

椅子不够,还在等服务生搬过来,叶开顺势半坐到了陈又涵那张椅子的扶手上,冲他们点头:"你们好。"

"刚才 Vic 说他跟弟弟一起来的,我们都觉得他在唬我们,于是便打了一个赌。"Lee 笑着说,"所以呢,快说,你是不是 Vic 找来的临时演员?"

"不用问,"Mark 按住对方的手,说,"像 Vic 这样的人,怎么可能有这么乖巧又帅气的弟弟?"

陈又涵无奈地笑着说:"别听他们开玩笑,他们逗你的。"

叶开果然一副乖乖巧巧的样子:"赌了什么?"

Mark 抢着说:"谁赢了谁就上去唱歌。"

"是不是反了?"

"没有反,没有反,"Lee 挤眉弄眼,"赢的人唱歌——所以,快说,你到底是不是他的弟弟?"

叶开似乎认真思考了一会儿,抿起半边嘴角说:"不是。"

陈又涵在两个人的懊恼声中笑出了声,叶开无辜地垂眸,与他对视,终究也忍不住笑了。

"愿赌服输,"陈又涵端起酒杯遥祝,"请吧。"

Lee 和 Mark 开始起内讧,互相推诿着,最后用剪刀石头布来决定。会唱歌的 Mark 被命运挑中,带着一脸生不如死的表情上了台。

"喂,喂,test[①],test。"Mark 抱起吉他坐在了高脚凳上,调整着话筒的高度。

"献丑了。"他扫出一串弦音,清了清嗓子说道,"今天呢,我要唱一首歌送给我的好朋友 Vic。我这个朋友他相貌英俊,生性风流倜傥,

---

① 测试。

一般来说，我们都不愿意跟他待在一起，因为届时不管是 ladies[①] 还是 gentlemen[②]，他们的眼里都会只有他。"

Mark 说完，Lee 就大笑着鼓掌，又抿入两指吹了一声响亮的口哨。

叶开后悔作弊了，咳嗽了一声："怎么办？被围观了。"

陈又涵笑得无奈，安抚地拍着他的肩膀："下次不来了。"

"不过呢，我这个朋友同时人又很好，大度也仗义，所以我们都希望他能一直过得好。外界常说他过去两年如何不愉快，又是如何冷血无情，我看不尽然。果然，你看今天这样美的晚上，他就是带着失而复得的笑来的——这首歌，就送给 Vic 和他的弟弟。"

吉他的弦音与歌声、笑声一起淡淡地回荡在二楼空旷的露台上。

深夜路况好，两个人叫了代驾，从皇天回繁宁空墅只用了不到半个小时的时间。

叶开一直在忙着发微信，陈又涵料想他是在跟瞿嘉报备，觉得自己真像是个不怎么称职的哥哥，又想到叶开高中时他这个哥哥确实没少省乱，便自我反省地笑了一声。

"是不是我的错觉，你妈妈好像对你管得没以前严了？"

叶开安排妥了几件事，收起手机，装傻："有吗？"

陈又涵为此找到了一个妥帖的理由："看来她是只要你不跟我待在一起就一切好说。"他的话语里隐约有他意，"你跟 Lucas 交朋友，她有什么表示？"

叶开知道他是什么意思。毕竟打从自己记事起，他每次登门，瞿嘉就总是不冷不热的。

[①] 女士们。
[②] 先生们。

等叶开上初中、高中了，跟他走得更近，瞿嘉对他干脆就没什么好脸色。她不是那种直接拉下脸的人，但会拿腔拿调、阴阳怪气地让人不舒服。叶开也没见过她对别人这样，唯独对陈又涵如此。

要说，两家人还是太熟了。

陈又涵挺受伤地说："我小时候她还经常抱我。"

叶开好笑地看着他："那后来怎么处成这样了？"

"大概也就是我在天翼中学闯了太多祸，砸了太多课桌，被记了太多次过，惹恼了太多——"话到这里就戛然而止了。

叶开挑了挑眉："继续，说啊。"

陈又涵："——班主任。"

叶开笑出声，故意唉声叹气："那怎么办？你想好怎么哄她开心了吗？她生起气来，可是连爷爷都没办法的那种。"

"要不然带她去配副眼镜吧，Lucas都没问题，怎么到我就不行了？"

"哇，好主意，"叶开给他鼓掌，"听完觉得安心多了呢。"

说曹操曹操到。车子滑入地下车库，泊入车位后，叶开下车，愣怔在当场。

他看到了站在车子右后翼的Lucas，对方显然也是刚从车上下来。

一时间双方不知道到底谁更尴尬些。

但反正谁觉得尴尬陈又涵也不会觉得尴尬。他对Lucas点头致意，漫不经心地寒暄："真巧。"

Lucas将眼神从陈又涵身上移开，微微一笑，只跟叶开打招呼："Leslie，好久不见。"

叶开着实有些尴尬。他编出了潜水的谎话，害得Lucas在陈又涵那里无端"吸收"了三分敌意。

陈又涵刷卡，随口问道："卢先生也住这里？"

什么卢先生……叶开克制着没翻白眼。

"阮，我姓阮。"Lucas忍耐道。

"哦。"陈又涵淡漠地点了点头，"阮先生是已经在宁市置业了吗？"

"刚租不久。"

陈又涵眼睛微眯，淡然寒暄："看来还不一定会在宁市留下。"

"不一定。什么城市的人就带着什么城市的气质。我很喜欢宁市。"Lucas彬彬有礼地回敬回去，又问叶开："Leslie，你还好？"

电梯恰巧到了，高级香氛与冷气一并涌出。陈又涵在垃圾桶顶的烟灰缸里摁灭烟头，先进一步，很有风度地帮两个人挡住了电梯门。

Lucas刷卡，"17"的数字灯亮了。

电梯运行很快，在一片静谧中，叶开"嗯"了一声，回答Lucas刚刚的问题："还可以。"

Lucas笑了笑，看着叶开："只是还可以而已？"他的眼神若有似无地扫过陈又涵高大的身影。

这男人长得过高，尤其是在宁市这样的南方海滨城市。他一米七八，已觉得很够用，而陈又涵仍比他高了十厘米。纵使对方已经有所收敛，但气场依旧迫人。

有趣，这人真是与第一次见面时的样子很不相同。那时候，在叶开面前，这男人根本落魄得不像话。

叶开的声音唤回了Lucas的神志，但他没听清叶开说的话。

"Pardon[①]？"他鼓励性地——甚至期待地看着叶开。

"你还习惯吗？"叶开又问了一遍。

宁市和温哥华、纽约的气候都很不同，很多人会败在它潮湿闷热的空气中。

"还可以，但这里的确比不上温哥华。冬天什么时候再去外婆家，

[①] 请再说一遍可以吗？

记得一定要通知我。"

"好。"

十七层快到了。Lucas 勾了勾嘴角，深吸一口气，与叶开告别："Leslie，你知道的，有什么心事，随时可以给我打电话，我都在。"

他讲话温和耐心，但实在包含了另一层意思。

心事？叶开能有什么心事？

电梯门开了，Lucas 一步踏出，回身，预备听到叶开一句温和且合乎礼数的回复。

但安静的空间中，他只听到了陈又涵的声音："有劳了，不过……我弟弟今后不会有任何心事。"

Lucas："……"

他忍耐了半晌，最终还是咬牙切齿地递出了一句话："Asshole[①]。"

电梯门闭合上，陈又涵散漫地说："你朋友说我是浑蛋。"

叶开："你是吗？"

在高速上升的电梯轿厢中，陈又涵垂首，嘴角微勾："很遗憾，我当然是。"

叶开只觉得气氛不太妙。果然，等到了楼层，电子门锁都没来得及说完"欢迎回家"门就被"砰"地摔上了。

叶开："……"

陈又涵："给你一个机会。"

叶开委屈死了："不知道你在说什么。"

陈又涵咬牙切齿地笑了："不知道？七月三十号那天，我的登记册上为什么有你的名字和笔迹？你画掉了，我以为你是来找我又后悔，现在你告诉我，到底是为什么？"

---

① 浑蛋。

第七章 复还

叶开回想了一下,装傻道:"我……没告诉过你,他搬家到这里了?"

陈又涵略欠了欠身,冷酷道:"很遗憾,直到这一秒前都没有。"

叶开用手指摸了摸鼻侧:"他乔迁请我吃饭,登记时我不小心写成了你的二十六楼……我又不是故意的。"

"然后呢?"

"然后喝完酒,我到了二十六楼,成了一个监守自盗的小偷。"叶开平静地说。

陈又涵不满的情绪在他的这一句话中消散:"是那天?"

"是那天。"

陈又涵怔了半晌,笑了一声:"这么说,我还得感谢他千挑万选中了这里?宁市这么大,他但凡不搬到这里……"

"又涵哥哥,"叶开听出他的自嘲之意,心里一紧,急忙打断他的话,"你准备……什么时候把我的生日礼物还给我?那可是我十八岁的礼物。"

衣帽间内。

隐秘的开关被按下,电动门无声推开,露出里面全玻璃的奢华收藏密室。

叶开环顾四周。他曾经听陈又涵好好地介绍过,对许多藏品他都不陌生。因为好玩,他甚至求陈又涵带他去拍卖会举过牌。

富豪们并不经常出席拍卖会,而往往通过电联方式让代理人代为出面。陈又涵带着叶开现身,当日拍卖行的中华区副总裁亲自来迎接。当中一套瓷器被另一个人紧咬,陈又涵云淡风轻,只哄着叶开频繁举牌。金额攀升至一千万时,叶开手心里都是汗。一锤定音的时候数字定格为两千九百八十万——尾数是起拍价自带的,谁好意思十万十万地加?

拍卖会结束,陈又涵礼貌地见过那位大师的后代,然后谢绝了一切媒体采访，只带着叶开低调离开。

然而近三千万的东西，如今也不过被安置在一角冷落。

灯光华美而冰冷。

"那个是我拍的？"

陈又涵轻笑了一声："嗯，你拍的。"因为眼里映着如此多不真实的华丽物件，他的眼睛如黑夜中的星辰。

"你都不喜欢。"叶开后知后觉地说。

当时陈又涵是为了另一件藏品而去的，这件是叶开看过拍卖书后临时起意要拍的。

"看你拍得开心。"

叶开怀疑地看着他，才不信陈又涵会一掷三千万只为博他这个小朋友一笑。

"然后呢？"他冷静地问。

陈又涵低头失笑，不得不坦白："跟你竞拍的那个人是美晖董事长的小儿子。"

他就说！

叶开回想了一下，后期双方真的杀疯了，瞥一眼都能看到对方红了眼咬牙切齿的模样。

没别的，这东西对方喜欢，对陈又涵却是可有可无的，双方从姿态上就分出了高下。

他觉得陈又涵可太坏了，但好像坏得有点儿亏，不解地问："既然这样，不是更应该抬高价后收手吗？"

"真的是看你拍得开心，说了你又不信。"陈又涵从无尘玻璃柜中取出其中一件瓷器，已故大师生前最后一作，集毕生之功。或许大师是自知大限已至，整套瓷器的花纹、造型、釉彩、光泽都融进了他人生最后的禅意，已臻化境。

"送给外婆？"

叶开大惊："你别吓到她！"

"又不是白送，收了礼，外婆总要帮我说几句好话吧。"陈又涵慢条斯理地说，"不然瞿嘉总看我不顺眼，我还怎么当哥？"

他说到这里，眼见着叶开的嘴角翘了一下。

"笑什么？"陈又涵微微眯起眼打量他。

心思转得这么快，不知道他一个"学渣"哪里来的敏锐度。为免他看出端倪，叶开赶紧收起笑："没有，没什么。"

陈又涵继续眯着眼打量他。灯光这么好，他敏锐的洞察力不允许他对叶开的失常反应视而不见。

从特意在电影发布会上跟叶瑾照面，到提及瞿嘉时数次顾左右而言他，陈又涵大约知道叶开在筹谋什么，或者有事瞒他。可是，这滋味不坏。

叶开不给他机会细想，摊出手掌："快点儿把蓝宝石还给我，还有滑雪板。"

"是你的吗？就还给你？"陈又涵姿态从容。

"是我的，"叶开的神情忽然变得笃定，"早就是我的，一直是我的。你只不过暂时保管，早就该物归原主。"

陈又涵看着他："不会再还给我了？"

叶开点了点头："不会，永远不会，这次是真的。"

陈又涵勾了勾唇："原来上次是假的。"

叶开摇头："你不懂，这次不会再出错，比钻石还真。又涵哥哥，你把蓝宝石还给我，我给你一个更好的东西。"

正中间的透明立式展柜里，天鹅绒的珠宝盒托着熠熠生辉的蓝宝石。

它从法国绕了一圈，来到了叶开手上，经过多少任主人，镶嵌过皇冠，点缀过权杖，见证过多少物是人非，只有躺在叶开的手心时，它才从灵魂深处真正地发出叹息。

因为他失而复得的如此瑰丽的十八岁，才和它是天造地设般的绝配。

隔了一天，陈又涵把叶开送回了思源路。

晚上九点多，瞿嘉当然在家。陈又涵没轻举妄动地进去讨嫌，将车子停在别墅庭院外，跟那天接人时是一个方位。这待遇比的士司机还不如，的士好歹还能进去绕着喷泉转一圈呢。

叶开安抚人越来越上手："等聊妥了，你爱看多久看多久，爱转几圈转几圈，正着转厌了反着再来一遍。"

陈又涵"啧"了一声，把烟从嘴角取下了："那就请您尽快。"

叶开语气略带讥诮地问："怎么，着急了？"

陈又涵陪着他一起下车。到庭院正门还剩几步时是上坡，两个人走得慢，都在心照不宣地拖延时间。

满月下，老榕树的树冠像会发光。陈又涵单手插兜，状似散漫地问："回京市的机票订了吗？"

叶开应了一声，说："二十八号。"

日子出来的时候，陈又涵心里自动算了一下，还剩五天。他便停下了脚步，过了会儿，说："暑假真短。"

叶开勾了勾唇，只是看着他，没有说话。

庭院正门和岗亭近在咫尺，两个人几乎可以看到轮值保安的侧脸。

到了老榕树下，该道别了。

陈又涵又说："我后天回公司，刚开始可能会很忙。你照顾好自己，有事可以给我打电话，或者发微信，有时间我就会回。去了学校，好好上课，好好吃饭，少喝酒，也少抽烟。"

叶开笑着点了点头，没说话。人往后退一步，再退了一步，他才说："拜拜，晚安。"说完转身要走。

"瞿老师那里——"陈又涵讲话一贯漫不经心，此时却蓦地扬声，等叶开回眸，他停顿了片刻，终究是平淡地说，"有什么事，一定要告诉我。"

保安为叶开开了门，只是他在步入院子后，不同寻常地回头看了一眼。保安顺着叶开的视线看去，看到一个高大的男人沐浴着月光站着，夹着烟的手半抬起朝叶开示意了一下，姿态慵懒，脸上的表情很淡，但无端让人觉得男人在笑。

保安认出这是陈又涵，费解地想：他为什么不进去坐坐？

主屋别墅灯火通明。

叶开刚走过喷泉，陆叔正好迎面从玄关处出来。陆叔住在旁边那栋别墅，想来是要回去休息。

见到叶开，陆叔怔了怔，惊喜地说："小开回来了？"

叶开点了点头："爷爷也回家了？"

"下午回来的。"

叶开笑了笑："您早点儿休息。"

陆叔应了一声。

叶开进了玄关，贾阿姨正对几个用人交代明天的早餐，见到叶开，几个人都向他问好。贾阿姨年纪上来了，需要常戴老花镜，看着倒越来越有管家的模样。她见到叶开，脸上的皱纹都舒展开了，声音柔和慈祥："小开回来了，饿不饿？要不要吃点儿夜宵？有美龄粥。"

他和陈又涵在繁宁空墅的玻璃阳台上用了晚餐。因为他口是心非地夸了句Lucas的煎羊排更好吃，晚上便被迫当了回裁判。口说无凭，他硬是多吃了半块羊排才完成自证。

"不了。"叶开谢绝。

贾阿姨的老花镜配得不错,这让她很明晰地看到了叶开的神情。她也被感染了似的,带着笑意问:"今天心情很好啊!是有什么开心的事吗?"

叶开笑了笑:"以后天天都会心情好。"

贾阿姨摘下老花镜,对叶开很慈爱地笑了笑。叶开在她的注视中走进了客厅。

灯光亮如白昼。沙发上,叶瑾敷着面膜,手里拿了本影视期刊。察觉到叶开的动静,她立刻摘下面膜,放下杂志,虽然尽力伪装自然,但仍然紧张地问:"你回来了?"

"怎么?"

"这么久没回家,我以为……"她没说完的话被硬生生地堵住,怔了两秒后,她抿唇笑了笑,"没什么。"

她还以为上次吵过之后,叶开会直接在外面待到开学。

叶开俯身给自己倒了杯茶,刚泡好的普洱桂花茶,很适合消食。他喝过一盏后才对叶瑾说:"不用担心我。"

叶瑾重新坐下,跷起二郎腿,拿起那本翻了一半的杂志,不记得看到哪里了,便胡乱翻开一页。叶开叹了一口气:"姐姐。"

叶瑾茫然了一下:"怎么?"

"你该去洗脸了。"

叶瑾的脸微妙地红了一下,她趿拉着拖鞋,留给叶开一个睡袍鼓荡的风风火火的背影。

叶开上了楼梯,过了转角,再上十二级楼梯后,二楼走廊出现在眼前。为了方便照顾老人,瞿嘉夫妇和叶通住同一层楼。

书房亮着灯,叶开深吸一口气,迈出第一步。只是他好不容易鼓起的勇气被临时打断，他爸爸叶征从里面转了出来，看样子是刚和叶通谈完事。

"宝宝？"叶征气质儒雅，相对便缺失了一些威严的气场。跟瞿嘉比起来，他很少过问家事，给予叶开的是含糊的自由和爱。

"爷爷在练字？"叶开主动问。

叶征点了点头，还没出声，里面传来叶通讲话的声音："小开，你来。"

父子俩擦身而过的瞬间，叶开小声说："爸爸，你最近对妈妈好一点儿，多哄一哄她。"

叶征一脸蒙，条件反射地答应了下来。

书房门被轻轻推开，露出的羊毛地毯坚实厚重，暗红色的提花纹路很古典，老人家也不容易被绊倒。叶通果然在练字。虽然他年纪很大了，但还是可以一站就站半个多小时。

知道叶开进来，他的视线也没有从宣纸上挪开，毛笔走势行云流水，儒雅中隐含破竹之势。

叶开自觉地站在一旁磨墨。一时间，祖孙俩谁都没有说话。

叶通写完一行字，长舒一口气后才问："暑假过得怎么样？"

叶开恭敬地坦陈："去公司去得少。"

叶通的目光仍停在字上，他似乎满意，又似乎不满意，沉吟着，琢磨着，嘴里笑道："你还知道。"

"爷爷上次写的字，又涵哥哥很喜欢。他挂在书房里了。"叶开顿了顿，继续说，"他还说，爷爷要是不嫌弃，他还想多求几幅。"

叶通终于瞥了他一眼，目光在他捏着墨条的手上扫过，继而不动声色地收回，笑了笑："我的字不值钱，又涵他就会哄人开心。"

"他是很会哄人。"

叶通点了点头，毛笔在那方名贵的砚台上随意搁下，揭开一张宣纸,将金丝楠木镇纸在崭新如雪的一面纸上抚过,半真半假地骂道:"不会哄人,我早就把他的腿打断了!"

叶开勾了勾唇:"您不舍得。"

"不舍得!"叶通"哼"了一声,看着叶开,虽然表情严肃,但目光沉静平和,"怎么舍得?又涵是个好孩子。"

叶开一晚上的冲动在这里画上了句号。他心脏轻颤,鼻尖一酸,几乎要涌出泪来。

陈又涵很好,叶开不舍得他受委屈,就是要为他争到一句认可的话,争到一句承认的话。

叶开小时候总缠着瞿嘉说"又涵哥哥很厉害吧",瞿嘉总是敷衍他。又涵哥哥怎么会不好?一桩桩,一件件,所有关于又涵哥哥的好的事情,他都经年累月地讲给瞿嘉听。

瞿嘉总问他:"宝宝,夸陈又涵你有钱赚呀?"他没有钱赚,他心甘情愿,固执地要所有爱他的亲人也去爱又涵哥哥。

他们给他的亲情那么好,他可以分给陈又涵很多。

柔软的笔尖在砚池里蘸起墨,叶通问:"说吧,又涵他想求什么字?"

叶开想了想,在明亮的灯光下,说:"就写'凡是过去,皆为序章[①]'。"

周一,GC 商业集团总部大厦笼罩着不一样的氛围。

这里是宁市寸土寸金的 CBD 黄金地段,GC 集团的楼标出众醒目,日复一日地俯瞰着西江宽阔江面上游弋的邮轮。全玻璃楼梯光可鉴人,天气好的时候,可以看到上面倒映着的蓝天和白云。

众人虽然刻意压抑却仍然难掩兴奋之色,连前台小姐的笑容看着

[①] 出自莎士比亚戏剧《暴风雨》。

第七章 复还

都比平时更甜美、温柔。

这不仅仅是因为经过了一个周末的休整,也不仅仅是因为楼下大堂焕然一新的鲜花和香氛——这些都不是主要的原因。

很多人等了一上午,到了十一点,GC 商业集团六十五层的总裁办公室的门被推开,陈为宇和助理顾岫从里面阔步而出。

坐了这个位子不过一年多的时间,陈为宇瘦了很多,啤酒肚见小,精神奕奕。稍落后他一步的顾岫仍是老样子,内敛、儒雅、温和,步伐坚定。

老员工都说,这是因为顾总是陈总一手栽培起来的人啊。

随着他们的脚步鱼贯而出的,是各业务部门和职能部门的主要领导人。

前台小姐这天化了一个很漂亮的淡妆,飘带衬衫职业又甜美,一步裙和羊皮细高跟鞋都让人挑不出错。她站在陈为宇和顾岫身后,因为紧张,将掌心偷偷在裙角上擦了擦。

电梯显示楼层,眨眼之间,数字从"60"跳到了"65",将众人的呼吸拉得很长。"叮"的一声响后,银色电梯门同时向两边推开,从里面浩浩荡荡地走出一群人。

为首的那个人,穿着一身剪裁高级的纯黑西服,身高腿长,步履从容,冷峻英气的面容上表情很淡,只有嘴角勾着一丝漫不经心的笑容。

因为气场过强,并没有人敢去探究那一分笑意究竟是自己眼花产生的幻想,还是真的。

西服口袋里夹着他的工牌——戴工牌是 GC 集团上至董事长下至扫地阿姨都逃不过的铁令——却丝毫不减他的气质,甚至更添了一丝难以描述的精英感。

他的工牌上面有证件照,旁边跟着姓名和职务。

姓名：陈又涵

职务：GC集团董事局常务董事

两部电梯同时向上，跟在他身后的还有七八位董事会的高管，但存在感已经微乎其微。

不知道从哪里来的掌声打破了安静气氛，掌声继而如潮般响了起来。

陈又涵半抬起手轻转宝玑腕表，声音低沉磁性，与他的英俊相貌相得益彰。内心的意外情绪完全没有表露在脸上，他是带着笑的，说："怎么都站在门口？"

随即他冲陈为宇伸出手。他的手臂有力，手指修长，五指并拢的样子利落偶傥。他温和地喊："为宇。"

陈为宇与他握手。虽然算起来自己是他的远房堂兄，虚长他几岁，但在这样的情形下碰面，陈为宇仍条件反射地感到诚惶诚恐。

陈又涵又微微一笑："顾岫。"

顾岫握住他的手，掌心因为过度激动而微微颤抖，眼神很亮。

在众人的簇拥中，陈又涵走向办公楼深处的大会议室。

身后如何掌声响亮、众星拱月，权力的风光和旁人的倾慕，都不过是他微不足道的注脚。

站起身的人越来越多，GC商业集团的大办公室里，员工们一个挨一个地推开转椅，从工位上站起身。

一路上此起彼伏的都是叫他的声音。

"又涵总。"

"又涵总好。"

"又涵总好久不见。"

"又涵总中午好。"

第七章 复还

新员工懵懵懂懂地跟着鼓掌问好，在一切尘埃落定后才如梦初醒，原来这就是传说中的又涵总，那个以一己之力扶大厦于将倾，又于鲜花掌声中急流勇退的男人，GC 集团下一代的掌门人，让 GC 旅游、酒店和文娱集团的高管集体战战兢兢、如履薄冰的新任董事局常务执行董事。

陈又涵是从董事局开完会过来的。要巡视的分集团很多，商业集团只是第一个。他开会的风格言简意赅、雷厉风行，听述职报告时更是如此，超过十分钟，陈董事便会轻微蹙眉。

陈为宇作为总裁第一个述职。作为总裁助理，顾岫跟着陈为宇一起进入了会议室。

陈为宇的述职报告中规中矩，虽然业绩比不上陈又涵当职的那几年，但 GC 商业集团正在稳扎稳打地"收复失地"。

汇报结束，陈又涵问了几个问题，语气很淡，但陈为宇一时之间竟难以回答，冷汗便顺着脊背流了下来。

外界都传言他是陈又涵的心腹，是这轮权力更迭中最大的受益者，然而事实证明，纵然是心腹，他也没资格掉以轻心。

难熬的半小时让陈为宇如坐针毡。离开前，陈又涵轻描淡写地公布了第一个人事任命：顾岫离开 GC 商业集团，调任 GC 文娱集团副总裁，行实际行政管理权。

文娱集团的总裁已经于半个月前离任，事实上所有人都在猜继任的会是谁——因为文娱集团的总裁是陈又涵第一个开刀的对象，文娱集团同时也是传闻中将第一个赴香岛 IPO[①] 的分集团。

调令一出，陈为宇微怔，条件反射地看向顾岫，发现顾岫的表情也是意外混合着震惊，震惊过后便是局促了。

[①] Initial Public Offering，首次公开募股。

陈为宇反应很快，立刻对顾岫伸出手，待对方握住后，又顺势拍了拍他的肩膀："恭喜，顾总，这是海阔天高，另有天地了！"

顾岫很快调整好姿态，整个人松弛镇定下来，与陈为宇互相客套。

陈为宇是带着笑离开的，内心权衡得很快。他马上意识到，这是陈又涵信任他的表现。顾岫帮他站稳脚跟，现在走，这意味着自己度过了陈又涵的考察期，可以真正在商业集团施展抱负了。所谓海阔天高，其实这也是他未来的机遇。

都说陈又涵用人驭下很有一手，亲自领教后，陈为宇果然拜服。

玻璃门合上，阻隔了两个人交谈的声音。

陈又涵给顾岫扔了一支烟："恭喜。"他自己的嘴边也咬着烟，半眯着眼，英俊中带点儿不羁的感觉。

顾岫手忙脚乱地接住烟，遭到了前顶头上司时隔一年后的第一个白眼："当总裁的人了，有点儿姿态行不行？"

"副的。"顾岫点上烟，半推开窗，挥了挥室内的烟雾。

陈又涵笑了一声，跟他一起站在窗边抽烟。

江面宽阔，静水流深。

述职会一直开到了下午四点，这之后陈又涵才有空喘气。他松了松领带，一边喝咖啡提神一边给叶开打电话。

叶开刚写完暑期实习报告的总结致谢，接到电话，摘下眼镜走到了阳台上。

太阳还很晒，带点儿临近日落的淡金色，地面被烘烤了一天，热气顺着热风升腾而上，让三楼阳台的暑气也经久不散。

"在做什么？"

叶开用两指捏着烟尾吸了一口，笑道："在抽烟。"

"这么巧，"打火机的声音响起，陈又涵在缭绕的烟雾中说，"我也是。"

两个人隔着听筒都笑起来,声音顺着电流输送,有种失真的感觉。

陈又涵还要继续开下一个会议,只有十五分钟的休息时间。他的新助理使唤起来不是很顺手,诚惶诚恐地怕做错事,现在就敲门报时了。

叶开听见,问:"今天要加班到什么时候?"

"九点,可能更晚。"

"还习惯吗?"

陈又涵笑了起来,把一杯冰美式喝完,纨绔地勾了勾唇:"看不起人啊。"

叶开倚着栏杆,从紧闭的阳台玻璃门上看到了自己的影子。他叮嘱:"注意休息。"

陈又涵说了声"好",打开笔记本电脑,还不想挂电话,便问道:"顾岫想请你吃饭,给你赔罪,你什么时候有时间?"

"等从京市回来,或者他什么时候回母校吧。"

他一说,陈又涵才想起来,顾岫还真是叶开的学长。

"订好回京市的机票了?航班时间发给我,我安排时间去送你。"

叶开说:"不用,妈妈亲自送我,她会在安检口陪我聊到开始登机的。"

电话那头静了一瞬,陈又涵花了一秒的时间收拾心情,语气如常地说:"好,那就京市见。"

他挂了电话后,助理进来,看到她英俊的上司垂首按着眉心,好像很疲惫的样子,而在疲惫之外,又有一层难以描述的失落感。然而很快她又觉得这应该是自己的错觉。因为陈董再睁开眼时,已经恢复到了冷峻而公事公办的感觉,说:"开始吧。"

她被任命为他的助理时,全集团的女生都在羡慕她。在这天第一百次心跳失速后,助理心想:羡慕什么,再这么下去她迟早要去做心电图。

这一次的会议一直开到了晚饭时间。陈又涵连晚饭也一并搭进去了,跟董事会的一帮长辈真真假假地斡旋了两个小时,觥筹交错,刀光剑影。

陈又涵稍微喝了一点儿酒,绝对在私人医生规定的安全线内。饭局结束,他的确清醒得不得了,没安排人接,步行回了公司。这天还有最后一个会议要开。

已经过了晚上八点,暑气消散,路灯、刹车灯和楼体灯的灯光交织成五光十色的一片。车水马龙的轰鸣声真切地响在耳畔,陈又涵突然意识到,他已经很久没有在街上走过了。纵然是 CBD 的黄金地段,华灯初上的时候也不免染上许多烟火气。在摩天大楼脚下,藏着的是鳞次栉比的商场、食肆和巷道。

他从前都是站在六十五楼俯瞰这一切,今后还将站到更高的位置。凌驾在一切繁华景象之上,烟火气息已经太久没有浸染过他高级的、熨烫妥帖的裤腿。

陈又涵在这样辽阔鲜活的街上走过,穿过一盏接着一盏的街灯,明黄色的灯影照亮他的身影,也拉长了他脚下的影子。

他接到了叶瑾的电话。

看到"叶瑾"两个字出现在手机屏幕上,陈又涵的心难免沉了沉。上次在首映礼上被她撞见自己和叶开和好后便没了后文。叶开没提,料想是交涉得不太愉快。

"大小姐,"他语气慵懒,带点儿一贯的玩世不恭的感觉,"有何指教?"

"听说你回'GC'了?"

陈又涵笑了笑:"消息挺灵通。"

"二十八号的家宴,爷爷让我请你。"

陈又涵微怔,语气认真了些:"小开不在?"

"这你就不必问我了吧,你应该比我清楚。"

陈又涵无意识地转着手上的打火机,沉默良久才问:"可以拒绝吗?"

"不太可以。拜托,你刚回'GC'就拒绝我们,外界怎么看?于礼不合吧,陈董事?"叶瑾看着干练,但嗔怒的样子也带点儿撒娇的感觉,这让她在谈判中无往不利。

陈又涵不吃这套,叶瑾刻意加重的"陈董事"三个字反而牵起了他一丝玩味的笑意。他几秒钟内权衡好了利弊,答应道:"好。"

叶瑾想挂电话,陈又涵悠悠地说道:"这不太像你。"

叶瑾愣怔了一下,无声地磕巴了一瞬后镇定地回复:"怎么?"

"合同在你手里,你一直没有动作,倒让我寝食难安。"陈又涵笑了笑,叼起烟点燃。

叶瑾意味深长地笑了一声,轻巧地问:"你怕呀?"

"怕死了。"陈又涵懒洋洋地说。

"等你一无所有的时候,不知道小开还愿不愿意再叫你一声'又涵哥哥'呢?"叶瑾叹了一声。

"大不了换我给他当助理。"陈又涵漫不经心地笑着问,"怎么样?"

叶瑾在那头翻了个白眼,挂了电话。

过了十点半,本该在繁宁空墅的人又出现在了思源路。

"怎么突然过来了?"

"晚上叶瑾给我打电话了。"

叶开像是不悦地抬眸:"她说什么了?"

"二十八号的家宴,让我过去。"陈又涵不放过他的细微表情,"你知道吗？"

叶开松了一口气，点头说："知道的。"

"上次在首映会上被她撞见咱们一起看电影，你跟她聊了什么？"

"没聊什么，她好像改变主意了，主动说她会帮我瞒着妈妈。"

陈又涵看不出端倪，紧绷的心松弛回落，坦承道："她手里的合同，是阻止我私下见你，以防我告诉你真相。她没告诉你？"

叶开好笑地看着他："你打算主动告诉我了？"

"如果认真计较，她大概可以让我倾家荡产。"陈又涵轻轻颔首，"有难同当，是不是该换你表示表示了？"

见叶开没反应，陈又涵神色戏谑，一只手托腮，含笑道："不愿意啊？放心，我的物欲很低的。"

叶开慵懒地回敬过去："行啊，陈助理，先叫声领导来听听。"

这句话招惹来对方的一声低笑。

陈又涵笑过以后，不死心地问："真不要我送？"

叶开看着他的眼眸叹了一口气："真的不行，我不想又跟妈妈吵架。"

叶开再回到别墅时，叶瑾倚着墙，故意看着月亮唉声叹气："有些人啊，也真肯大费周章。"

叶开好笑道："想罢工啊？"

叶瑾嫩葱似的手指在他的肩头点了点："欠我一个人情，谢谢。"

二十八号，陈又涵到底没有去送机，只在叶开登机后和他简短地聊了几句。因为要赴宴，陈又涵提前下了班，回繁宁空墅整理仪容。

对叶家这样中西结合的传统富豪家庭来说，家宴是很正式的场合。一天的会议、应酬，忙得陈又涵马不停蹄。这会儿他细致地刮干净已经冒了头的胡楂儿，喷上定型喷雾，在腕间点上了香水，继而慢条斯

第七章 复还

理地换上了全套男式无尾礼服。这之后，他挑了一条顺色的领带，口袋和方巾则是同色系经典提花的款式。

放着上千万的腕表吃灰，陈又涵依然挑选了那款宝玑腕表。

正式不代表商务，陈又涵换了车，绕路去常光顾的一家花店取了预订好的鲜花。

思源路。

雕花铁艺大门缓缓向两侧电动推开，灰色的跑车在日暮晚霞中驶入。

透过巨大的风挡玻璃，陈又涵看到了金碧辉煌的叶家主宅。

所有的灯都亮着，庭院里支起了白色遮阳篷和休息椅，星光般的灯珠串联点缀，在晚风下，感觉热烈的夏日好像走到了温柔的尾声。

陈又涵没把车开进下沉地库，只是把车停在了路面上一个他很熟悉的停车位上。直到下车时，他都没有发现这是个陷阱。

他捧着花，路过雕塑精致的三层欧式喷泉，顺着打理良好的绿荫走向别墅正门。

他听到了欢声笑语，如梦似幻，听不真切，像是浮动在朱丽叶月季的暗香之上。

他没有问这天都请了谁，既然是家宴，想必都是圈内世交。

然后他看到了穿着白裙子的兰曼。

她的裙摆在橙色的晚霞中过于美丽，飞扬起来时仿佛让人听到了手风琴的声音。

她朝陈又涵走过来的时候，步调虽快但优雅，重新做了造型的鬈发泛着轻盈的银白光泽。她顺手撩了把头发，将发丝别到了耳后，露出化了精致淡妆的脸。

陈又涵只是意外了一瞬便迎了上去。细高跟鞋真是够高的，他生怕外婆摔倒。

"又涵，又见面了。"兰曼冲他眨眼，接过他手里的花。

"您和外公一起回国了？"

瞿仲礼果然随后迎了出来，一身礼服，打着蝴蝶领结，声音清朗："又涵！"

他像老样子那样拍了拍陈又涵的肩。为了照顾老人的这个习惯性动作，陈又涵早就先一步非常自然地微微俯下身。

他是想放下内心的惊诧情绪，不动声色地扫一眼还有什么宾客的，但抬眸时便怔住了。因为他看到叶通拄着拐杖站在玄关中间，左手边是叶征，右手边却是陈飞一。

陈飞一也出席这次家宴？之前陈又涵从未听他提起过。

视线往后，陈又涵看到瞿嘉穿了一身改良旗袍，叶瑾则穿着一袭黑色吊带长裙，两个人都站在叶征的那一侧。

灯光太好了，水晶灯有千万个星点，晶莹剔透，瑰丽奢华。

这里没有外人，唯一的宾客，便只有他。

陈又涵忽然心惊。他观察不了每个人的表情，几乎是勉强地挤出了一个笑容。

兰曼温柔但坚定地握住他的胳膊，柔声道："又涵。"继而推他。她的力气不大，眼神里充满期许和笑意。

见惯了大场面的大脑失去了任何思考的余力，陈又涵下意识地走了一步，目光很轻地落在叶通的眼睛上，似乎是在惊惶和一无所知中，本能地向一位长辈寻求一个他早已再三得到过的承诺。

在轻盈的管弦乐声中，响起一声"又涵哥哥"。

陈又涵的身影蓦然顿住，垂在身侧的手握紧了又放松。他看到本该在京市的叶开出现在视线尽头。

叶开身着纯黑色西服，暗镏金色领带夹，西服剪裁天衣无缝，挺拔的青年气质矜贵。

陈又涵仍然没有反应过来。

他怔然了一会儿，第一反应甚至是要不要和叶开假装还在决裂期。但兰曼、瞿仲礼、叶瑾都是知情人，叶通的目光又那么平和慈祥，他怎么有脸去编这个拙劣的谎言？

何况叶开出现的第一秒，他的反应恐怕就已经出卖了一切。

叶开微笑着站在离他不远处，目光穿过所有长辈，轻柔地落在陈又涵英俊的脸上。

"又涵哥哥。"他再度叫了一声，呼吸稳了稳，在满室期许、温暖的目光中镇静下来。

所有的玩世不恭和漫不经心此刻都从陈又涵的眼底消失了。

他往前迎了一步，继而看着叶开一步步地走向他，站到了他面前。

这么久，怀揣着秘密，按捺着惊喜，到了揭晓谜底的这一刻，叶开反倒恍惚，竟觉得自己比一无所知的陈又涵更紧张。

他只停顿了一秒，声音轻了下去："出生开始到现在，我已经和你认识二十年，我想，我是真的很幸运。因为我的天真，因为差了十六岁，一直都是你作为哥哥在保护我、纵容我、回应我。"

陈又涵目光微动，似乎想说什么，却在看到叶开眸底的光时改变了主意，甚至释然地勾起嘴角，抿出一个深沉温和的笑容。

叶开的头微微仰起，他当着所有长辈的面，再次清晰地叫了他一声"又涵哥哥"，和过去从牙牙学语起到十八岁时叫的千百声一样。

"又涵哥哥，人生很长，我的人生的主动权，你想要为我守住的自由，我自己做主人生的意志，我已经从爷爷、外公、外婆、爸爸、妈妈、姐姐那里，亲手拿到了。"

陈又涵此刻蓦然懂了，叶开每次提到瞿嘉和叶瑾时为什么语焉不详，懂了他不让自己去机场送机的原因。

三十六年的人生,他跌入陷阱的次数屈指可数。

只是这一次,对方漏洞百出,而他,却是甘之如饴。

灯光下,瞿嘉视线有些朦胧。

也许,她是小看了人世间最真挚的兄弟情谊,这情谊从叶开第一次学走路、迈出第一步、发出第一个口齿清楚的音节开始,从纤纤细丝,逐渐拧成了力量强大的麻绳。这麻绳敢与一切较劲,能与一切较劲。

陈又涵无法分神去一一辨认他们的神情,是动容,是平和,还是鼓励、嘉许。他怔怔地想,小开原来真的已经长大,连陈飞一都被请到了场。

叶开抿起嘴角,目光轻而珍重、定定地注视着陈又涵,那么坚定,只问:"好吗?"

陈又涵说:"好。"

在夏夜的晚风中,落日奔向地平线,晚霞瑰丽如梦。暑气将尽,暮色中将亮起长星,夜空中将升上明月。

他失去的十八岁的夏天,自此复还。

番外一　blue

　　思源路僻静，车辆稀少，一面望着海，一边临着山，住这儿的有钱人都舍弃了跑步机，爱上了在外面跑山路。
　　陈又涵第二次从山脚跑上来的时候，看到路边有个小不点儿。
　　那小不点儿穿着白色小衬衫和西装背带短裤，背着一个规规矩矩的小书包，怀里抱着一个泰迪熊玩偶，系在书包袋子上的黄气球随着走路的动作摇摇晃晃。
　　一辆车以四十迈的速度擦过，陈又涵骂了句脏话，手疾眼快地把人拎起来远离路边。
　　"我的少爷，你怎么一个人跑出来了？"他惊魂未定。
　　叶开认真地说："我在离家出走。"
　　他的眼睛大而圆，眼尾隐约有点儿下垂，讲完话的时候，黑色的睫毛垂下，像一把小扇子。
　　陈又涵傻眼："啊？"
　　"这是Teddy，这是上次在游乐园你送给我的气球，"叶开拍了拍胸前挂着的小夹子，"这是钱。"
　　得，准备得还挺全乎。

陈又涵抱着他掂了掂，哄着问：“那书包里的是什么？”

"是 Andy 老师布置的手工作业。"

妈呀，离家出走还带作业。

"还有 The Blue Day Book。"

"什么？"

"《你今天心情不好吗？》"

"我心情挺好的。"陈又涵说。

"不是！是妈妈送给我的画画书！"

"绘本。"

叶开跟着念："绘本。"

小朋友沉甸甸的，抱久了陈又涵的手都要麻了。他把人放下后也跟着蹲下身，手指在叶开的脸颊上戳了戳，问："那你为什么要离家出走呢？"

叶开说："妈妈不让我吃冰激凌。"

"给我看看你的牙。"

叶开听话地张开嘴，像面对牙医那样"啊——"了一声。

陈又涵迫不得已地站到了瞿嘉那边："是得少吃。"

叶开"哼"了一声，站直身体挥了挥小手，一本正经地说："你不了解我。"又说，"又涵哥哥再见。"

陈又涵估计叶开是想说"理解"。

陈又涵抓住他的小手不让他走，问："那可不可以告诉哥哥，你离家出走想去哪儿呢？"

叶开显然早就思索过这个问题，不假思索地说："我要去吃冰激凌！"眼里还闪着坚定的光芒。

最近的冰激凌店就在山脚，离这儿有一公里的山路，对他来说，这可真是一场伟大的"离家出走"行动了。

陈又涵爆笑，忍不住箍着他的腿弯把人重新抱进怀里，捏他圆圆的脸，说："好吧，真是个好主意。那你等等我，我跟你一起去好不好？"

叶开懵懂地问："你也要离家出走吗？"

陈又涵忍着笑点点头，"嗯"了一声，学他的样子，郑重而忧愁地说："谁让今天是 blue day① 呢？"

陈又涵把人抱回陈家时，徐姨惊叹了一声："不是跑步吗？怎么还带了一个人回来？"

陈又涵抱着他上楼，步幅很大。叶开趴在他的肩头，小小的肩背被他的大手稳稳地盖住。

徐姨跟着上楼，听陈又涵带着笑抱怨道："吃不到冰激凌这人要造反了，帮我拿一盒出来。"

叶开眼睛一亮，马上跟着说："我要曲奇味的。"

"好，曲奇味的，你自己跟徐阿姨说。"

叶开便在他怀里半转过身，面向徐姨奶声奶气地说："徐阿姨好，请给我拿一盒曲奇味的冰激凌，谢谢阿姨。"

徐姨捂着心口叫着"哎哟喂"，一迭声地说着"好，好，好"，叫他"乖宝贝"。

把他拎回房间放在地上后，陈又涵蹲下身认真地问："哥哥先洗澡，你自己跟宙斯玩一会儿？"

叶开揪着泰迪熊的耳朵点了点头，虽然乖巧，但兴致似乎并不是很高。

一声呼哨响起，一直待命的宙斯猛然蹿了过来，陈又涵命令狗："乖乖趴着，听到没有？不许站起来，不许张嘴，不许舔，不许伸爪子，明白吗？"

---

① 忧郁的一天。

宙斯"哼哧"地点头。陈又涵不满意，指着它再度重复道："嘴巴闭起来。"

宙斯"呜"了一声，乖乖趴在地上用一双圆溜溜的小眼睛看着叶开，又用毛茸茸的大脑袋去碰他的小手，要他摸。

陈又涵看他们玩了会儿，扭头就给叶瑾打了个电话："你弟弟离家出走，被我捡回家了。"

正是暑假，叶瑾在外面谈恋爱，闻言莞尔道："谢了，帮我用好吃的好喝的招待好。"

陈又涵看了一眼正在给宙斯梳毛的叶开，叶开小小的脸上神情专注，隐约有点儿忧郁，说："他今天不太高兴。"

叶瑾在电话那头笑得肩膀都在抖，挂完电话就决定中止约会回家。

男朋友吃醋地问："那么多人围着你弟弟转，不差你一个吧？"

叶瑾莫名其妙："别人围着他转跟我有什么关系？他有很多人关心我就可以不关心了？"

男朋友无语，觉得自己被怠慢，甚至有种被耍的感觉，赌气说："行，真是一个好姐姐。"

叶瑾微微一笑："过奖啦。"

大小姐的声音甜甜脆脆的，简直要气死个人。

这一盒冰激凌叶开吃得很慢，他用小木勺撬起一点儿抿入口中，大概是觉得过于好吃，吃一口便会不自觉地点点头。陈又涵在洗澡，徐姨在旁边陪着他，他点头的动作太可爱，徐姨没忍住伸手捏他的脸。

叶开吃完一盒冰激凌，讨价还价地问："那我可不可以再拥有一个香草味的？"

徐姨可做不了主，甩锅说："你又涵哥哥说了算。"

叶开低下头，慢吞吞地"哦"了一声，揪着宙斯的耳朵说："好吧。"

等陈又涵洗完澡回来，他发现叶开一个人歪在沙发脚边睡着了，大狗匍匐在叶开身侧也跟着打盹。地板被空调吹得冰冷，陈又涵连头发都没来得及吹，一个箭步过去把他抱了起来，动作幅度虽然很大，力度却很轻柔。

徐姨迟了一步，在旁边懊恼地拍了拍额头，想解释，陈大少爷"嘘"了一声，说："去给他煮点儿甜汤，热的，不要冰。"

"瞿老师不是不让他吃甜的东西吗？"

陈又涵垂眸看了他一眼，声音放低："没关系，他今天心情不好。"

小孩子有什么记性？心情好一阵歹一阵的，哄一阵子就好了呀。徐姨背过身去，在心里默默絮叨。

徐姨将紫薯牛奶炖好，晾得温热后端了进来。陈又涵蹲在叶开身前用勺子喂他。

叶开咀嚼的动作很小，抿着唇一口一口细细地嚼，再慢慢咽下。他很喜欢喝紫薯牛奶，但吃急了的话会被瞿嘉批评。瞿嘉太严格，搞得他在幼儿园吃东西也心有余悸。

陈又涵于是说："可以多喝一点儿。"

叶开黑亮的眼睛看着他，眼神小心翼翼中带点儿雀跃："真的吗？"

陈又涵"嗯"了一声："在又涵哥哥这里可以任性。"

叶开扬起唇，笑得眼睫都弯了起来，眼里总算有了点儿符合五岁年纪的高兴情绪，小手从陈又涵手里接过碗，"咕噜咕噜"地一口气喝到了底。

甜品碗不是很大，小朋友的脸却都被埋了进去。等他放下碗的时候，嘴唇上有一圈奶渍。

叶瑾刚好这时候到了，看见这一幕倒抽了一口气，夸张地说："陈又涵，你找打。"

陈又涵回眸瞥她一眼，似笑非笑地手抵唇做了个"嘘"的动作：

"保密。"

叶开看到叶瑾过来了,不知道为什么就跳下了床,吃力地背起书包,抱起小熊,作势要走。

陈又涵牵住他的手:"宝贝,怎么了?"

叶开说:"我在这里已经吃得够多了,我得走了。"他又看了叶瑾一眼,小小地叹了一口气,"我现在不想看到姐姐。"他大约觉得这是句重话,想了想,安慰她说,"对不起,姐姐,别着急,也许明天就好了。"

叶瑾觉得自己被小东西怜悯了,啼笑皆非:"小白眼儿狼,我可是扔下男朋友跑来看你的哎!"她蹲下身握着他的双肩,耐心询问,"怎么啦?听你又涵哥哥说你今天很不开心是吗?"

叶开低着头,绞着手指别扭了一会儿,点了点头。

她的弟弟可爱又无辜,眼里的忧伤藏不住,只能垂眸,掩盖情绪。

"哎呀,那怎么办呢?"叶瑾唉声叹气,刮了刮他上翘的鼻尖。

叶开不知道什么时候偷瞄了一眼电视,软软糯糯口齿不清地学着说:"Leave me alone.[①]"

叶瑾"扑哧"一声笑了,只好跟他拉钩:"那好吧,那等你心情好了,记得给我打电话。"说完她又把脸颊凑过去,"亲姐姐一口,可以吗?"

叶开想了想,大发慈悲地在她的脸上亲了亲。他身上有股小孩子的香味,叶瑾到底没忍住,把他抱进怀里紧紧搂了会儿,与他脸颊相贴:"我的小祖宗哦。"

思源路山脚的冰激凌店和一家葡式蛋挞店相邻,老板是一对在中国定居十多年的丹麦夫妇,深蓝色的店铺前每天都有络绎不绝的人来打卡。

[①] 让我一个人待着。

陈又涵换上 T 恤，叶开紧紧攥住他的食指。他喜欢这样牵着陈又涵，攥得很牢，掌心出汗了也不放开。

虽然是下午五点了，但太阳依然晒得可怕。陈又涵找了顶渔夫帽给他戴，渔夫帽太大了，一戴上去把叶开的整张脸都遮住了。叶开牵着他，一步不落地跟着他，脑袋低低的，眼睛只能看到脚前的那一亩三分地。

叶开心里想起端午节的时候，五彩绳被弄丢了，是又涵哥哥带着他漫山遍野地找。

做香囊的时候，他被外婆抱在膝头坐着。外婆的连衣裙软软香香的，好漂亮。她的头发也很柔软，打着弧度好看的卷儿。

"宝贝，这是艾叶。"

"艾叶。"叶开跟着念。

"这是茱萸。"

"茱萸。"

"独在异乡为异客，每逢佳节倍思亲。遥知兄弟登高处，遍插茱萸少一人。"

叶开听着，仰起还不如巴掌大的小脸，看见外婆握着一枝茱萸，静静地发了会儿呆。

她回过神来，继续一样一样地说着："这是藿香，这是苍术，这是肉桂、白芷、菖蒲……"香香的草药被装入绣了锦鲤的锦袋中。

外婆握着他的两只小手，他的两只小手捏住锦袋两端小小的红绳，轻轻一抽。

"真棒！"她拿起香囊，小心地把它挂在他的胸前，念诗一样唱道："身上戴香包，门上插艾蒿，瘟病全除掉，吉祥光高照！"

叶开拍着手笨拙地鼓掌，系在手腕上的五彩绳的尾巴轻轻地晃悠。

只有他有五彩绳和香囊，幼儿园别的小朋友都没有。他太得意忘形了，放学回家的路上便将五彩绳摘下来，走两步，看两眼，走两步，又玩一玩。等他想起来的时候，五彩绳已经不知道被丢到了哪里去。

贾阿姨看到他撇嘴，心便开始慌起来。他总是上翘的嘴角已经难受得往下压了，他再一眨眼，眼泪从眼眶里砸了下来。

"哦，哦，宝宝不哭啊，不哭。"贾阿姨用手抹着他软软的两腮，手被眼泪打湿，"阿姨帮你找。"

陈又涵刚从学校回来，手机贴着耳朵，眉头微蹙，正跟谁聊电话，语气感觉不太耐烦。

"怎么了？"他挂断电话后，躬下腰撑着膝盖。

叶开低着头，偶尔用手背擦一擦眼睛，还是那样的委屈法，虽然憋得气都喘不匀了，却一点儿声音都不出。

贾阿姨说了前因后果，陈又涵蹲下身："哥哥带你去重新买一根好不好？"

叶开摇摇头，话都讲得断断续续的："不要……是外婆做的……"

陈又涵从贾阿姨手里接过手帕，轻轻地在他眼底下擦了擦："没关系，那我们一起让外婆再做一个。"

叶开的嘴角撇得更厉害："外婆……外婆去温哥华了。"

陈又涵了然，心中无限柔软，想了想，说："那又涵哥哥陪你找吧。"

贾阿姨急得跌足："哎呀，那怎么好意思！"

"没关系，外婆的五彩绳怎么能丢呢，对不对？我们马上去把它找回来。"他一边说着，一边带着笑对贾阿姨摇了摇头："你先回去，跟瞿老师说一声。"

在四岁的叶开的眼睛里，思源路的山坡那么长，好像一辈子都走不完。

他跟着陈又涵跌跌撞撞地走着,看着陈又涵一寸一寸地翻看灌木丛。三点半,四点半,五点半,啊,五彩绳找到了。

五彩绳被重新套回叶开的手腕上,陈又涵帮他抽紧,如释重负地松了一口气:"好了,这次不会丢了。"

叶开觉得做了错事:"对不起,又涵哥哥。"

"怎么会?是蟋蟀把它偷走的。"

叶开懵懂地抬眸,看看绳子,又看看陈又涵,看看陈又涵,又看看灌木丛。

蟋蟀"吱吱"地叫了两声后蹦走了。

"它说这条彩绳真漂亮,它也想要。"

"可是,偷东西是不对的。"叶开认真地说。

"当然不对,所以你看,它都不敢见你。"

原来是这样。

叶开把五彩绳的尾巴在掌心里攥紧,这样的话,蟋蟀就偷不走了。

谁说小孩子没有记性呢?叶开被陈又涵牵着,想起了端午的五彩绳,想起了外婆墨绿色的裙摆,想起了又涵哥哥牵着他找绳子的午后场景。

路和太阳光都那么长,他五岁了,也还是觉得一样长。

这样牵着叶开走了几步,陈又涵到底躬得腰酸背疼,干脆还是把人抱在了怀里。

小小的书包挂在陈又涵宽阔的肩头,黄色的气球在风中摇晃。

叶开吃完了三个冰激凌球,又啃了隔壁丹麦夫妇递过来的两个黄澄澄、滚烫烫的蛋挞,终于心满意足,小手掩唇低声说:"又涵哥哥,我要告诉你一个秘密。"

陈又涵洗耳恭听。

小朋友说:"如果你觉得今天很 blue①,那就吃冰激凌吧!冰激凌让我心情美好。"

他刚开始正式学拼音,但早就每天都跟着瞿嘉读绘本、学词组、用英文对话,书面词一套一套的,听着有股一本正经的可爱劲儿。

陈又涵便用笔在方形的餐巾纸上写下了叶开的话。

  冰激凌让我心情美好。
小开

龙飞凤舞的一行字,他写完后把餐巾纸叠成了三角巾,塞进了叶开的小口袋里。

吃饱喝足了,但叶开开始耍赖,还是不想回家。陈又涵本来要去酒吧,在强制把他拎回叶家和陪他消磨完脾气之间犹豫了两个来回,终究还是打电话取消了预定的位置。

没办法,谁让他这天碰到了一个吃完冰激凌心情依然很 blue 的小朋友呢?

陈飞一下班回来,看到叶开和阿拉斯加犬在草坪上打滚。到时间了,轰然间六台浇水器都开始自动旋转喷洒,夕阳和水一齐落了叶开满身。他吓一跳,叫了一声但没躲开,反而开始找水玩。宙斯跟着在他身边跑来滚去,把陈又涵的严训忘了,咧开嘴笑得"呼哧呼哧"的。

陈飞一看着这场景,一时间不知道是狗更高兴还是小孩子更高兴。

他手里握着用人递过来的飞盘,一时间没扔出去,而是看着宙斯陪小开玩闹。如果宁姝还在,想必会爱叶开爱得想给他当干妈,每天给他买很多小衣服和小玩具。

---

① 忧郁。

陈飞一总是感觉别人家的孩子要乖一点儿，而叶开太乖了。之前网球挥拍的练习那么枯燥，叶开一边撇嘴一边倔强地保持着姿势。

"手抬高！力气呢？姿势不对！再来！"教练好凶。

叶开眼泪汪汪地扭头找陈又涵，找妈妈，找姐姐。陈又涵要跟教练交涉，被瞿嘉赶跑了。

叶开到底也没哭，憋着眼泪又加练了五十下。

现在叶开这样玩疯了，连陈飞一看着都只剩怜爱了。

叶开浑身湿透了也还没玩尽兴，陈飞一终于把人拎了出来："好了，好了，我的小宝贝，待会儿小嘉要找我的麻烦了。"

叶开像条被捏了后颈肉的小狗一样，乖乖地从陈飞一手里被折腾到陈又涵手里，又从陈又涵手里被折腾到徐姨手里。热水放好了，他在陈家洗了个澡，出来时都开始打盹了。

但绘本还是要读的。

陈又涵看他从书包里慢吞吞地掏出一本重重的硬壳精装的大开本画册，很熟练地翻到了对应页码。

"今天讲这里。"他指着书上一只蔫头耷脑的企鹅，"今天轮到企鹅不高兴。"

"企鹅的英文是什么？"

叶开嗲声嗲气地回答："Penguin。"

"Penguin's blue day.[1]"陈又涵一边说着，一边接过绘本。

失策了，绘本居然是全英文的。

"On blue days you can become pa...paranoid that everyone is out to get you.[2]"

---

[1] 企鹅忧郁的一天。
[2] 在忧郁的日子里，你可能会变成偏执狂，认为每个人都和你过不去。

叶开用双手托着下巴:"嗯嗯。"

陈又涵:"……"

"先念英文,再讲中文,又涵哥哥,paranoid[①]是什么?"

陈又涵:"……"我怎么知道?

成年人太狡诈,他一目十行地扫过,挑自己认识的内容念:"On blue days you feel like you're floating in an ocean of sadness..."陈又涵清了清嗓子,"就是说,在忧郁的日子里,企鹅先生觉得自己好像是在悲伤的海里浮沉……"

"没有 penguin,是 you。"

"好吧,是'你'觉得。"

"浮沉是什么?"

"就是一会儿浮起来一会儿沉下去,像游泳一样。"

"哦。"叶开点了点头,又专注地看着他。

陈又涵不想念了,岔开话题问:"那你现在还 blue 吗?"

叶开说:"我的 blue 好了,但是企鹅 blue 还没有。"他晃着两条小腿等着陈又涵念下一行文字。

陈又涵的内心很崩溃。

他念了三行,也许是他的英文太过磕巴,惨不忍睹,句不成句调不成调的,翻译也是半猜半蒙,他一低头,看到叶开攥紧小拳头用力地揉着微合的眼睛,迷迷糊糊地说:"又涵哥哥,真奇怪,我都听困了。"

那可太好了!陈又涵严肃地把书"啪"地合上:"困了就睡觉!"

叶开睡着了,眉头微蹙,两只软软的手蜷着安放在脸旁。

睡梦中,他的眉间好像被又涵哥哥的指腹轻轻地揉了揉,眉便顺

---

① 偏执狂。

着舒展开来。

他又好像被又涵哥哥抱起来，抱进了怀里。

又涵哥哥的身上也是香香的，但是跟外婆、妈妈、姐姐身上的味道都不一样，跟爸爸身上的味道不一样，跟爷爷身上的味道也不一样。

他短短的胳膊下意识地圈住了陈又涵的脖子，脑袋软软地伏在陈又涵的肩头，眼睛睁开一条缝，看到路灯摇摇晃晃地亮堂着，眼睛又因为睡意而很快地合上。又涵哥哥带他去哪里？一步一步走得好沉稳……

叶开趴着，心想，原来这就是"像在海里浮沉"。

一路虫鸣鸟叫，夜深了。

叶家灯火通明，瞿嘉张开嘴，无声地惊呼了一下，蹙起的眉头里都是怜惜之意。陈又涵做了个"嘘"的动作，轻柔地将叶开送还到了她的怀里。

瞿嘉接过，叶开像回到港湾的小船，自动地找到了最舒服的停泊方式。

瞿嘉爱怜地抚着他的头发，一下一下轻拍着他的背，嘴里像哼一首歌谣一般轻声哄着："宝贝，宝贝……"

一公里的离家出走行程真漫长呀。

番外二　探望

叶开从教研室里出来的时候，天已经近乎全黑，暖橘色的路灯亮起，石砖路上反射着湿漉漉的光。他这才发现不知道什么时候已经下过了一场雨。

叶开出来时，身边还跟了一个低一届的学妹。他们的导师是个著名的"工作狂魔"，以绝对的严苛闻名于留学生圈，但面对喜欢的学生也难免表现出偏爱。譬如说，同样是道别，他对学妹李照熙冷淡而不苟言笑，言毕还要再鞭挞两句她的调研模型不精准，但对叶开倒是和颜悦色。

李照熙抱着书跟在叶开身边，稍落后一点点的距离。等两个人走得够远了，她才用英文小声说："老板对你偏心。"

叶开便安慰她，刚来那几个月他也没少被鞭挞。

李照熙顺势说："但是 Leslie 你真的好厉害的，我有好多问题想请教，不知道你……有没有时间一起吃个饭？我们可以边吃边聊。"

李照熙知道叶开不好约。

叶开看了一眼时间，还早。

俱乐部的 bar① 里永远挤满了精力旺盛的学生，打桌球的、拼酒的、

---

① 酒吧。

谈恋爱的和争辩论议题的人挤在一起，有时候讨论得激烈了，旁边拎着酒瓶的谁便有可能加入提点两句，甚至句句在理。不算亮堂的灯光下，呈现出一种奇妙的充满活力的场景。

李照熙第一次约到叶开，加上喝了一点儿酒，话便有点儿收不住闸，等两个人出来时时间已经过了九点。

道路两旁的积雪化了一半，又下了雨，路上脏而湿滑。李照熙走了两步，脚步打滑，条件反射地抓住了叶开的手臂。

叶开扶了她一把，垂眼看到了她脚上的羊皮高跟长筒靴。

"刚买的，忘记贴底了……"李照熙可怜兮兮地说。

"叫车吧。"叶开笑了笑，确定她站稳后抽回了手。

李照熙撩了撩头发，微微低头说："其实我就住在你的那个街区。"

那边离这里只有步行十五分钟的距离。

李照熙看着他的眼睛建议："不然……就走回去吧？"

在暗夜的路灯下，她的眼睛非常动人，尤其是直视谁的时候。但话未说完，她却自己转开了视线，不只是因为看见了一双更比自己漂亮的眼睛，更在于那双眼睛里的锋利目光。他好像什么都看透了，但又不说。

这种绅士态度令人绝望。李照熙转开眼神时心里想，难怪那么多人无功而返。

相比在 bar 里的热烈，她的兴致显然低落了不少。

软皮鞋跟的落地声一声一声地锲进二人的沉默气氛里。

"我以前走路也经常莫名其妙地摔一跤。"叶开突然起了个话题。

"啊？"李照熙半张着嘴，一副难以置信的样子，眼里有惊喜之色，因为叶开居然主动搭腔。她看着叶开，"可是我想不到你摔跤的样子。"

叶开低头笑了一下："每次快摔的时候，都会刚好被人扶住。"

李照熙说："你说的那个人一定跟你很熟。"

"当然，是我的哥哥。"

一公里不到的路程，两个人聊不了几句时间就过去了。李照熙还没来得及多问几句，一栋白色的高级公寓楼已经出现在视野里。

"你住在这里对不对？"

叶开两手插在大衣口袋里，点了点头。

"其实我经常看到你走在我前面，不过有时候你也会骑车超过我。"

走路的时候，他的步履节奏从容，上午九点的光线从奶油白的楼角转过，刚好笼罩在他身上。

骑车的时候就不同，他的重心向内侧压低，车子速度很快地拐过，连刹车都不捏，脸上写满了淡漠。

叶开笑了一声："见笑了。"

那种时候他前一天晚上多半不是开会到半夜就是跟陈又涵瞎聊。

经过公寓大门时叶开脚步未停，李照熙下意识地看了一眼。因为她每天经过时都会下意识地看一眼，看看叶开会不会忽然从那里转出来。

豪华公寓的旋转门一刻也不停歇地转着，连灯光都像酒店大堂一样辉煌。在高大的大理石立柱上雕刻着雅致的"since 1969[①]"，这是李照熙有一次特意靠近时注意到的细节。不过现在那边站了一个穿黑色大衣的男人，男人微微倚着墙，指间夹了一根烟。

再往前步行五分钟，就到了她的住处。虽然她和叶开住在同一个街区里，但跟他的公寓比起来，她的公寓显然要接地气许多，也更受学生青睐。就这么一会儿的时间，不长的林荫道旁竟然三三两两地站满了约会结束的情侣。

李照熙握紧了怀里英文教材的书脊，随意地说："要不要上去喝一杯？"

[①] 建于 1969 年。

叶开摇了摇头，脸上虽然有笑意，但更多的是疏离感："不了。"

"Leslie，"在他转身要走的瞬间，李照熙再度叫住他，"但是今天那个问题我还没有搞明白，或许……你接下来几天有时间吗？"

叶开扬起手机："没关系，我每天都会查看邮件。"

他说得含蓄，连让人尴尬的余地都没有。李照熙怔然，勉强在嘴角堆起一个笑："好吧，我回去就把问题整理一下。"

回程不过几分钟的路程，竟然又下起了雨。雨丝很细，斜斜打在脸上像针刺一样。叶开刚来的那年最难熬的就是冬天，简直见了鬼了，怎么会这么冷？这跟雪山和滑雪场的冷都不是一种体感。相比之下，宁市那种没有冬天的城市宛如天堂。

现在他反倒略微学会了享受这种雨水与冰雪夹杂的刺骨寒冷。

叶开没有带伞，仍是从从容容地走着，从兜里摸出烟盒，里面只剩下最后一支烟。他熟练地点燃烟，然后将软壳烟盒揉成一团扔进了垃圾桶。走到公寓门口时，烟刚好抽到了头，他夹着短短的烟尾，吐出最后一口烟后怔了怔，蓦地笑了起来。

透过夜色下苍白的烟雾，他看到陈又涵倚墙而立。

陈又涵穿着一丝不苟的西装三件套，不知道的人还以为他是来开会的。

几步路的距离被他迅速跑过，叶开站定后，轻喘地笑着，左手顺势在烟灰缸上熄灭了烟。

"怎么这个时候来了？"

他和陈又涵差不多两三周见一次面，忙起来的话，隔了一个月见不上面的情况也是有的。只是陈又涵上周才来过，怎么算都不应该在这个时候出现在这里。

"开会？"叶开猜测，不等陈又涵回答，又问，"等了多久？怎么不给我发信息？"

陈又涵没说话，只是就着寂寥的夜色和从旋转门中透出的明亮余光，一味地垂眸看着他。

他在这里等了将近两个小时，但并不打算说。

叶开猜他多半不会这么巧刚好在这几分钟内到达，故意戏谑地问："都看见我走过去了也不叫我啊？"

陈又涵慢条斯理地摘下羊皮手套。

波士顿的冬天能冻死人。陈又涵慵懒地说："我想看看你送完女同学还会不会回家。"

叶开歪头，说话时呵出的轻雾很快地消散："说不定。"

陈又涵轻笑了一声。

叶开也笑着看着他，气喘吁吁，黑亮的瞳孔里映着陈又涵沐浴着暖色光辉的身影。

电梯上行至九楼。

瞿嘉安排的王阿姨每天在固定时间上门做饭、整理家务，其余时间绝不打扰叶开。叶开将脱下的大衣扔到沙发上，问："饿吗？冰箱里有夜宵。"

陈又涵看着他，似笑非笑地不说话。

叶开坚持了两秒，不装了，说："我要吃海鲜面！"

陈又涵笑出声，一边挽起袖子走向冰箱，一边说："真这么难吃，不如让瞿嘉给你换一个，或者我给你另外再请一个厨师。"

叶开陪他一起看着冰箱里的食材，说："那怎么行？Auntie Wang[①]虽然手艺不怎么样，但还是很认真地在工作的……"而且她对自己的工作有一种捍卫领地般的紧张感，绝不允许别人染指。如果叶开额外请人做饭，这位六十岁的老阿姨可能会伤心得掉眼泪。

---

① 王阿姨。

"自己学一下真是难死你了。"陈又涵从冰箱里依次取出食材。

海鲜都是当天现买现处理的。陈又涵处理好黑虎虾,用白贝、青口贝吊汤,将青红椒切成细丝。叶开紧紧地跟在旁边,委屈地说:"试了三次就惊动了三次火警,你饶了我吧。"

他在国内上学的时候吃外卖、坐地铁,过得随意轻松,一到国外便立刻被打回了原形。他最开始在五星酒店里长期包套房,住了一个月后终于被每天变着花样但味道大同小异的料理给逼到崩溃。

王阿姨的手艺虽然还有待改善,但她至少愿意进步。她的双眼常常从老花镜后面仔细观察叶开咀嚼下咽时的每一个微表情,以揣摩过于客气的他真正喜欢吃的是什么。

"上次给王姨写了十几张食谱,她怎么没学?"

"学了,她不甘示弱,觉得你的手艺还有待改进,所以次次都要发挥创新精神。"

陈又涵笑得差点儿切到手指,命令他:"站好。"又说,"难怪她每次都不太欢迎我。"

"哪有。"叶开小声说。

王阿姨担任管家的第二天陈又涵就来了。她留下了一个干干净净、整整洁洁的屋子,离开时用古板的目光探究着这位生客,心里已经做好了接受这位"VP[①]"的准备,结果第二天在看到乱七八糟的客厅后心态便彻底崩了。

从此以后,她算陈又涵上门的日子比算账时还要严谨。

"自己赖床也怪我?"陈又涵拆穿他。

叶开被噎了一下,生气地说:"不是你拉我喝酒,我也不会起

[①] Vice President 的简写,通常是"副总裁"级,这里是调侃陈又涵因和叶开的交情,成了王阿姨的副领导。

不来。"

李照熙看到的无数个他脸上写满暴躁情绪的清晨，有一半大概拜陈又涵所赐。

陈又涵对此稍微有点儿印象。

那一次他是到波士顿做商务洽谈，来得意外，但到底也没妨碍他回到叶开下榻的酒店，和叶开通宵喝酒、聊天。第二天叶开要跟导师做 presentation[①]，一边满口"十点半了"一边从沙发上一跃而起。

陈又涵当时笑得扶住了额，被叶开反手扔了个抱枕。

"笑什么啊！"叶开也跟着笑，一边笑，一边骂，"滚！"

幸灾乐祸的浑蛋没资格被叫"又涵哥哥"！

陈又涵举起手，忍住笑投降："我认错。"

打印好的讲义散落得满地都是。

几分钟后，叶开风风火火地卷起资料，抱起电脑，拎起书包就往外跑，一边跑一边匀出手拉上鞋后跟。

"砰"的一声，卧房门被摔得震天响。

过了两秒他又一阵风似的拧开门跑了回来。

陈又涵以为他忘了什么，然而叶开只是大声说："Morning[②]！又涵哥哥，have a nice day[③]！"

他扔下这句话后便又跑了。

"都快十一点了。"陈又涵慢悠悠地说。

叶开的声音从客厅迅速向玄关门厅消散："那也是美好的一天。"

[①] 报告。
[②] 早上好。
[③] 祝你度过愉快的一天。

锅里浓汤翻滚，陈又涵从回忆里回过神来。他比叶开还讨厌冬天，但不知道为什么，在冬天他会更频繁地来看叶开。

海鲜面出锅，蒸腾的热气飘着浓郁的鲜香。两个人在餐台边相对而坐，叶开抬眸看了窗外一眼。

浓墨重彩的夜空被窗户透出的灯光晕出一抹暖黄色彩，在这片暖暖的黄色中，飘起了鹅毛般的大雪。

"又涵哥哥，下雪了。"

屋子里燃着壁炉的时候，格外有过冬的节日气息。

翌日雪后天晴，公寓的窗户外，漂亮的橱窗外架起了高高的脚手架，一个红色的圣诞花环正轻巧地被装点了上去。

番外三　毕业

五月末，飞机飞过太平洋上空，降落在波士顿。

宁市人极看重毕业典礼，从中学至本科，再到硕士、博士，每一场仪式都讲究亲朋家人的见证，若条件允许，恨不得将旁系三代内的亲戚都请到场。

叶开的硕士毕业典礼在五月二十三号举行，瞿仲礼、兰曼、叶征、瞿嘉、叶瑾，就连年事已高的叶通，以及照看叶开长大的贾阿姨、陆叔也一并到了波士顿。

队伍末尾，陈又涵身着休闲衬衫，两手插在西装裤兜里，姿态一派倜傥。

叶开在公务机专属航站楼里等了有一会儿了，看到人，先上去拥抱了爷爷和外公外婆，再跟贾阿姨、陆叔这两位长辈抱了一抱，紧接着将怀抱投向父母和叶瑾，最后才轮到陈又涵。叶开对他特殊对待，只在他手上拍了一下。

陈又涵挑眉："怎么还区别对待上了？"

叶开含笑的目光在他脸上扫过："不知道陈总裁大驾光临，有失远迎，什么都没准备你的份儿。"

陈又涵算是听出来了,叶开这是在生气呢。

陈又涵早就定好要来参加叶开的毕业典礼,为此提前两个月就让助理把一切行程安排延后,哪承想中间临时来了个高规格接待的客户。也是他未雨绸缪,那天打电话时提前铺垫了下,其实背地里早已在想办法了,但显然叶开没买账。

趁一行人上车的时候,陈又涵微微倾身,在叶开耳边落下一句:"长辈面前,给点儿面子。"

叶开用眼神示意他,似笑非笑:"给了,上车。"

陈又涵一看,行,给他安排到叶通的那一台车上了。

老爷子精神头好,二十多个小时的长途飞行中也能吃、能睡、能聊,上了车,神采奕奕地跟陈又涵聊了一路。

陈又涵没少来波士顿。叶开在这里念书的这两年,也是陈又涵对这里极速熟悉的两年。

比之暮春和初夏,他常在隆冬时节来看叶开。因为波士顿冷,而叶开是个怕冷的人。冬季的波士顿,鹅毛大雪在路灯下纷纷扬扬,街道常在一夜间变得银装素裹。眼前这栋纯白色高级公寓的大理石罗马柱所撑起的高耸门廊下,不止一次出现过他穿着黑色大衣在夜色中掐着烟的身影,姿态漫不经心,却不寂寥,因为知道等的人即将从校园出现在他眼前。

这两年负责照顾叶开的王阿姨——被呼作 Auntie Wang 的华裔女人——早已将公寓洒扫一新等候他们。落地窗前的玻璃花瓶中插着一大捧粉色牡丹,如油画般典雅,虽已过了点燃壁炉烤火的时节了,但透明亚克力立柱里,仍然升起一簇电子炉火,让人感觉宁静而温馨。

对 Auntie Wang 来说,今天来的每一位叶家人她都不甚熟悉,跟瞿嘉是见了几面的,跟叶瑾见过一面,最熟悉的竟是陈又涵。

公寓的两间卧室,一间供叶开起居用,另一间衣柜里挂的赫然是陈又涵的衣物。床头柜上，还收着他上次剩的半包烟和一柄金属制的银色打火机，精致的台历上，钢笔字迹潦草地题着会议时间，图钉钉着的便签条上则是商务考察行程，毫无疑问这些都是陈又涵的。

他这两年放在波士顿的精力，一目了然。

叶瑾笑着睨他一眼，揶揄道："以前怎么没发现'GC'的业务这么广？"

陈又涵欣然颔首："好说，这不马上转回内地了嘛。"

瞿嘉倒是神色认真："这两年多亏你常来陪小开。"

陈又涵笑了笑，眼神温和："这么说见外了。"

叶开陪叶通参观了公寓的每一处，跟他一五一十地交代自己在波士顿这两年的饮食起居，又推开落地窗，指给他看不远处庞大古典的砖红色校园建筑群。叶通年轻时也在此拿过学位，叶征亦是拿了此校的MBA，这也算是家族里一脉相承的佳话。

"又涵也该进修一个。"老人家冷不丁地说。

作为天翼中学知名的学渣校友，陈又涵笑着摇了摇头："饶了我，这东西有一个够用就行。"

从没在意过这个，别人问陈董是在哪间学府进修的MBA，他还真得思考一下。他之前也不是没张冠李戴过，从网络上打开自己的搜索主页才恍然大悟：记错了。

说笑间，趁叶通与儿子追忆往昔，陈又涵对叶开正色道："不可能不来，从一开始就决定了排除万难也会来。"

他这一辈子说过的承诺真真假假，但叶开知道面对自己时，他的诺言永远为真。

手里被叶开塞进了一个学校的小熊公仔时，陈又涵的心定了下来，但他还是狐疑地眯眼："拿纪念品商店能买到的东西糊弄我？"

叶开不动声色地道："独家待遇。"

陈董是好糊弄的。

过了两日便是正式的毕业典礼。

学校的长袍是经典的黑红配色，长长的绶带绕过肩颈垂下，上面刺绣精致，文着英文校名。按一贯以来的传统，这个有上万人参加的典礼在露天场地举行，进行拨穗和结业证书颁发仪式的地方则更像是一个长亭，没那么高高在上，反而显得很亲和。

抢观礼位子是个体力活，凌晨四点多就有家长陆陆续续前来排队了。陈又涵早上五点多来占座——人生头一遭，也是新鲜。他抢到的一排座位视野极佳，既正对主席台，又在叶开的必经之路上，方便长辈们随时拍摄视频。

被学生称之为yards①的地方，到处洋溢着欢声笑语，青春的气息盖过了校园里的绿茵与浓荫，空气也变得轻盈雀跃起来，让人每呼吸一口仿佛都能嗅到梦想的味道。

叶开过来时，陈又涵正搭腿坐在折叠椅上，双臂环着，微垂的脸上眼睛闭着，已不知睡了多久。五月末的碎金样的阳光撒了他满身。因为是正式场合，他穿了一身深蓝色的西服，款式剪裁利落，更衬得他身形优越、气度卓然，看上去像个成功校友。

好了，陈又涵绝不可能成为这所学校的校友。

想到这一点，叶开唇角抿翘，自顾自地笑了起来。

他起了坏心，做了个"嘘"的手势让家人安静，用沁着冷珠的冰镇可乐去贴他，却在碰上前被他张开掌心握个正着。

这个男人纵使是睡眠中也绝不落下风。

陈又涵掀开眼帘的第一眼，看到的就是穿着学位服的叶开。红黑

---

① 院子。

配色古典庄重,衬得他肤色很白。如果是其他男孩子,这样的一身打扮气质或许就显得迟钝了,但叶开与生俱来的冷冽气质与漂亮五官中和了这些,他仅仅只是站在这儿,就吸引了周围所有家长的目光。

这是叶开人生中的大日子。

陈又涵单手撬开了易拉罐的拉环,但一时没了下一步动作,只是安静地看着他,唇角勾着笑。

叶开的目光怡然自若,干净的脸上分明没带什么神情。只是没想到波士顿的太阳这么毒,才五月份,就将他的耳郭晒红了。

直到下午四点,整场典礼才结束。虽然请了专业的摄影师全程拍摄记录,但一家人仍不尽兴,让陈又涵用手机也录了一份——谁让他个子高。他的手倒也稳,目光停驻在画面里一瞬不错,看叶开登台,与学院里的教授挨个拥抱,轻语两句,握手笑谈,接过毕业证书和学位证书,合影。

叶开在台上是发光的。

诚然,在人生的此刻,每个人都是发着光的,但他如此恣意明亮,令树影间的阳光都稍逊一筹。

礼毕,本就在自由散漫边缘的秩序轰然尽散了,到处都是高高抛起的学术帽与连番的快门声。

叶开艰难地穿过人潮,一路碰翻了无数折叠椅,终于挤到了这边,扬着笑的脸上怔了一怔,为陈又涵怀里的那束捧花。

"毕业快乐。"陈又涵递上花。

由欧洲月季和铃兰组成的花束,馥郁的白中点缀着淡雅的绿。

"从哪儿变出来的?"叶开明知故问。

陈又涵玩世不恭道:"地上捡的。"说完,自己先垂下脸笑了笑,引得叶开也跟着笑。

叶开又开始挨个拥抱过去,爷爷、外公、外婆、爸爸、妈妈、姐姐、贾姨、陆叔、特意找过来恭喜他的同学及其父母、教授、德国籍的小导师、同个课题组的师兄……陈又涵耐心地等着，心情愉悦。

终于轮到他了。他已有了前车之鉴，将手伸出，果然被叶开拍了一下。

"毕业快乐。"

陈又涵勾唇回握住他的手："谁毕业？"

"你也毕业，从波士顿的冬天毕业。"

在快门的"咔嚓"声中，从小到大从未缺席叶开任何一个重要场合的男人，也一如既往地在这一刻盖上了他的印章。

毕业典礼后的旅行定在了南美。家人没有随行，只有陈又涵陪同。

南半球已进入冬季，去南极的最后一班邮轮已截止报名，要想登陆南极大陆只能等下一个夏天。但在看了德雷克海峡的"魔鬼风浪"后，陈又涵眼睛眨也不眨地拒绝："下辈子再说吧。"

他们最终到了乌斯怀亚。

来自南极大陆架的冷风，经年如一地拂过这个位于世界最南端的小城。

位于山顶的度假村能够俯瞰比格尔海峡，正对面，距离南极洲八百公里外的比格尔水道宽阔平静，连接着雪山朦胧的淡影。

乌斯怀亚，世界的尽头。

"在印第安语中，乌斯怀亚的意思是'观赏落日的海湾'。"叶开说。

在这场降临在世界尽头的磅礴日落中，他转过眼，与陈又涵对视着，眼眸中缀着落日金光。

"下一次，陪我再去一次南极吧。"

陈又涵："……"

叶开扬唇笑起来，那股得逞的得意让人拿他没办法。

在这里的两天如此悠闲。

他们无所事事地坐在海滨公园岸堤的长椅上看座头鲸喷水，漫步于干净整洁的街道，呼吸这里冷冽的空气。

在火地山国家公园那座人尽皆知的邮局里，叶开寄出了两封信，一封寄给他自己，一封寄给陈又涵。

那一天，七月流火，宁市已尽染暑热，一封盖上企鹅邮戳的信封被投入了陈又涵繁宁空墅的邮箱。

不可思议地，信纸展开时，陈又涵总觉得还带有极地的冷冽气息。

叶开的笔迹干净笃定：

又涵哥哥，愿我们永不毕业。

图书在版编目（CIP）数据

高温不退．完结篇／三三娘著．－－武汉：长江出版社，2024.9．－－ISBN 978-7-5492-9600-2

Ⅰ.I247.5

中国国家版本馆CIP数据核字第2024XT5652号

高温不退．完结篇／三三娘 著
GAOWEN BUTUI.WANJIE PIAN

出　　版	长江出版社
	（武汉市解放大道1863号 邮政编码：430010）
市场发行	长江出版社发行部
网　　址	http://www.cjpress.cn
责任编辑	罗紫晨
特约策划	鹿玖之　周　周
特约编辑	周　周
封面设计	Laberay 淮
印　　刷	大厂回族自治县德诚印务有限公司
版　　次	2024年9月第1版
印　　次	2024年9月第1次印刷
开　　本	880mm×1230mm　1/32
印　　张	10.25
字　　数	250千字
书　　号	ISBN 978-7-5492-9600-2
定　　价	49.80元

版权所有，侵权必究。如有质量问题，请与本社联系退换。
电话：027-82926557（总编室）　027-82926806（市场营销部）